ROLAND ZINGERLE

Der Bauer und der Tod

KRIMINALROMAN

W0277913

emons:

Bibliografische Information der Deutschen Nationalbibliothek
Die Deutsche Nationalbibliothek verzeichnet diese Publikation in der Deutschen Nationalbibliografie; detaillierte bibliografische Daten sind im Internet über http://dnb.d-nb.de abrufbar.

MIX
Papier aus verantwortungsvollen Quellen
FSC® C083411
FSC
www.fsc.org

© Emons Verlag GmbH
Alle Rechte vorbehalten
Umschlagmotiv: photocase.com/Vobelima
Umschlaggestaltung: Tobias Doetsch
Gestaltung Innenteil: César Satz & Grafik GmbH, Köln
Lektorat: Marit Obsen
Druck und Bindung: CPI – Clausen & Bosse, Leck
Printed in Germany 2015
ISBN 978-3-95451-695-7
Originalausgabe

Unser Newsletter informiert Sie
regelmäßig über Neues von emons:
Kostenlos bestellen unter
www.emons-verlag.de

Ich widme dieses Buch dem paradiesischen kleinen Tal Boden, in dem ich Teile meiner Kindheit verbringen durfte, sowie all seinen Bewohnern.

EINS

Als das kleine Tal Boden im Kärntner Krappfeld an diesem Junimorgen erwachte, war es, als beleuchtete Gott zum ersten Mal sein neu erschaffenes Paradies. Der nächtliche Regen hatte den Himmel reingewaschen, vor dessen kristallenem Blau nun die Sonne aufstieg. Ihre Strahlen brachten die Regentropfen auf dem saftigen Grün zum Funkeln, als wären es lauter Edelsteine. Das Krähen der Hähne hallte als einziges Geräusch über die sanft geschwungenen Hügel des kleinen Tals, welches in seiner unschuldigen, reinen Natürlichkeit gleichermaßen selbstverständlich wie zaubervoll anmutete.

Nackt und hager, wie Gott ihn geschaffen hatte – aber mit seinen einundvierzig Jahren doch schon etwas verbraucht –, stieg Robert die steile Außentreppe seiner Hütte herab und leerte den Kübel mit seiner nächtlichen Notdurft an die Wurzeln jenes Baumes, den er vor Jahren zum Pinkelbaum erklärt hatte; ein Apfelbaum mit seither sauren Früchten. Dabei gähnte er mit weit aufgerissenem Mund. Schlaftrüben Auges wusch er den Kübel am einzigen Wasserhahn aus, der an der Außenseite der Hütte über einem rostigen Blechfass hing. Das nasskalte Gras unter seinen Sohlen half ihm beim Wachwerden.

Die gestrige Sonnwendfeier auf der Wiese vor dem Wiesenwirt war schön gewesen, wie ein harmonischer Abschluss all der Aufregungen, denen Robert in den vergangenen Tagen ausgesetzt gewesen war. Feri, der Bürgermeister von Kappel am Krappfeld und gleichzeitig Direktor der dortigen Raiffeisenbank, hatte ihm mit Pfändung gedroht, doch das war nun vom Tisch. Robert musste nur noch übermorgen Montag nach Kappel fahren und mit Feri und der Raiffeisenbank den Papierkram erledigen, dann waren seine Hube und sein Land gerettet. Das alles – und bei dem Gedanken kratzte er sich respektvoll am Hintern – verdankte er nur Johanna, der Jungbäuerin vom Waldbauerhof.

Robert stellte den Kübel an die Treppe und schmatzte. Jetzt würde er in den Garten gehen und ein paar Radieschen für sein Frühstück ausgraben.

***

Der Waldbauer Matthias, Johannas Ehemann, stöhnte. Es vergingen ein paar Minuten, dann stöhnte er wieder, diesmal laut genug, um sich seines Brummkopfs bewusst zu werden. Er wälzte sich zur Seite und erkannte, dass er sich auf der Couch befand, im Wohnzimmer seines Bauernhauses. Die Helligkeit um ihn herum verriet ihm, dass Johanna ihn heute wohl etwas länger schlafen ließ, was sehr rücksichtsvoll von ihr war, wenn er an die vergangene Nacht dachte.

Er lächelte. Bist du gelähmt, er und seine Freunde hatten wieder einmal nichts ausgelassen! Nach der Sonnwendfeier war er mit seinen Kumpels nach Sankt Veit gefahren, in die Disco. Er konnte sich nicht daran erinnern, wann sie ihn nach Hause gebracht hatten, aber wenn er die Dauer seines Schlafes anhand des gefühlten Umfangs seines Schädels schätzte, konnte das höchstens vier Stunden her sein.

Apropos, wie spät war es überhaupt? Matthias tastete nach seiner Armbanduhr, fand sie auf dem Wohnzimmertisch, warf einen Blick darauf und fuhr hoch: acht Uhr sechsundfünfzig!

Auch wenn er die Kühe wochenends etwas später versorgte, länger als bis acht Uhr hätte Johanna ihn niemals schlafen lassen dürfen.

Er torkelte aus dem Wohnzimmer und rief nach ihr, bekam aber keine Antwort. Ein Blick ins gemeinsame Schlafzimmer zeigte ein gemachtes Ehebett, was aber nichts zu bedeuten hatte, denn Johanna richtete das Bett immer gleich nach dem Aufstehen. Doch auch in der Wohnküche war sie nicht, und es deutete nichts darauf hin, dass sie hier heute schon am Werk gewesen wäre. Zumindest Kaffee hätte sie aufgestellt, doch auch das war nicht der Fall. Das Haus war menschenleer und still, unheimlich still.

Matthias zog sich an, um im Stall Nachschau zu halten. Zwar gehörten das Ausmisten und Kühemelken zu seinen Aufgaben, doch er hatte die bange Hoffnung, Johanna könnte ihm diese Pflicht heute abgenommen haben, auch wenn er das nicht wirklich glaubte. Als er die Haustür verschlossen und seinen eigenen Schlüssel innen steckend vorfand, spürte Matthias, wie sich ein Knödel in seinem Hals bildete. Er sperrte auf und trat vor die Tür, kehrte jedoch sofort wieder um, als er Johannas schwarzen VW Golf an seinem gewohnten Platz im Hof stehen sah, und suchte das Vorhaus ab. Weder die Handtasche noch die Schuhe, die sie gestern Abend bei der Sonnwendfeier getragen hatte, befanden sich dort, wo sie sie sonst immer abstellte. Johanna musste das Haus noch einmal verlassen haben, bevor er nach Hause gekommen war. Anders war sein von innen in der verschlossenen Tür steckender Schlüssel nicht zu erklären. Und es musste sie jemand abgeholt haben, denn ihr Auto war da. Allerdings hätte Johanna ihm in dem Fall eine Nachricht auf den Esstisch gelegt, was sie jedoch nicht getan hatte. Das bedeutete, Johanna war nach der Sonnwendfeier gar nicht zu Hause angekommen.

Matthias suchte sein Mobiltelefon und wählte ihre Nummer, doch anstelle seiner Frau meldete sich die sterile Stimme der Mobilbox-Ansage. Während er höchst beunruhigt alle Räume des Hauses und der Nebengebäude absuchte, rief er Johannas Eltern an, ihre Freundinnen und schließlich die Nachbarn, doch keiner hatte sie seit gestern Abend gesehen.

***

Die alte Pendeluhr schlug den zweiundfünfzigjährigen Teichbauer Hansi aus seinen kindischen, für ihn aber originellen Träumen. Er warf den Kopf hin und her, als könnte dies bewirken, dass die Schallwellen seine Ohren verfehlten, doch da der volltönende Gong weiterhin auf seine Trommelfelle einschlug, drückte er das Gesicht in die Polster und zwei von deren Zipfeln in seine Ohren.

»Scheißuhr«, stöhnte er in die Federn.

Als die Tortur endlich ihr Ende fand, hallte der Gong in Form eines pochenden Schmerzes in Hansis Kopf nach. Er sah auf und erkannte, a) dass er allein in seinem Ehebett lag und b) dass die Uhr zehnmal geschlagen hatte.

Unverständliches Gemurmel von sich gebend, rappelte er sich auf und sammelte ächzend die am Boden verstreut liegenden Teile der Bekleidung auf, die er gestern Abend getragen hatte. Die Unterwäsche zog er an, denn zum Stallgehen taugte sie immer noch, während er die Hose, die Jacke und das Gilet seines Kärntneranzugs auf jenen Sessel warf, auf dem er sein Gewand vor dem Schlafengehen ablegte, wann immer er nüchtern genug dazu war. Dabei polterte etwas zu Boden, das sich bei näherer Betrachtung als Damenschuh entpuppte – ein Pumps aus anthrazitfarbenem Rauleder.

Hansi drehte das Teil in seiner Hand hin und her und wunderte sich. Zum einen, weil er sich nicht daran erinnern konnte, dass seine Frau solche Schuhe besaß, was aber nichts heißen musste, immerhin belegte das Inventarverzeichnis von Sieglindes Schuhkasten nicht einmal ein müdes Bit Speicherplatz in seinem Gehirn. Zum anderen wunderte er sich, weil er nicht wusste, wie der Pumps in seinen Kärntneranzug gekommen war. Die sinnvollste Erklärung schien ihm zu sein, dass der Schuh bereits am Boden gelegen hatte, als Hansi sich vor dem Schlafengehen auszog, und er ihn nun mitsamt dem Kärntneranzug hochgehoben hatte. Als er diesen noch einmal genauer ansah, bemerkte er erst dessen erbarmungswürdigen Zustand: Zwei Giletknöpfe fehlten, außerdem wiesen Hose und Janker an den Knien und Ellbogen große Gras- und Erdflecken auf sowie kleinere an den Schultern.

Hansis Fingernägel raspelten durch die Bartstoppeln an seinem Kinn. Dass er beim Nachhausetorkeln von der Sonnwendfeier einen spektakulären Sturz hingelegt hatte, hätte nach einer plausiblen Erklärung geklungen, wäre da nicht das Blut auf dem Rücken des Jankers und auf der Brust des ansonsten weißen Hemdes gewesen, ziemlich viel Blut sogar.

War er in eine Schlägerei geraten? Das sähe ihm gar nicht ähnlich, aber die fehlenden Knöpfe am Gilet und, wie er jetzt sah, auch an seinem Hemd ließen darauf schließen. Dagegen sprach jedoch, dass er beim flüchtigen Abtasten seines Körpers keinerlei Schmerzen verspürte – mit Ausnahme jener inwendig seines Schädels, die jedoch tastunabhängig waren.

Da seine Überlegungen zu keinem Ergebnis führten, seufzte Hansi und warf die Kleidungsstücke wieder auf den Sessel. Er würde Sieglinde sagen, dass sie sie reinigen sollte. Dabei konnte er sie auch gleich fragen, wie ihr Schuh in den Anzug gekommen war. Jetzt aber musste er erst einmal in den Stall gehen.

Zehn Minuten später kratzte Hansi zwischen den Beinen seiner Kühe hindurch mit einer Schaufel das Stroh-Kuhfladen-Gemisch vom Stallboden. Sein Vieh war ruhig, die Tiere waren daran gewöhnt, erst später am Morgen gemolken und versorgt zu werden.

Das Schaben des Schaufelblatts am Betonboden erzeugte Vibrationen, die auch Hansi zum Rütteln brachten, was in seinem Gehirn die Frage löste, wo denn eigentlich seine Frau war. Er erinnerte sich vage, dass sie ihm erzählt hatte, der Gesangsverein Passering, bei dem sie Mitglied war, sei zu einer Liedertafel in Friesach eingeladen worden, doch er wusste nicht mehr, ob das heute war. Der Informationsaustausch zwischen ihm und Sieglinde fand meist zwischen Tür und Angel statt, so wie eigentlich ihr ganzes Eheleben. Aber es war gut, dass sie heute weg war, Hansi hatte eh Kopfweh.

Sein ramponierter Kärntneranzug kam ihm wieder in den Sinn, erstmals begleitet von einem Gefühl der Beunruhigung. Er musste herausfinden, was letzte Nacht geschehen war, nachdem sein Gehirn die Erinnerungsaufzeichnung eingestellt hatte. Also nahm er sich vor, gleich nach dem Stallgehen wieder zum Wiesenwirt zu fahren und vorsichtig sämtliche Details in Erfahrung zu bringen.

Hansi spürte seine Zunge halb trocken an seinem Gaumen

kleben. Bei der Gelegenheit konnte er dann auch gleich ein Reparierbier trinken.

***

»Abgehaut wird sie dir sein.«

Rudi stand breitbeinig in der Wohnküche des Waldbauerhofes, die Fäuste in die Hüften gestemmt, mit über den Gürtel der Uniformhose quellendem Bauch.

Matthias hob das Gesicht aus seinen Händen und fuhr ihn an: »Red keinen Blödsinn.«

Rudi zuckte mit den Schultern und machte sich nicht die Mühe, sein mitleidiges Lächeln zu verbergen. »Das ist schon ganz anderen passiert«, meinte er.

»Du kennst die Johanna seit ihrer Geburt. Wie kannst du so was sagen?«

»Weiber sind eben Weiber«, gab sich der Polizist philosophisch, »oder welche Erklärung hast du? Ihr Auto ist da, die Handtasche weg, keiner hat sie seit gestern Abend gesehen, und nichts deutet darauf hin, dass sie nach der Feier noch einmal da gewesen wäre. Außerdem hätte sie dann heute kaum das Gewand von gestern angezogen, oder?«

Matthias starrte auf den Küchentisch, an dem er saß, und schüttelte widerwillig den Kopf.

»Na also«, fuhr Rudi fort, »ihr gestriges Gewand müsste da sein – ist es aber nicht. Die ist gestern Abend nicht nach Hause gegangen, die ist mit einem anderen abgehaut, das sag ich dir. Wahrscheinlich mit dem Wiener, der sich seit ein paar Tagen in Boden herumtreibt.«

»Red keinen Blödsinn«, fuhr Matthias erneut auf, »die Wiener, die stehen der Johanna bis hierher.« Er hielt verärgert seine Hand unters Kinn.

»Anscheinend nicht alle.«

Anstelle einer Erwiderung warf Matthias Rudi einen Blick zu, der diesem zu verstehen geben sollte, dass er drauf und dran war, eine Grenze zu überschreiten.

Doch der Polizist ließ sich davon nicht beeindrucken, er bellte: »Ja, stimmt's vielleicht nicht? Was soll denn sonst passiert sein?«

»Womöglich ist sie entführt worden?«

»Entführt! Wo lebst denn du herum? Hast du schon jemals von irgendwem gehört, der in Boden entführt worden ist? Oder in Kappel? Oder in Althofen?«

»Vielleicht war's der Wiener.«

»Du willst nur nicht wahrhaben, dass dir die Johanna abgehaut ist.«

Matthias sprang auf und verließ wütend stampfend den Raum.

»Wo rennst du denn hin?«, rief Rudi ihm nach, ohne mehr zu bewegen als seinen Kopf.

»Ich hör mir deinen Blödsinn nicht mehr länger an«, schrie Matthias von draußen und warf so heftig die Haustür hinter sich zu, dass die Teller im Küchenkasten schepperten.

Rudi seufzte. Sein Blick fiel auf die Kredenz, auf der das Hochzeitsfoto des Waldbauern stand. Johanna und Matthias, das Glück in ihre Gesichter geschrieben. Kein Wunder, dachte Rudi. Matthias war in Frauenaugen ein fescher Kerl und mit seinem fast schuldenfreien Hof außerdem eine gute Partie. Und Johanna mit ihrer herzlich lieben Art, ihren langen dunklen Haaren, ihrer schlanken, an den richtigen Stellen in ansprechender Weise gerundeten Figur und ihrem entwaffnend hübschen Gesicht, das immer zu lächeln schien – jeder Mann im nördlichen Krappfeld, der nicht schwul oder pervers war, hätte den Waldbauer damals am liebsten erwürgt.

Rudi folgte Matthias vors Haus, wo er diesen in Richtung Stall stapfen sah. »Matthias, komm her«, rief er, wobei seine Stimme eher befehlend als einlenkend klang. »Fahren wir zum Wiesenwirt und fragen wir die Leute, wer Johanna gestern zuletzt gesehen hat.«

***

Als Walter die Wirtsstube des Wiesenwirts betrat, blickten die beiden alten Schwestern von ihren Töpfen auf.

»Servus, Kreuzerbauer«, sagte die mit achtundsiebzig Jahren jüngere der beiden, die Chefin.

»Servus, Wiesenwirtin«, erwiderte Walter. Die ältere Schwester sprach selten und grüßte nie, was aber niemand als unhöflich empfand. Man beachtete sie einfach nicht. »Hat der Eichenhofbauer schon wieder einen Freund von der Maria eingesperrt?«

Die Wiesenwirtin lachte schrill und antwortete: »Weiß ich nicht, wieso meinst denn?«

Ihre extrem hohe, knarrende Stimme passte zu ihrer kleinen, knochenhageren Gestalt – welche allerdings keineswegs auf ihre Kochkünste zurückzuführen war, denn an diesen gemessen hätte sie ebenso rund wie hoch sein müssen. Was sie auf die Teller zauberte, konnte so manchem Sternekoch vor Neid das Gesicht bleichen.

»Weil der Rudi vor einer Stunde an meinem Hof vorbeigefahren ist, im Dienstwagen und in Uniform.«

»Und du glaubst, dass er zum Eichenhof wollte? Vielleicht ist er zum Hansi gefahren.«

Walter wiegte mit skeptisch gerunzelter Stirn den Kopf hin und her. Er wusste, dass Rudi seinem älteren Bruder Hansi in regelmäßigen Abständen die Leviten las, weil dieser sein ganzes Geld ins Gasthaus trug, während der Teichbauerhof verwahrloste. Doch er glaubte nicht, dass Rudi extra deswegen zu ihm fahren würde, noch dazu im Dienst.

»Gib mir ein Achtele Weißen, bald ist Mittag, da wird schon wer kommen, der Bescheid weiß«, sagte Walter, während er sich an einen der Tische setzte.

Die Wirtsstube war eine große Wohnküche mit zwei Sparherden und zwei großen, rechteckigen Tischen, an denen die Wochentagsgäste Platz hatten – wandseitig auf Bänken, raumseitig auf Sesseln. Die Wiesenwirtin betrieb die Gastwirtschaft gemeinsam mit ihrer Schwester, während sich der Wiesenwirt, ihr lediger Sohn, um die dazugehörige

Landwirtschaft kümmerte. Der Großteil der Lebensmittel, die die Schwestern verkochten, stammte aus eigener Zucht und eigenem Anbau, den überwiegenden Rest kauften sie von anderen Bauern zu.

Dankend nahm Walter das Weinglas von der Wiesenwirtin entgegen, nippte daran und meinte: »Die Maria hat bei der Sonnwendfeier gestern mit dem Wiener herumgeturtelt, der seit ein paar Tagen da ist. Kann doch sein, dass der Eichenhofbauer den auch in seiner Melkkammer festgebunden hat.«

Die Wiesenwirtin kicherte nach Hexenart.

Vor ein paar Tagen hatte Maria, die achtzehnjährige, mannstolle Tochter des Eichenhofbauern hysterisch die Polizei gerufen und behauptet, ihr Vater würde ihren Freund ermorden. Rudi war zum Eichenhof gefahren und hatte dort Marias Freund in der Melkkammer angebunden vorgefunden. Er hatte den jungen Mann befreit und dem Eichenhofbauer das Versprechen abgenommen, so etwas nie wieder zu tun.

»Servus, Teichbauer«, sagte die Wiesenwirtin, als Hansi die Wirtsstube betrat. Der grüßte zurück und setzte sich zu Walter, der ihn mit großen Augen musterte.

»Wie schaust denn du aus?«

»Was meinst du denn?« In Hansis Stimme schwang Beunruhigung mit.

Walter suchte nach Worten. »Irgendwie … aufgequollen …«

»Ich weiß auch nicht, was gestern los war. Wiesenwirtin, weißt du, was gestern los war?«

»Nichts war los, warum?«

»Weißt du, wann ich heimgegangen bin?«

»Als Letzter. Um halb eins in der Früh.«

»Hat's irgendwas gegeben?«

Die Wiesenwirtin stellte unaufgefordert eine Flasche Bier und ein Glas vor Hansi ab, hielt inne und fixierte ihn mit ihren graublauen Augen. »Was meinst du denn?«

»Ich meine, hat's eine Rauferei gegeben oder einen Unfall?«

Sie lachte ihr schrilles Lachen und ging wieder an den

Herd, während sie erwiderte: »Nein, Hansi, keine Ausschreitungen, alles wie immer.«

»Wie lange hast du es gestern ausgehalten?«, fragte Hansi an Walter gewandt.

»Wir sind gleich nach dem Festakt gegangen, um kurz vor elf.« Mit »wir« meinte Walter sich, seine Frau und seine beiden Kinder.

»War eh wieder gut besucht«, sagte Hansi zwischen dem Vollschenken seines Glases und dem Leeren desselben bis zur Hälfte mit nur einem Schluck.

»Ja, eh. Sogar der Wiener war da, ich glaube, der gehört schön langsam zu uns.«

»Wer ist dieser Wiener eigentlich?«, fragte die Wiesenwirtin neugierig. »Seit Anfang der Woche fahrt er immer wieder bei uns vorbei, in einem dicken BMW.«

»Das ist ein junger, fescher Kerl«, erzählte Hansi, »immer schön angezogen, mit Anzug und Krawatte und schwarzen Schuhen. Und er fahrt immer zum Hiasi hinein, zum Bachmühlbauern.«

»Apropos Bachmühlbauer«, griff Walter das Stichwort auf. »Wiesenwirtin, weißt du, wie es der alten Bachmühlbäuerin geht?«

»Da gibt's nichts Neues.« Die Wirtin sprach, ohne sich vom Sparherd wegzudrehen, wo sie gerade Sauerkraut in einem großen Topf umrührte, sodass es laut zischte. »Seit ihrem Schlaganfall vor neun Tagen ist sie nicht mehr aus dem Koma aufgewacht.«

»Vor neun Tagen.« Hansi klang empört. »Und vor fünf Tagen ist der Hiasi wieder aufgetaucht, nach fünfunddreißig Jahren, oder wie lange war er fort?«

»Übertreib nicht so, er ist eh immer wieder einmal aufgetaucht, wenn er Geld von seiner Mutter gebraucht hat«, erwiderte die Wiesenwirtin.

»Hiasi war schon als Kind faul und hinterfotzig. Und ein Plirz noch dazu«, meinte Hansi mit einer wegwerfenden Handbewegung. »Der ist von daheim weggelaufen, wie er noch in der Lehre war. Eine Zeit lang war er in Amerika, dort hat er sich irgendwelchen Gangstern angeschlossen. Dann haben sie ihn festgenommen wegen Körperverletzung oder wegen Drogenhandel oder so was, und er ist ausgewiesen worden. Angeblich ist er dann nach Berlin gegangen oder ... nach Thailand, oder wohin?«

»Das sind die Geschichten, die sich die Leute erzählen«, meinte Walter sachlich. »Aus Amerika hätten sie ihn wohl kaum ausgewiesen, wenn sie ihn bei einer Straftat erwischt hätten. Die hätten ihn eingesperrt.«

»Aber in krumme Geschäfte war Hiasi drüben mit Sicherheit verwickelt«, beharrte Hansi, »so faul und hinterfotzig, wie der schon immer war. Und jetzt, wo seine Mama im Koma liegt, taucht er auf und will den Bachmühlbauer spielen.«

»Es ist sogar noch schlimmer.« Walters Stimme klang zögerlich. »Die Talbäuerin hat gestern bei der Sonnwendfeier erzählt, was dahintersteckt.«

Hansi rückte näher an Walter heran, und die Wirtin drehte ein Ohr in seine Richtung, das, so schien es, auf mehrfache Größe anwuchs.

»Die Schwester von der Talbäuerin arbeitet ja als Bürokraft beim Rechtsanwalt Leitgeb in Althofen. Von da weiß sie – und das hat sie der Talbäuerin im strengsten Vertrauen erzählt –, dass der Hiasi über den Leitgeb ein Gerichtsverfahren anstrengen will, damit er die Vormundschaft über seine Mutter kriegt.«

»Aber geh«, rief Hansi erschüttert. Sein Gesichtsausdruck zeigte, dass er keine Ahnung hatte, was das bedeutete.

»Das bedeutet«, sagte Walter daher, »dass er der rechtmäßige Besitzer vom Bachmühlbauerhof wird, wenn er das Verfahren gewinnt.«

Hansi blinzelte irritiert. »Aber warum ... warum sollte er das wollen? Wenn ihn der Hof interessiert hätte, wäre er doch nicht als Junger abgehaut und hätte sich nur alle heiligen Zeiten daheim blicken lassen.« Seine schlaffen Lider zeigten an, dass sich sein gestriger Rausch aufzuwärmen begann.

»Geld wird er brauchen«, rief die Wiesenwirtin vom Herd her, »sowie dem der Hof gehört, wird er ihn verscherbeln.«

»Die Bachmühlbäuerin tät sich im Grab umdrehen«, polterte Hansi und fügte, als er Walters befremdeten Blick bemerkte, schnell hinzu: »Wenn sie schon tot wäre.«

»Ich glaube nicht, dass das so leicht gehen wird mit der Entmündigung«, meinte die Wirtin.

»Nein, Gott sei Dank nicht«, pflichtete Walter ihr bei, »das Verfahren kommt vor Gericht, die schicken dann einen Gutachter und so weiter. Die sind ja auch nicht auf der Nudelsuppe dahergeschwommen, die sehen sofort, dass da einer vorzeitig sein Erbe antreten will. Und wenn der Hiasi wirklich Vorstrafen hat …«

»Siehst du, Kreuzerbauer, jetzt kommt deine Antwort«, unterbrach ihn die Wiesenwirtin und nickte in Richtung Fenster. Walters Augen folgten ihrem Blick. Draußen sah er einen Polizeiwagen einparken, dem Rudi und Matthias entstiegen.

»Der Matthias? Was ist denn mit dem Matthias?«, fragte er überrascht. Die Reaktion war gespanntes Schweigen, das so lange andauerte, bis die beiden Neuankömmlinge die Wirtsstube betraten.

»Servus, Rudi, servus, Waldbauer«, grüßte die Wirtin.

Rudi und Matthias setzten sich zu Walter und Hansi an den Tisch, und die Männer begrüßten einander mit Handschlag.

»Warum sitzt du schon wieder im Gasthaus?«, schnauzte Rudi seinen Bruder an.

Hansi zuckte zusammen und murmelte: »Zum Mittagessen.«

»Hat die Sieglinde dich endlich verlassen?«

»Was? Nein, wieso?«

»Warum gibt's dann daheim kein Mittagessen?«

»Weil sie heute bei einer Liedertafel in Friesach ist, glaube ich.«

»Glaubst du.« Rudi bedachte seinen Bruder mit einem langen, warnenden Blick. Dann fasste er ähnlich streng Walter ins Auge. Die angespannte Stimmung, die dadurch in der

Wirtsstube entstand, war schier unerträglich. Schließlich klärte Rudi die beiden auf: »Die Johanna ist verschwunden.«

»Was?«, rief Hansi. »Wann denn? Heute?«

»Was meinst du mit verschwunden?«, fragte Walter irritiert.

»Was heißt, ›was meinst du mit verschwunden‹?«, fuhr Rudi ihn an. »Was gibt's denn daran nicht zu verstehen?«

Walter wich seinem Blick aus und meinte kleinlaut: »Ich … ich frage ja nur.«

»Irgendwann letzte Nacht«, antwortete Matthias auf Hansis Frage, »sie ist am Abend wahrscheinlich gar nicht nach Hause gekommen.«

»Wieso wahrscheinlich?«, fragte Hansi.

Matthias senkte beschämt den Blick, als er antwortete: »Ich weiß es nicht genau. Ich habe meine Freunde angerufen, mit denen ich gestern nach der Sonnwendfeier noch unterwegs war, und die sagen, wir haben in der Disco in Sankt Veit Sperrstunde gemacht. Das ist um vier in der Früh, und dann haben sie mich heimgebracht. Wenn ich besoffen heimkomme, schlafe ich auf der Wohnzimmercouch, damit ich Johanna nicht störe. Deshalb habe ich auch nicht mitgekriegt, ob sie da war, als ich heimgekommen bin.«

Matthias erzählte, wie er seinen Hof heute Morgen vorgefunden hatte, und Rudi erläuterte, welche Schlussfolgerungen daraus zu ziehen seien. Seine Vermutung, Johanna sei mit einem anderen durchgebrannt, behielt er für sich.

»Wann habt ihr Johanna zuletzt gesehen?«, fragte er abschließend.

»Irgendwann gestern Abend, bei der Feier«, antwortete Hansi, »ich kann aber nicht genau sagen, wann.«

»Geht mir genauso«, pflichtete Walter ihm bei.

»Eine große Hilfe seid ihr nicht gerade«, meinte Rudi ruppig.

»Bei mir war sie nur kurz herinnen, bevor die Sonnwendfeier losgegangen ist«, erklärte die Wiesenwirtin.

»Ich weiß nicht, aber … Johanna war nicht lange auf der Sonnwendfeier, oder?«

Walter hatte seine Frage an Matthias gerichtet. Der seufzte und erwiderte: »Nein, sie ist um kurz vor neun gegangen. Sie hat gesagt, sie hat Kopfweh.«

»Kann ich mir vorstellen, so wie die sich mit Hiasi befetzt hat.«

Matthias stierte Walter an und fragte perplex: »Was meinst du?«

»Na, gestritten haben sie, aber nicht wenig.«

»Warum?«, fragte Rudi.

»Weiß ich nicht, ich hab's nicht gehört, ich war zu weit weg. Aber sie war ziemlich zornig, hat mit den Händen herumgefuchtelt und so weiter.«

»Und Hiasi?«

»Der wollte sie beruhigen. Zumindest hat es so ausgesehen.«

»Und dann?«

»Weiß ich nicht, ich hab das nur nebenbei mitbekommen. Ein bisserle später hab ich gesehen, wie sie den Kogel hinaufgegangen ist, also offenbar nach Hause, und dabei hat sie mit irgendjemandem telefoniert. Wahrscheinlich war sie immer noch zornig, weil sie beim Telefonieren auch so herumgefuchtelt hat.«

»Und das war um kurz vor neun?«

»Muss wohl so sein, wenn sie sich um die Zeit von Matthias verabschiedet hat. Ich habe nicht auf die Uhr geschaut.«

Rudi dachte kurz nach, dann wandte er sich an die Wiesenwirtin. »Frag bitte alle Gäste, die heute und morgen zu dir kommen, ob einer von ihnen Johanna gestern Abend nach neun Uhr noch gesehen hat und wenn ja, wann und wo genau.«

»Ist gut«, erwiderte die Wirtin, und Rudi erhob sich.

»Dann bin ich wieder dahin. Ruf mich sofort an, wenn sich Johanna bei dir meldet«, befahl er Matthias und wandte sich zum Gehen. Als sein Blick aus dem Fenster fiel, setzte er sich jedoch wieder und meinte: »Den warte ich noch ab, das wird interessant.«

Während die anderen noch fragende Blicke tauschten, ging die Tür zur Wirtsstube auf, und Hiasi trat ein.

»Grüß euch Gott«, sagte er fröhlich und mit einem unüberhörbaren Wiener Einschlag in seinem Dialekt.

»Servus, Hiasi«, grüßte die Wirtin. Dass sie ihn nicht mit »Bachmühlbauer« betitelte, schien niemandem aufzufallen.

Hiasi wirkte für seine fünfzig Jahre einerseits erstaunlich jugendlich, andererseits erschreckend abgewrackt. Seine schlaksige Figur und seine ebenso schlaksigen Bewegungen sahen lässig aus. Seine Kleidung, deren Zustand hart an der Grenze zur Verwahrlosung angesiedelt war, unterstützte diesen Eindruck ebenso wie seine Stiefel, deren Stollen übertrieben groß schienen. Dem entgegen wirkte sein aschfahles, faltiges und anscheinend nikotingegerbtes Gesicht, auf dem sich die Fünftagebartstoppeln ebenso spärlich ansiedelten wie die undefinierbar farbigen Haare auf seinem Kopf. Dass er sie dennoch lang wachsen ließ und nach hinten kämmte, obwohl sie sich wegen ihrer Drahtigkeit nur ungern beugen zu lassen schienen, verlieh ihm irgendwie das Aussehen einer Hyäne.

»Jetzt muss ich euch erzählen, was ich letzte Nacht für ein Glück gehabt habe. Das geht auf keine Kuhhaut«, begann er, wurde aber von Rudi schroff unterbrochen.

»Erzähl zuerst, warum du gestern mit Johanna gestritten hast.«

Hiasis fröhlicher Gesichtsausdruck wich einem verdutzten. »Was … was meinst du?«

Er setzte sich zu den anderen an den Tisch.

»Was gibt's da nicht zu verstehen?«, fuhr Rudi auf.

»Ich … ich weiß nicht … wieso?«

»Du wirst wohl noch wissen, warum du mit ihr gestritten hast.«

»Ja, schon, aber das ist privat, ich meine …«

»Johanna ist seit gestern abgängig«, sagte Matthias.

»Ach.« Es klang, als hätte Hiasi gerade erfahren, dass sein Fahrrad umgestoßen worden sei.

»Also, was ist?« Rudi gab sich sichtlich Mühe, einschüchternd zu wirken, was ihm wunderbar gelang.

»Es ist um eine Sache gegangen, wegen der wir eigentlich schon streiten, seit sie ein Kind war.«

»Wie kann das sein? Du bist locker zwanzig Jahre älter als sie.«

»Vierundzwanzig.«

»Na also. Wie du von daheim abgehaut bist, war Johanna noch gar nicht auf der Welt.«

»Ich bin zwischendurch für längere Zeit daheim gewesen, ein oder zwei Jahre, weißt du nicht mehr?«

»Wie alt warst du da? Anfang dreißig? Da war sie sechs Jahre alt. Worüber hat ein Dreißigjähriger mit einer Sechsjährigen einen solchen Streit, dass er bis heute andauert?«

Da in diesem Moment die Wiesenwirtin an den Tisch kam, bestellte Hiasi zunächst einen Obstler und ein Bier, dann begann er zu erzählen.

»Na gut, hört zu. Wie ihr wisst, sind Johanna und ich Cousine und Cousin. So wie alle im Krappfeld.« Sein Witz ging ins Leere, doch er selbst lachte trotzdem. »Unsere Väter waren Brüder, wobei meiner als der Ältere den Bachmühlbauerhof geerbt hat. Bei der Übernahme hat er dem Vater von Johanna das Erbteil ausgezahlt, wie es sich gehört. Später, wie Johanna auf die Welt gekommen und größer geworden ist, hat sie immer gesagt, dass sie den Hof haben will. Die Johanna ist eine Naturfreundin, sie ist ja in Treibach aufgewachsen, ihr Vater hat im Stahlwerk gearbeitet. Wahrscheinlich hat sie deshalb immer so eine verträumte Vorstellung vom Landleben gehabt.«

»Red keinen Blödsinn«, schaltete Matthias sich lautstark ein, »seit wann ist die Johanna verträumt?«

»Ich meine als Kind.« Während Hiasi sprach, zog er eine Packung Tabak hervor, in der sich auch Zigarettenpapier befand, und begann, sich eine Zigarette zu drehen. »Sie wollte zum Beispiel nie, dass die Bauern Kunstdünger auf die Felder führen. Mir war das wurscht, solange die Arbeit dadurch leichter wird.«

»Und du meinst, weil du so lange weg warst, hat sie gehofft, den Hof statt dir zu erben?«, fragte Rudi.

Hiasi hielt in seiner Bewegung inne und blickte ihn misstrauisch an. »Möglich wäre es«, erwiderte er langsam.

Rudi durchbohrte ihn fast mit seinem Blick, als er nachhakte: »Und jetzt, wo du der neue Bachmühlbauer wirst, ist sie eifersüchtig, oder was?«

Hiasis Adamsapfel hüpfte einmal rauf und wieder runter. Die Bewegung, mit der er sich die Zigarette in den Mund steckte und anzündete, war zu lässig, um echt zu wirken.

»Das spricht sich aber schnell herum.«

»Was willst du? Wir sind am Land. Also?«

»Nein, jetzt hat sie ja ihren eigenen Hof. Aber sie hat wohl Angst, dass ich … dass meine Bewirtschaftung nicht so ökologisch sein wird, wie sie es gern hätte.«

»Und deswegen habt ihr gestritten?« Rudi senkte die Stimme am Ende des Satzes, als wäre es eine Feststellung, keine Frage. Es klang, als glaubte er Hiasi kein Wort.

»Ja.«

»Was hast du denn Unökologisches vor?«

»Gar nichts. Was soll dieses Verhör überhaupt?«

»Johanna ist verschwunden«, erinnerte Matthias ihn nachdrücklich.

»Ihr glaubt, das hat mit unserem Streit zu tun? Das ist lächerlich. Es wird ihr schon nichts passiert sein, die taucht bestimmt wieder auf.«

»Du nimmst das ganz schön locker.« Matthias klang zornig.

»Ich verstehe, dass du dir Sorgen machst«, lenkte Hiasi ein, »aber nach dem, was mir letzte Nacht passiert ist, bin ich froh, dass ich noch am Leben bin. Da erscheint alles andere nicht mehr so wichtig.«

»Was ist dir denn passiert?«, fragte Hansi und schenkte der Wiesenwirtin, die mit den Getränken für Hiasi auch noch ein Bier für ihn mitgebracht hatte, einen dankbaren Blick.

»Ich war gestern nach der Sonnwendfeier in der Erni-Bar am Längsee«, begann Hiasi. »Beim Zurückfahren bin ich hinter Sankt Klementen, wo die Straße steil nach Boden hinuntergeht, von der Fahrbahn abgekommen. Ich bin kerzengerade über den Abhang geschossen und frontal in einen von den Bäumen dort hineingeknallt.« Hiasis dramaturgische Pause wurde von Hansi mit einem Laut der Betroffenheit gefüllt. »Dass mir da nichts passiert ist, ist ein Wunder, das sage ich euch. Deshalb bin ich heute vielleicht ein bisserle sorgloser als sonst.«

Rudis Blick war unverändert hart. »Angesoffen warst«, fuhr er Hiasi an.

»Nein, war ich nicht.«

»Welcher von meinen Kollegen ist gekommen, als du den Unfall gemeldet hast?«

»Da war nichts zu melden. Es ist ja niemandem was passiert, Wildschaden hat es auch keinen gegeben, und dass der Wald dort dem Eichenhofbauer gehört, das habe ich gewusst. Ich war gerade vorhin bei ihm und habe das geregelt.«

»Um wie viel Uhr war das?«

»Der Unfall? Das muss so gegen ein Uhr gewesen sein.«

»Geht's nicht genauer?«

»Nein, ich war unter Schock, kannst du dir ja vorstellen. Aber wie ich daheim angekommen bin, war es halb zwei, und ich glaube nicht, dass ich vom Unfallort bis zu meinem Hof länger als eine halbe Stunde gehe.«

Rudi nickte zwar, doch er sah nicht so aus, als stellte ihn diese Antwort zufrieden.

»Also gut, ich muss weiter«, meinte er und stand auf. »Ihr sagt mir Bescheid, wenn ihr etwas Neues hört, klar?«

Die anderen bejahten das. Auch Matthias erhob sich und meinte, er werde nach Hause gehen; die beiden verabschiedeten sich von den anderen.

Als sie gegangen waren, wandte Hiasi sich an Walter: »Du musst mir einen Gefallen tun.«

ZWEI

Mit Ausnahme des zerschlissenen Handtuchs, das über seiner Schulter hing, war Robert wieder splitternackt, als er zu Mittag aus seiner Hütte trat. Ein fröhliches Lied pfeifend, folgte er dem Verlauf des Gartenschlauchs vom Wasserhahn bis in den Obstgarten. Es war zwar erst ein Uhr, aber Robert konnte einfach nicht mehr länger warten. Schon die vergangene Woche hatte hochsommerliche Temperaturen mit sich gebracht. Trotzdem hatte Robert sein Vorhaben immer wieder aufgeschoben, weil ihm die dafür nötige innere Ruhe fehlte. Nun jedoch waren die Aufregungen der vergangenen Tage vorbei. Nun war es so weit.

Er trat an die alte Blech-Badewanne, die er zwischen den Apfel-, Zwetschgen- und Birnbäumen platziert hatte, hängte sein Handtuch an einen Zweig und steckte vorsichtig den große Zeh seines rechten Fußes in das Wasser. Er kniff die Augen zusammen, schürzte die Lippen und bewegte abwägend den Kopf hin und her. Dann nahm er den Schlauch, öffnete den Verschluss, und als er mit der Hand die Temperatur des herausströmenden Wassers überprüfte, entspannte sich sein Gesichtsausdruck. Seit er den Schlauch das letzte Mal zugedreht hatte, hatte die Sonne das Wasser darin erhitzt. Robert ließ es in die Wanne rinnen.

Wenn er in den kalten Jahreszeiten ein Bad nehmen wollte, musste er die Wanne in die Küche seiner Hütte ziehen und das Badewasser auf seinem Sparherd erhitzen; ein umständlicher Vorgang. Deshalb freute er sich den ganzen Spätherbst, Winter und Frühling über auf das erste sommerliche Bad im Freien, das er nun nehmen würde. Der richtige Ort dafür war ein waagrechtes Stück Boden in seinem Obstgarten, das sich nahe genug bei seiner Hütte befand, damit der Gartenschlauch vom Wasserhahn bis hierher reichte, und die längste Zeit des Tages schattenfrei blieb. So konnte die Sonne das Wasser in der Wanne stundenlang erwärmen, und Robert beschleunigte diesen Prozess, indem er es in Etappen einließ.

Im Frühsommer dauerte es meist bis zum späten Nachmittag, ehe das Wannenwasser eine angenehme Badetemperatur hatte, aber Robert wollte nicht mehr länger warten. Er drehte den Schlauch zu und stieg in die Blechwanne. Sein Gesichtsausdruck dokumentierte eindrucksvoll seine Empfindungen, während sich sein Körper nach und nach an das recht frische Wasser gewöhnte, doch als er schließlich vollends in dem blechernen Badetrog lag und die Hände hinter seinem Kopf verschränkte, grinste er breit und begann, Löcher in den wolkenlosen Himmel über sich zu starren – bis durch das Bienensummen und das Grillenzirpen hindurch das anschwellende Brummen eines Motors an seine Ohren drang.

Robert hatte nichts gegen Besuch, ganz im Gegenteil, aber gerade jetzt wollte er keinen. Gleich darauf sah er den zerbeulten orangefarbenen VW Käfer seines Bruders Pepi langsam über den Weg auf seine Hütte zuwackeln. Sowohl die Geschwindigkeit als auch die eigentümliche Bewegung des Fahrzeugs waren dem Zustand des Weges geschuldet, der von der Straße zu Roberts Hube führte und für dessen Beschreibung das Wort »erbarmungswürdig« kaum ausreichte. Was Robert nicht scherte – wozu auch? Seine einzigen Gefährten waren ein steinalter Steyr-Traktor und ein erheblich jüngeres, aber immer noch uraltes Puch Moped, und für beide stellte der Weg kein Problem dar, weil er für beide einen solchen im Grunde gar nicht brauchte.

Pepi parkte den Käfer an der Hütte, sah den Schlauch und wusste wohl, was Sache war, denn er kam schnurstracks in den Obstgarten, mit einem Gesichtsausdruck, von dem Robert ablesen konnte, dass etwas nicht stimmte. Sein hagerer, sonst stets fröhlicher Bruder wirkte heute wie eine entsetzte Vogelscheuche – ein Eindruck, der vor allem von Pepis hervorstechenden Adams- und Augäpfeln getragen wurde.

»Was ist denn?«, fragte Robert anstelle einer Begrüßung.

»Servus, Robert.« Pepi blieb vor der Wanne stehen und trat von einem Bein auf das andere.

Robert sah sich das ein paar Sekunden lang an, doch als sein Bruder weder Anstalten machte, sich zu erklären, noch zu kichern, obwohl er das nach dem Sprechen eigentlich immer tat, fragte er erneut und diesmal mit einer gehörigen Portion Misstrauen in der Stimme: »Was ist denn?«

»Es ist … es ist etwas passiert.« Pepi kratzte sich am Kopf.

»Was denn?«

»Na ja, es ist so, dass …« Pepi suchte nach Worten, und es dauerte ein paar Sekunden, bis Robert vom Gesicht seines Bruders die Erkenntnis ablesen konnte, wie wenig Sinn es machte, etwas zu verschweigen, wenn man gekommen war, um es zu erzählen. Die Weiterleitung an den Stimmapparat nahm dann noch einmal so viel Zeit in Anspruch. »Ich war gerade beim Wiesenwirt. Dort haben sie mir erzählt, dass … Robert, Johanna ist verschwunden.«

»Was?« Mit einem ebenso spontanen wie hektischen Wasserrauschen sprang Robert aus der Wanne, rutschte im nassen Gras aus und plumpste derb zu Boden, wo er noch einige Male unbeholfen auf den verlängerten Rücken zurückfiel, ehe er endlich auf die Beine kam. Pepi wandte sich mit einem Ausdruck des Ekels von ihm ab.

»Mah, Robert, deck dein Pimperle zu! Wie das ausschaut.«

»Was heißt, Johanna ist verschwunden?«

»Sie ist gestern Abend nicht heimgekommen.«

»Haben sie sie gesucht?«

Pepi drehte sich wieder zu Robert, doch erneut spiegelte sich Abscheu in seinen Augen, weil sein Bruder nach wie vor im Adamskostüm vor ihm stand und nun auch noch die Hände in die Hüften gestemmt hatte.

»Freilich haben sie sie gesucht, aber gefunden hat sie keiner. Seit gestern Abend um neun hat sie keiner mehr gesehen. Das heißt …« Pepi entdeckte das Handtuch am Ast, griff danach und gab es seinem Bruder. »Robert, ich muss … ich muss dir was sagen.«

Robert nahm das Handtuch, stemmte jedoch die Hand, die es hielt, gleich wieder in seine Hüfte. »Das darf ja nicht wahr sein«, rief er außer sich. »Wenn Johanna bis übermorgen nicht auftaucht, ist auch meine Hube weg. Das kann ja nicht sein.«

Pepi heftete seinen Blick auf Roberts entsetztes Gesicht, wohl um ihn nicht der Nacktheit seines Bruders auszusetzen, und wiederholte: »Robert, ich muss dir etwas erzählen.«

»Dreiundsechzigtausendvierhundert Euro, die treib ich doch nie auf. Feri lasst mich pfänden, dann bin ich meine Hube los.«

»Robert …«

»Was soll ich denn jetzt machen?«

Pepi seufzte und ließ die Schultern hängen. »Sie suchen weiter nach ihr«, sagte er schwach. »Rudi setzt alle Hebel in Bewegung, und wenn einer Johanna finden kann, dann er.« Er wandte sich zum Gehen, hielt aber noch einmal inne und meinte: »Komm heute noch zu mir hinüber, okay? Ich muss dir was erzählen, was Wichtiges.«

Doch Robert bekam von dem, was um ihn herum geschah, nichts mehr mit; nicht von dem, was Pepi sagte, nicht, dass sein Bruder danach noch immer nicht kicherte, und nicht, dass er wieder seinen VW Käfer bestieg und mit diesem davonwackelte.

Abwesend, nackt und mit in die Hüften gestemmten Händen stand Robert in seinem Obstgarten. Erst ein weiß-grün-schwarzer Batzen Rotkehlchenschiss, der auf seine Schulter klatschte, holte ihn aus seiner Erstarrung. Er vergegenwärtigte sich seine Situation, stieg wieder in die Badewanne, wo er sich schnell und ohne jegliches Behagen wusch, und kippte danach die Wanne um, sodass das Seifenwasser auf die Wiese schwappte. Während er sich anzog, die Wanne in der Rumpelkammer verstaute und den Schlauch aufrollte, kreisten seine Gedanken um das eine Thema, das er bis zu Pepis Besuch für abgeschlossen gehalten hatte.

Vor rund zwei Jahren hatte Roberts Ehefrau sich von ihm

scheiden lassen und war in diesem Zusammenhang über Umwege an eine aufgrund ihrer eigenen Vergangenheit ausgesprochen ehemännerfeindliche Scheidungsanwältin in Klagenfurt geraten, die ihr persönliches Drama sehr engagiert mit dem Zugrunderichten der Ehemänner anderer Frauen zu kompensieren versuchte. Gemeinsam hatten die beiden beschlossen, Robert nach allen Regeln der Juristerei zu rupfen, was dessen teilweise Enteignung bedeutete, immerhin bestand sein einziger Besitz aus Grund und Boden. Robert konnte dem wenig entgegensetzen, denn anders als die fanatische Anwältin seiner damaligen Noch-Ehefrau, die auf Provisionsbasis arbeitete, wollten alle von ihm angesprochenen Rechtsvertreter erfolgsunabhängig bezahlt werden, und zwar mit Summen, die Robert sich kaum vorstellen, geschweige aufbringen konnte. Er musste sich also selbst verteidigen, weshalb er gegen die männermordende Advokatin nicht den Hauch einer Chance gehabt hätte, wäre diese dem verhandlungsleitenden Richter nicht schon seit Jahren ein Dorn im Auge gewesen. Letzterer verabscheute ihren rücksichtslosen und zumeist völlig unverhältnismäßigen Rachefeldzug gegen die Ehemänner ihrer Mandantinnen, zumal nicht wenige der armen Tröpfe alles versucht hatten, um ihre Ehe zu retten. Nach einigem Hin und Her waren Robert und seine Frau zu einer Einigung gelangt, die in der einmaligen Zahlung von sechzigtausend Euro bestand.

Damit hatte sich das Problem für Robert allerdings nur verlagert, denn um diese Summe bezahlen zu können, hatte er einen Kredit aufnehmen müssen – und um diesen zu bekommen, musste er Grund und Boden beleihen.

Feri, Bürgermeister und Bankdirektor von Kappel am Krappfeld, kannte Robert und dessen Lebenssituation. Er gewährte den Kredit, legte Robert aber nachdrücklich ans Herz, sich eine Arbeit zu suchen, um die Rückzahlungsraten abstottern zu können. Robert hatte darauf jedoch nicht hören wollen, er versuchte es auch weiterhin auf seine Art, indem er seine landwirtschaftlichen Erzeugnisse verkaufte und die schadhaft gewordenen Autos und Landmaschinen seiner Nachbarn an der Steuer vorbei reparierte, soweit die Fähigkeiten, die er sich vor knapp einem Vierteljahrhundert bei seiner Lehre zum Landmaschinenmechaniker angeeignet hatte, das zuließen. Selbstverständlich hatten die Einkünfte bei Weitem nicht ausgereicht, und nachdem Feri ihn deswegen monatelang vergeblich ermahnt hatte, war ihm schließlich nichts anderes mehr übrig geblieben, als am vergangenen Montag den Kredit zum Monatsletzten fällig zu stellen. Das lief auf eine Pfändung hinaus, da Robert das Geld ja noch immer nicht hatte – mittlerweile hatte sich der Schuldenberg durch Zins und Zinseszins sogar auf dreiundsechzigtausendvierhundert Euro erhöht.

Doch dann war Johanna für ihn eingesprungen. Sie hatte ihm ein Angebot gemacht, mit dem alle zufrieden waren, außer vielleicht ihr Ehemann Matthias, da es ja ihr gemeinsames Geld war. Robert hatte es begeistert angenommen. Gestern bei der Sonnwendfeier hatte Feri ihnen gesagt, er habe alle erforderlichen Papiere vorbereitet. Robert und Johanna sollten am Montag zu ihm kommen und unterschreiben, dann wäre alles in Butter.

Wenn Johanna nun aber weg war, war Roberts Problem wieder da, denn ohne sie gab es keine Vereinbarung, und das bedeutete, dass ein so großer Teil seines Besitzes gepfändet werden würde, dass er vom übrig bleibenden Rest nicht würde leben können.

Wutschnaubend gab Robert sich selbst eine Ohrfeige, doch die Fliege, die auf seiner Backe gesessen hatte, war schon wieder weg. Immerhin riss ihn das aus seinen Gedanken und setzte ihn in Aktion: Er musste etwas unternehmen. Irgendjemand in Boden oder Umgebung musste wissen, was mit Johanna geschehen war, und dieser Jemand oder einer von denen, die wussten, dass er es wusste, würde zwangsläufig früher oder später in ein Wirtshaus gehen, von denen die naheliegendsten der Wiesenwirt hinterm Kogel und der Guste in Kappel waren. Dort würde Robert sich nun durchfragen.

Er stieg auf seine blaue Puch DS 50 und trat den Kickstarter einmal kräftig nach unten, woraufhin der Zweitaktmotor zu meckern begann und verbranntes Eins-zu-fünfzig-Gemisch die Luft verdickte. Dann trat er den Ganghebel nach unten, was ein lautes Klacken auslöste und eine Vibrationswelle durch das ganze Gefährt schickte, quasi als Bestätigung dafür, dass der erste Gang nun eingelegt war. Im Schritttempo rollte Robert den holprigen Weg hügelabwärts, durchfuhr unten angekommen den Bodenbauerhof und beschleunigte dann, bis er zu der Straße kam, die Boden auf der Talsohle der Länge nach durchzog. Auf ihr fuhr er bis zum oberen Ende des kleinen Tals und dann den Kogel hinauf, bei dessen sanfter Steigung sein Moped plötzlich zu ruckeln begann. Auf der Hügelkuppe gab es endgültig den Geist auf.

Robert schob sein Gefährt von der Straße weg zu dem hier befindlichen Marterl und nahm die Abdeckung des Motorblocks ab. Er vermutete, dass der Vergaser verstopft war.

An dieser Stelle der Hügelkuppe wurde die Gemeindestraße, die von Boden zum Wiesenwirt und danach nach Kappel und Althofen führte, von einem Schotterweg gekreuzt, der nach links zum Mondhof führte, den Roberts Bruder Pepi bewirtschaftete, und nach rechts zum Waldbauerhof von Johanna und Matthias. Die Kreuzung war ein nicht ungefährlicher Lokalverkehrsknoten, da sie sich auf der Hügelkuppe und noch dazu im Wald befand, was die Übersichtlichkeit extrem einschränkte. Egal, von welcher Seite man auf die Kreuzung zufuhr, ein Gegen- oder Querverkehr kam erst im letzten Moment in Sichtweite.

Robert hatte die Sitzbank seiner DS 50 aufgeklappt und dem darunterliegenden Stauraum eine Werkzeugtasche entnommen, mittels deren Inhalt er nun den Vergaser abschraubte. Als er das von Boden her näherkommende, plärrende Geräusch eines Motors vernahm, wusste er, dass in Kürze Reinhard mit seiner Puch Maxi an ihm vorbeifahren würde. Man kannte sich im Tal, man wusste, wer womit unterwegs war und wie die Gefährte klangen. Als es so weit war, hob Robert von seiner hockenden Position aus die Hand zum Gruß, und Reinhard brachte mit kreischendem Hinterreifen sein Mofa zum Stehen, ehe er es zum Marterl hinlenkte.

Reinhard war mit seinen einundzwanzig Jahren einer der älteren Söhne des Bodenbauerhofs und damit Roberts direkter Nachbar. Robert verstand sich mit allen Mitgliedern der großen Bauernfamilie gut, doch zwischen ihm und Reinhard bestand eine besondere Verbindung. Schon als kleiner Junge, der gerade erst laufen gelernt hatte, war Reinhard Robert besuchen gekommen – und das, obwohl die Steigung vom Bodenbauer zu Roberts Hube hinauf für Kinderbeine nicht ohne war.

»Hast du schon gehört, was letzte Nacht alles los war?«, fragte der junge Mann nun aufgeregt.

»Ja, Sonnwendfeier war. Und Johanna ist verschwunden. Das passt mir überhaupt nicht.«

»Und Hiasi hat einen Unfall gebaut.«

Robert hielt inne und sah Reinhard fragend an, woraufhin dieser eifrig berichtete, was Hiasi dem Eichenhofbauer und der Eichenhofbauer Reinhards Familie erzählt hatte. Der Eichenhofbauer hatte das Autowrack mittlerweile mit dem Traktor aus dem Wald gezogen und vorübergehend auf seinem Hof abgestellt, wo Reinhard es vorhin besichtigt hatte.

Während er sich noch in Detailschilderungen des Schadens erging, kam Rudi in seinem Einsatzwagen von Boden her auf die Kreuzung zugefahren und hielt an, als er Robert und Reinhard sah. Er öffnete das Beifahrerfenster, beugte sich zu diesem hinüber und fragte, ohne ein Wort der Begrüßung voranzustellen: »Wann habt ihr zwei Johanna das letzte Mal gesehen?«

»Gestern, bei der Sonnwendfeier«, erwiderte Robert.

»Wie viel Uhr?«

»Weiß ich nicht.«

»Und du?«, wollte Rudi von Reinhard wissen.

»Irgendwann letzte Woche, an welchem Tag genau, weiß ich nicht.«

»Du warst gar nicht bei der Sonnwendfeier? Warum nicht?«

»Ich bin früh schlafen gegangen, weil ich heute früh Zeitungen ausgeführt habe.«

»Du führst Zeitungen aus? Seit wann?«

»Ja, das ›Kärntner Tagesblatt‹. Seit einem Jahr.«

»Wann warst du heute unterwegs?«

Robert stellte nicht zum ersten Mal fest, dass jede Frage aus Rudis Mund wie eine Anschuldigung klang. Immer.

»In Boden? Ab drei Uhr.«

»Ist dir irgendwer begegnet?«

»Ja, Hiasi.«

»Hiasi? Um die Zeit? Bist du dir sicher?«

»Ja, da hat es gerade angefangen zu regnen, und ich habe mich gewundert, warum Hiasi da mitten in der Nacht spazieren geht, bis ich heute Vormittag gehört habe, dass er einen Unfall gehabt hat. Ich habe ihn angeblinkt, aber wahrscheinlich hat er mich nicht erkannt.«

»Und du bist dir ganz sicher, dass das erst nach drei Uhr war und nicht früher?«

»Ganz sicher. Meine Tour mit den Zeitungen mache ich immer um dieselbe Zeit.«

»Das wird er mir erklären müssen«, sagte Rudi zu sich selbst, nickte den beiden zu, wendete den Wagen und fuhr zurück nach Boden.

»Was hat er damit gemeint?«, fragte Reinhard, doch Robert hörte ihn nicht. Er war schon wieder zu sehr mit seinem Moped beschäftigt, um noch geistige Kapazitäten für so etwas wie Fragen frei zu haben. Er öffnete den Vergaser, blickte hinein und suchte dann vergebens nach passendem Werkzeug.

»Hast du eine kleine Spitzzange oder eine Pinzette?«

»Ich glaube nicht«, erwiderte Reinhard, packte aber trotzdem das Werkzeugset seines Mofas aus. Er fand seine Vermutung bestätigt.

»Ein Rostsplitter verstopft die Leitung, und ich komme nicht an ihn dran.« Robert versuchte, den Splitter zu lockern, indem er den Vergaser schüttelte, doch selbst als er mit der

Hand mehrmals daraufschlug, änderte sich nichts. »Ich werde das Moped heimschieben müssen. Kommst du heute Abend zum Essen zu mir?«

Reinhards Gesichtszüge hellten sich auf.

»Ja, gern.«

Während Robert die DS 50 in die Straßenmitte schob und aufsaß, um mit ihr den Hügel wieder hinabzurollen, trat Reinhard ein paarmal in die Pedale seiner Puch Maxi und fuhr, als der Motor ansprang, auf der anderen Seite des Kogels hinunter.

***

Als Reinhard beim Wiesenwirt ankam, warteten seine beiden Freunde, mit denen er sich zum Kegeln verabredet hatte, schon auf ihn. Im Hof des Wirtshauses befand sich eine alte Kegelbahn mit Naturlehmboden, deren Kugel und Kegel wohl schon vor einem halben Jahrhundert aus Holz gedrechselt worden waren. Am Kopfende der Bahn stand eine riesige Eiche und unter ihr mehrere Tische und Bänke. Nicht nur wegen des Baumschattens hatten die Sitzplätze darunter einen viel größeren Wert als die übrigen beim Wiesenwirt: Wer hier saß, sah jeden, der auf der Straße vorbeifuhr, und wurde umgekehrt auch von jedem Vorbeifahrenden gesehen. Das – und nicht irgendwelche Sicherheitsgedanken – war der Grund, warum die Autofahrer ihre Geschwindigkeit drosselten, wenn sie beim Wiesenwirt vorbeifuhren. Man grüßte sich, und oft geschah es, dass ein Vorbeifahrer zukehrte, wenn er jemanden hier sitzen sah, mit dem er etwas zu bereden hatte. Momentan saßen Walter und Hiasi im Schatten der Eiche und tranken Wein und Bier.

Nachdem die drei jungen Männer ein paarmal reihum die Kugel gerollt hatten – eigentlich war es mehr ein Hüpfen als ein Rollen, denn die Oberfläche der Lehmbahn war vom nächtlichen Regen unregelmäßig geworden, und die Holzkugel hatte wenig Gewicht –, kam Rudi vorbeigefahren und hielt abrupt an. Als er ausstieg, war klar, dass er Hiasi hier sitzen gesehen hatte, denn er ging auf ihn zu und sagte: »Ich war gerade am Hof von deiner Mutter und habe dich gesucht.«

Reinhard spitzte die Ohren. Es war auffällig, dass Rudi nicht »bei dir daheim« oder Ähnliches gesagt hatte. Jeder, der Rudi kannte, wusste, dass solche feinen Unterscheidungen bei ihm kein Zufall waren. Während er so tat, als ginge ihn das Gespräch nichts an, blieb Reinhard doch in Hörweite, außer wenn er ans untere Ende der Bahn laufen musste, um die Kugel zu holen und die Kegel wieder aufzustellen, die er umgeschoben hatte.

»Was brauchst denn?«, fragte Hiasi.

»Wann hast du letzte Nacht noch einmal den Unfall gehabt?«

»Um ein Uhr ungefähr.«

»Und daran gibt's keinen Zweifel?«

»Nein, weil wie ich daheim angekommen bin, war es halb zwei.«

»Reinhard, komm einmal her.«

Reinhard tat so, als wäre er vom Zuruf des Polizisten überrascht, dann folgte er der Aufforderung.

»Um wie viel Uhr hast du Hiasi gestern Nacht in Boden herumgehen gesehen?«

»Ziemlich genau um drei Uhr.«

Rudi sah Hiasi auffordernd an. Der erwiderte seinen Blick, sah dann zu Reinhard und meinte achselzuckend: »Na und? Dann hast du dich halt geirrt.«

»Auf keinen Fall«, entgegnete Reinhard entschieden, »die Zeitungen werden jede Nacht pünktlich um halb drei in Pölling an die Austräger übergeben. Ich verteile sie zuerst an die Abonnenten in Sankt Klementen und fahre dann nach Boden hinüber. Das geht sich immer genau so aus, dass ich um drei Uhr dort bin.«

»Dann hast du eben einen anderen gesehen«, meinte Hiasi.

»Sicher nicht, ich habe dich sogar angeblinkt, kannst du dich nicht erinnern?«

Hiasi stutzte, dann sagte er: »Was? Nein.«

Walter trank seinen Wein aus und stand auf. »Entschuldigt mich, ich muss gehen«, sagte er und verschwand im Wirtshaus, wohl um zu bezahlen.

Reinhard war klar, dass dieser plötzliche Abgang nicht zufällig erfolgte, was er allerdings nicht wusste, war, ob Walter nur nicht zum Ohrenzeugen der Befragung oder ob er nicht in sie hineingezogen werden wollte.

»Vielleicht … vielleicht war es der Schock?«, stammelte Hiasi.

»Der Schock«, echote Rudi trocken.

»Ja, vom Unfall. Vielleicht kann ich mich deshalb nicht erinnern, dass ich Reinhard gesehen habe.«

»Angesoffen warst.«

»Nein, war ich nicht!«

»Du hast gesagt, wie du daheim angekommen bist, war es halb zwei. Also hast du auf eine Uhr geschaut, oder?«

»Ja … ja.«

»Und die Uhr hat halb zwei angezeigt.«

Hiasi sagte nichts mehr. Seinem Blick war anzusehen, dass er sich nicht getraute, sich in diesem Punkt festzulegen. Rudi wollte aber genau das von ihm, weshalb er ihn nach einigen Sekunden anfuhr: »Also, was ist?«

»Ja, ich glaube schon«, erwiderte Hiasi hastig.

»Ich habe gedacht, du bist dir sicher?«

»Bin ich auch … ich meine … vielleicht … vielleicht ist ja die verdammte Uhr kaputt?«

»Die Uhr ist kaputt.«

»Oder die Batterie ist leer. Ich muss … ich werde gleich nachschauen, wenn ich dann heimkomme.«

»War das Gewand nass, das du gestern angehabt hast?«, mischte sich Reinhard ein, wofür er einen fragenden Blick von Hiasi und einen strengen von Rudi erntete. Er erklärte: »Ich meine, wie du heute in der Früh aufgestanden bist, war da dein Gewand von gestern nass?«

Hiasi nahm das Tabakpäckchen, das vor ihm auf dem Tisch

lag, und öffnete es langsam. Seine Hände zitterten. Er zögerte seine Antwort hinaus, als hätte er Angst vor den Konsequenzen, die sich daraus ergeben könnten. »Ich glaube schon«, erwiderte er vorsichtig.

Reinhard sah Rudi triumphierend an und sagte: »Da hast du es. Letzte Nacht hat es von drei bis fünf geregnet. Wenn Hiasi vor drei daheim gewesen wäre, wäre sein Gewand trocken gewesen.«

Rudis strenger Blick wanderte wieder zu Hiasi. »Mit wem warst du gestern Nacht in der Erni-Bar?«

»Ich ... ich habe dort eine Verabredung gehabt.« Hiasi rutschte auf seinem Sitz hin und her, schien davonlaufen zu wollen.

»Wie heißt diese Verabredung?«

Hiasi kicherte nervös, leckte über das Papier seiner fertig gedrehten Zigarette.

»Svoboda.« Er räusperte sich. »Marcel Svoboda.«

Reinhard riss die Augen auf und lachte offen heraus. Ob Rudis Lippen sich in den Mundwinkeln nach oben krümmten, war Auslegungssache, zumindest aber sagte er: »Da schau her.«

»Nein, nicht so, wie ihr denkt«, entgegnete Hiasi hastig, »Svoboda ist mein Geschäftspartner. Aus Wien. Ich wollte ihm in der Erni-Bar die feschen Kärntner Mädels zeigen.« Er zündete die Zigarette an.

»Ist das der Wiener, der seit ein paar Tagen in einem dicken BMW in Boden herumfahrt?«, fragte Reinhard, und Hiasi nickte.

»Dein Geschäftspartner hat doch sicher eine Telefonnummer«, meinte Rudi.

Hiasi nickte wieder und zog sein Mobiltelefon hervor; seine Hände zitterten noch immer. Er drückte ein paar Tasten und hielt dann inne. Walter kam aus dem Wirtshaus, ging zu seinem Wagen und fuhr davon.

»Ich glaube, ich muss ... ich muss dir etwas gestehen, Rudi«, murmelte Hiasi, ohne vom Telefon aufzusehen. »Ich ... ich war gestern gar nicht in der Erni-Bar.«

»Na geh, das überrascht mich jetzt aber.« Rudis Stimme ließ keinen Zweifel daran, dass ihn das überhaupt nicht überraschte.

»Ich war … ich war in Silberegg … in der ›Schweinebucht‹.«

Diesmal drehte Reinhard den Kopf zur Seite, ehe er lachte.

»Du warst also im Puff«, stellte Rudi fest, »und weil du jahrzehntelang in Wien gelebt hast, weißt du nicht mehr, wie du von Silberegg am schnellsten nach Boden kommst, oder wie?«

»Ich habe den Umweg genommen, damit man nicht sieht, dass ich von den Huren komme. Die Talbäuerin ist nicht die Einzige, die auch bei Nacht aus dem Fenster schaut, wenn ein Auto durch ihren Hof fahrt.«

»Wenn du über Sankt Klementen heimfahrst, ist das nicht anders.«

»Nein, aber da kann ich sagen, ich war in der Erni-Bar.« Hiasi grinste verlegen und zog an seiner Zigarette. »Über mich wird eh schon genug getratscht.«

Rudis Kaumuskeln arbeiteten, seine Gesichtszüge waren undurchdringlich. »Ich habe mir vorhin das Wrack von deinem Auto angeschaut«, sagte er schließlich. »Dass dir nichts passiert ist, grenzt an ein Wunder, normalerweise bist du nach so einem Unfall tot. So gesehen kann ich mir vorstellen, dass du im Schock ein paar Dinge durcheinandergebracht hast. Ich werde deine Geschichte überprüfen, Hiasi.«

Hiasi grinste noch immer, was nun aber eher bescheiden wirkte. »He, es war nur ein Unfall.«

»Ich werde sie trotzdem überprüfen.« Rudi stand auf und ging zu seinem Wagen, bis sein Blick auf jene Fenster des Wirtshauses fiel, hinter denen sich die Gaststube befand. Da wechselte er abrupt die Marschrichtung und schritt darauf zu, wobei er jemanden hinter dem Fenster mit dem Zeigefinger zu sich winkte.

Reinhard begab sich wieder auf die Kegelbahn, behielt das Geschehen aber weiterhin im Auge. Er beobachtete, wie Hansi in der Gasthaustür erschien, in einer Körperhaltung, als erwartete er Prügel. Rudis Schritt, in dem er auf ihn zuging, wirkte aggressiv.

»Bist du noch immer da?«, fuhr er ihn an. »Schau, dass du heimkommst und dich um deinen Hof kümmerst.«

»Ja, ich ... ich wollte eh gerade gehen.« Hansis Lüge war ebenso offensichtlich wie seine Trunkenheit und seine Angst vor dem jüngeren Bruder.

»Was ist mit Sieglinde, hast du sie schon angerufen?«

»Nein, wieso?«

»Weil du nicht weißt, wo sie ist.«

»Ich ... ich hab dir doch erzählt, dass sie bei einer Liedertafel ist.«

»Nein, du hast gesagt, dass du das glaubst. Du kannst dich wieder einmal nicht daran erinnern, was sie dir erzählt hat, weil du dauernd angesoffen bist.«

»Das stimmt ja gar nicht. Ich ... wir ...«

»Du hast ihr nicht richtig zugehört, sonst wüsstest du, wo sie ist.« Rudi sah seinem Bruder gerade in die Augen. »Keine Ahnung, was Sieglinde noch an dir findet, aber ich weiß, dass dir nicht einmal ansatzweise klar ist, wie viel Glück du mit ihr hast. Wenn sie nicht wäre, wäre der Hof längst schon den Bach runtergegangen.«

Reinhard nickte zustimmend; sein Vater vertrat eine ganz ähnliche Meinung über die Zustände am Teichbauerhof.

Anstelle einer Antwort blickte Hansi nur peinlich berührt zur Seite, weshalb Rudi fortfuhr: »Ruf sie an. Jetzt sofort.«

»Ich hab kein Handy mit.«

Rudi zückte sein Mobiltelefon und machte sich tippbereit. »Wie ist ihre Nummer?«

»Weiß ich nicht auswendig. Die steckt daheim an der Kredenztür.«

Reinhard kannte diesen Brauch von seinem eigenen Zuhause. Auch seine Eltern vermerkten wichtige Telefonnummern auf Notizzetteln und steckten diese in den Spalt zwischen dem Wellglasfenster und dem Rahmen eines der Türchen des Gläserkastens in der Küche.

Rudi sah seinen Bruder mit durchdringendem Blick an und schwieg.

»Ich … ich ruf sie gleich an, wenn ich daheim bin«, beteuerte Hansi und wand sich unter seinem Blick. Dann nahm er Rudi beiseite, als könnte es diesen versöhnen, wenn beide ein Stück in dieselbe Richtung gingen. »Rudi, ich muss dir etwas Wichtiges erzählen, komm mit.«

Widerwillig ließ Rudi sich zu dem Zaun führen, der die Kegelbahn längsseits begrenzte. Die beiden schritten langsam daran entlang, während Hansi leise auf Rudi einredete. Aufgrund seines Rausches wurde er während des Sprechens immer wieder etwas lauter, weshalb Reinhard den Sinn dessen mitbekam, was er Rudi erzählte. Was er hörte, jagte ihm einen Schauer nach dem anderen über den Rücken.

DREI

Als Reinhard an diesem Abend den Hügel zu Roberts Hube hinaufging, deckte dieser gerade den klobigen Holztisch vor der Hütte. Es war noch sehr heiß, trotzdem drehte Robert das Gesicht immer wieder genießerisch zur niedergehenden Sonne. Quasi als Begrüßung drückte er seinem Gast einen leeren Krug in die Hand, was bedeutete, dass Reinhard in den Keller gehen und Most holen sollte. Der junge Mann tat, wie ihm stumm geheißen, und stieg die grob zu drei Stufen behauenen Steine zum Eingang des Naturbodenkellers an der Außenwand der Hütte hinab.

Der Kellerraum maß vielleicht vier mal vier Meter und war so niedrig, dass Reinhard gebückt gehen musste. Dennoch hatte es Robert irgendwie geschafft, hier alles unterzubringen, was er brauchte oder herstellte.

Als Reinhard mit dem vollen Krug zurückkam, stellte Robert gerade einen dampfenden Topf auf den Tisch und erklärte zufrieden grinsend: »Heute gibt's Schnittlauchsuppe mit Schafspeck und nachher ein Dachsgeschnetzeltes mit Schwammerln.«

Reinhard war an die seltsamen Kombinationen gewöhnt, die Robert ihm immer wieder kredenzte, und ebenso an deren Geschmack, der zwar nicht unbedingt schlecht, aber doch recht abenteuerlich und auf alle Fälle gewöhnungsbedürftig war. Er fand, dass das zu Robert passte, auch wenn er der Herkunft der Zutaten dann und wann misstraute – so wie auch diesmal.

»Wo hast du den Dachs her? Hoffentlich nicht irgendwo tot gefunden?«

»Nein, stell dir vor, der ist in eine Falle gelaufen.« Robert lachte.

»In welche Falle?«

»Na, in so ein Tellereisen. Wär doch schade gewesen, wenn ich ihn einfach liegen gelassen hätte.«

Reinhard sah Robert forschend an. Er wollte ihn fragen, ob er selbst es gewesen war, der die Falle aufgestellt hatte, beschloss dann aber, ihn lieber nicht zu einem Geständnis zu zwingen. Oder zu einer Lüge.

Während sie aßen, erzählte Robert, er habe sein Moped wieder repariert und werde morgen nach der Sonntagsmesse in Kappel zum Guste gehen, um die Gäste nach Johanna zu fragen.

Reinhard schwang seinen Löffel wie einen Zauberstab, schluckte den aktuellen Bissen hinunter und sagte: »Ich habe das irgendwie nicht ganz mitbekommen, aber jetzt interessiert es mich schon. Warum hat Johanna versprochen, deine Schulden zu bezahlen?«

»Wegen meinem Boden.«

Reinhards Gesichtsausdruck war wohl ein einziges Fragezeichen, denn Robert erläuterte: »Johanna hat in Wien irgendwas mit Boden studiert.«

»Bodenkultur«, warf Reinhard erklärend ein.

»Genau. Und sie hat gesagt, sie vertritt einen … puh! … so einen natürlichen Ansatz, nach dem Motto: Zurück zu den Wurzeln.«

»Ja, ich weiß, das hat sie meinen Eltern einmal lang und breit erklärt. Sie will, dass die Landwirtschaft wieder rein biologisch betrieben wird, also ohne gentechnisch verändertes Saatgut und Viehfutter. Veredelungen sollen nur mit natürlicher Sortenmischung gemacht werden und so weiter. Soweit ich es verstanden habe, ist das größte Problem dabei die Schädlingsbekämpfung, aber Johanna hat gemeint, sie kennt ein paar vielversprechende Ansätze, wie sie das auf biologischer Basis hinkriegt. Indem sie zum Beispiel Getreide so züchtet, dass es gegen Schädlinge resistent ist oder gar nicht mehr von Schädlingen befallen wird. So irgendwie.«

Robert lauschte Reinhards Vortrag wie erstarrt, sein Blick war von Ehrfurcht durchtränkt.

Reinhard fragte: »Und was wollte sie von deinem Boden?«

»Sie wollte … also, sie hat gesagt, sie müsse irgendwas züchten, wahrscheinlich eh das, was du gerade erzählt hast, und sie hat gesagt, sie braucht dazu naturbel… nat…« Robert stockte. »Natürliche Erde – also eine, wo noch nie ein Kunstdünger drin war. Und weil sie weiß, dass ich meine Äcker nur mit Schafmist dünge, hat sie gemeint, das täte genau passen.«

»Ach so, sie zahlt deine Schulden, und du verpachtest ihr dafür deine Äcker. Aber von was lebst du dann?«

»Nicht alle Äcker. Einen. Meinen größten.«

»Was? Sechzigtausend Euro für einen Acker?«

»Dreiundsechzigtausendvierhundert Euro«, korrigierte Robert, »dafür darf sie meinen Acker auf Lebzeit bewirtschaften.« Er hielt kurz inne, dann fügte er hinzu: »Wenn sie zwei Tage nach dem Unterschreiben von den Papieren verschwunden wäre und nicht zwei Tage vorher, hätte ich ein echt gutes Geschäft gemacht.«

Reinhard nahm den Nachsatz gar nicht wahr, ihn beschäftigte eine andere Frage. »Was hat Matthias dazu gesagt?«

»Der war nicht glücklich.« Robert unterstrich seine Worte mit einem weit ausholenden Kopfschütteln. »Er hat deswegen mit Johanna ziemlich gestritten, aber dann haben sie sich darauf geeinigt, dass sie beide glücklich sind, wenn Johanna glücklich ist.« Er lachte.

Reinhard kam eine ungeheuerliche Idee, die ihm die Haare zu Berge stehen ließ, zumindest fühlte es sich so an.

»Was, wenn Matthias Johanna verschwinden lassen hat?«, fragte er tonlos.

Roberts Gesichtsausdruck war ein einziges Fragezeichen.

»Ich meine, dreiundsechzigtausendvierhundert Euro sind eine hohe Summe, die zahlt Matthias nicht einfach so aus der Portokasse. Und wenn er Johanna das Geschäft mit dir nicht hat ausreden können … Vielleicht wollte er verhindern, dass sie die Papiere unterschreibt?«

»Aber geh, niemals! So gern, wie sich die beiden haben.«

»Ich weiß nicht, so kurz vor dem Unterschreiben … Verdächtig ist das schon.«

»Das ist eine selten dumme Idee von dir. Die beiden sind ehrlich ineinander verliebt, wie die geheiratet haben, war klar, die gehen nie mehr auseinander. Matthias würde alles für Johanna tun, alles, verstehst du?«

Reinhard hatte noch nie erlebt, dass Robert so sehr von etwas überzeugt war. Er wollte wissen, was da dahintersteckte. »Warum bist du dir da so sicher?«

»Weil ich das alles miterlebt habe, sozusagen aus zweiter Hand.«

»Aus zweiter Hand? Wie denn?«

Robert zögerte, als wäre er nicht sicher, ob er das, was er erzählen wollte, auch erzählen durfte. Er tat es dennoch.

»Pepi war zu der Zeit unsterblich in Johanna verliebt.«

»Pepi, echt? Aber ist der nicht viel zu alt für sie?«

»Neun Jahre sind die beiden auseinander. Als Jugendliche war Johanna oft bei ihm am Mondhof, ich glaube, sie hat im Pepi einen guten Freund gesehen, weißt eh, so einen, mit dem man über alles reden kann, worüber man mit sonst keinem reden kann.«

»Aber verliebt hat sie sich nie in ihn?«

»Nein, umgekehrt blöderweise schon.«

»Hat Pepi ihr das je gesagt?«

»Weiß ich nicht. Aber sie haben immer engen Kontakt miteinander gehabt, deshalb hat Pepi auch mitgekriegt, wie verliebt Johanna und Matthias ineinander waren. Er hat mir oft davon erzählt, weil ihm das nicht gutgetan hat. Ich glaube, Johanna ist der Grund, warum Pepi noch allein ist. Ich glaube, er wollte keine andere.«

Reinhard spürte die nächste ungeheuerliche Idee in sich aufsteigen, verbiss es sich diesmal jedoch, seinen Verdacht laut auszusprechen. Stattdessen meinte er vage: »Anscheinend gibt es mehr Verdächtige, als man meinen möchte.«

»Was meinst du damit?«

Roberts Blick verriet, dass er ganz genau wusste, wie das gemeint war, jedoch nicht glauben wollte, dass Reinhard auf die Idee kam, Pepi könnte etwas mit Johannas Verschwinden zu tun haben. Reinhard beschloss daher, das Gespräch in eine andere Richtung zu lenken, und berichtete, was er am Nachmittag beim Wiesenwirt erlebt hatte.

Robert stellte keine Zwischenfragen, doch er hörte aufmerksam zu, was an seinen immer langsamer werdenden Essbewegungen erkennbar war. Als Reinhard schilderte, wie er Hansi und Rudi am Zaun belauscht hatte, kam Robert gänzlich zum Stillstand. Seine Hand hielt einen Löffel voll Dachsgeschnetzeltem zehn Zentimeter über dem Teller, und sein Unterkiefer stand seitlich nach unten weg, als wäre er an der groteskesten Position der Kaubewegung eingefroren. So starrte er Reinhard mit großen Augen an.

»Rudi hat Hansi gefragt: ›Was ist denn so wichtig?‹, und Hansi hat gesagt, dass er sich im Laufe des Tages an etwas erinnert hat, das er letzte Nacht gesehen hat. Wie er nach der Sonnwendfeier um halb eins heimgegangen ist, hat er den Hohlweg genommen, der vom Wiesenwirt durch den Wald bis zum Marterl auf den Kogel hinaufführt. Wie er fast oben angekommen ist, hat er im Wald eine Gestalt gesehen, die eine andere Gestalt auf den Armen getragen hat, die ganz schlaff und leblos war. Der Rudi hat gesagt: ›Jetzt ist es so weit, vor lauter Saufen hast du schon Wahnvorstellungen‹, und wollte schon gehen, da hat ihn der Hansi zurückgehalten und erzählt, dass sein Gewand von gestern total verdreckt ist – und voller Blut! Er hat gesagt, dass er sich das überhaupt nicht erklären kann und dass er Angst hat, im Rausch irgendetwas Schlimmes angestellt zu haben. Rudi hat gemeint: ›Dass du was angestellt hast, glaube ich nicht, aber denk weiter darüber nach, vielleicht fallen dir noch ein paar Einzelheiten ein.‹ Robert, Rudi hat das ernst genommen, und das will was heißen!«

Erst Sekunden nachdem Reinhard geendet hatte, kam Robert langsam wieder in Bewegung. Er kaute weiter und steckte den Löffel in den Mund, als wäre er eine Aufziehpuppe, bei der ein stecken gebliebenes Zahnrad den Bewegungsablauf vorübergehend angehalten hatte.

»Ich habe einmal rosarote Seepferdchen gesehen, wie ich

im Keller unten Schnaps gebrannt habe«, sagte er nach einer Weile.

»Seepferdchen?«

»Ja, von den Dämpfen. Sie sind im Keller herumgehüpft. In der Luft.«

»Du meinst, der Hansi hat sich das nur eingebildet? Aber was ist mit dem blutigen Gewand?«

»Vielleicht hat es ihn aufgehaut, und dabei hat er sich irgendwie verletzt.«

»Das wäre ihm aber aufgefallen.«

»Nicht unbedingt. Ich habe mir auch einmal den Arm bei einem herausstehenden Nagel aufgerissen. Draufgekommen bin ich erst, wie der ganze Ärmel schon rot war.«

»Könnte sein.« Reinhard nickte nachdenklich. »Wenn Hansi einen solchen Rausch gehabt hat, dass er phantasiert, hat der Restalkohol heute sicher noch gereicht, dass er von der Verletzung nichts spürt.«

Eine geraume Zeit saßen die beiden schweigend nebeneinander und sahen der Sonne beim Untergehen zu.

»Und wenn es doch stimmt?«, fragte Reinhard schließlich. »Wenn er echt jemanden gesehen hat?«

»Jemanden, der Johanna wegtragt?« Es schien, als spräche Robert eine Befürchtung aus, die er schon die ganze Zeit über gehabt hatte.

»Aber wer?«, fragte Reinhard. »Hansi war der Letzte, der von der Sonnwendfeier heimgegangen ist.«

»Ein paar Leute waren ja noch auswärts unterwegs, Hiasi zum Beispiel.«

»Ja, aber der ist in der Nacht nicht über den Kogel heimgefahren, sondern vom unteren Taleingang nach Boden gekommen, von Sankt Klementen her. Und das erst viel später. Ich habe ihn ja um drei Uhr früh gesehen, wie er nach seinem Unfall heimgegangen ist.«

»Matthias war auch noch unterwegs«, meinte Robert nun.

»Aber der ist erst nach vier Uhr aus der Disco heimgekommen, und Hansi muss die Gestalten irgendwann bald nach halb eins gesehen haben«, hielt Reinhard dagegen, »wenn er sich in seinem Rausch nicht im Wald verirrt hat.«

»Aber doch nicht bis vier Uhr früh! Außerdem habe ich dir schon gesagt, dass Matthias mit Johannas Verschwinden sicher nichts zu tun hat. Vielleicht war es ja einer von den Freunden, die ihn nach Hause gebracht haben?«

»Das ergibt keinen Sinn, Robert. Wann ist Johanna gestern von der Sonnwendfeier weggegangen? Um neun herum, oder? Daheim ist sie aber nie angekommen. Wenn die Freunde vom Matthias etwas mit ihrem Verschwinden zu tun hätten, müsste Johanna bis vier Uhr früh in Stöckelschuhen im Wald herumgegangen sein.« Robert erwiderte nichts. »Außerdem erklärt das nicht Hansis blutiges Gewand.«

Wieder schwiegen sie. Nachdem einige Zeit verstrichen war, meinte Robert: »Johanna verschwindet, Hansi blutet sich mit irgendwem das Gewand voll, Hiasi baut einen Unfall – so viel wie letzte Nacht war in Boden überhaupt noch nie los. Hoffentlich bleibt das nicht so.«

»Und ein verdächtiger Wiener treibt sich herum, dieser Marcel Svoboda.«

»Svoboda heißt der? Was erzählt man sich über den?«

»Was die Leute halt so reden, also nicht viel. Hiasi sagt, er ist sein Geschäftspartner, aber welche Geschäfte die beiden miteinander machen, hat er nicht gesagt. So wie der Wiener ausschaut, ist er Mitte zwanzig und ziemlich reich. Ach ja, und die Eichenhof Maria hat sich in ihn verschaut.«

»Die Maria?«

»Das hat aber nichts zu sagen, weil die verschaut sich momentan eh in jeden.«

Wieder vergingen ein paar Sekunden, dann sagte Robert: »In mich nicht.«

***

Der Hof der Talbäuerin war unweit von Kappel gelegen. Eine schmale Gemeindestraße führte durch ihn hindurch, was immer wieder zu beklemmenden Verkehrssituationen führte, denn die Hennen der Talbäuerin waren im ganzen nördlichen Krappfeld berüchtigt dafür, die Straße vorwiegend dann zu überqueren, wenn ein Auto nahte – was ihnen teils als Dummheit, teils als Lebensmüdigkeit ausgelegt wurde. Der Talbauer war bereits vor Jahren in den ewigen Schnapskeller aufgestiegen, und seine hinterbliebene Angetraute hatte geschworen, nie wieder einen Mann anzurühren, der eine Schnapsflasche anrührte. Mit anderen Worten: Sie lebte seither allein und war mit der Zeit immer verhärmter geworden.

Die Talbäuerin war weithin bekannt für ihr bissiges Mundwerk. Trotzdem genoss sie ein gewisses Ansehen unter den Leuten, die sie kannten, sie war gleichermaßen gefürchtet wie gefragt. Gefürchtet wegen ihres lockeren Umgangs mit dem ungeheuren Wissen, das sie über einen hatte, gefragt wegen ihres lockeren Umgangs mit dem ungeheuren Wissen über alle anderen.

In dieser Nacht war es, als zöge etwas die Talbäuerin aus ihrem Schlaf, und das ausgerechnet zu einem Zeitpunkt, da ihr Traum auf den Höhepunkt seiner Bösartigkeit zusteuerte. Sie lächelte noch, als sie schon wach war. Ihr Radiowecker zeigte null Uhr einundzwanzig an, was sehr ungewöhnlich war, denn um diese Uhrzeit erwachte sie sonst nie. Da sie annahm, eine dringende Notdurft hätte sie geweckt, schwang sie ihr dürres Gestell aus dem Bett und schlurfte auf die Toilette, wo sie diesbezüglich enttäuscht wurde. Während sie sich noch fragte, was dann der Grund für ihr Erwachen gewesen sein mochte, sah sie ein Licht aufblitzen. Reflexartig schaltete sie das Licht in der Toilette ab und starrte aus dem Fenster.

Die Nacht war ruhig und sternenklar – hell genug, um die Straße zum Dobranberg hinauf sehen zu können. Von irgendwo dort oben war das Blitzen gekommen. Sie wartete und wurde belohnt: Schon nach wenigen Sekunden tauchte das Licht wieder auf. Es waren die Scheinwerfer eines Wagens, der vom Dobranberg herunterkam. Sie waren kurz verschwunden gewesen, weil das Auto die letzte Spitzkehre unter dem Wald durchfahren hatte.

Äußerlich regungslos, aber innerlich erregt starrte die Talbäuerin in die Nacht. Auf ihren siebten Sinn war Verlass, der hätte sie nicht geweckt, wenn es nicht etwas äußerst Interessantes zu beobachten gäbe.

Das Auto kam näher und verlangsamte seine Fahrt vor der T-Kreuzung beim Talbauerhof. Da erkannte sie den Wagen. Es war Walters Land Rover, der nun auch folgerichtig nach links und damit zum Kreuzerhof hin abbog, zu Walter nach Hause.

Die Talbäuerin ließ sich auf den nun geschlossenen Toilettensitz sinken und starrte in die Dunkelheit. Was tat Walter zu so später Stunde oben am Dobranberg? Dort gab es doch nichts außer ein paar Bauernhöfen und dem Wietersdorfer Steinbruch, ein großer Kalksteinbruch. Ihr Blick fiel auf die sandgelben Gesteinsbrocken auf dem Sims ihres Klofensters. Jeder hier in der Gegend war als Kind dort oben gewesen und hatte solche Brocken gesammelt. Der Grund dafür war, dass in den Steinen prähistorische Meerestiere, vorwiegend große Schnecken, zu sehen waren, da der gesamte Bergstock aus dem Kalk dieser Urzeittiere bestand.

Hatte Walter einen der Bauern am Dobranberg besucht? Warum so spät? Die Talbäuerin schnappte nach Luft und brachte die Freude über ihre plötzliche Erkenntnis mit einem fiesen Lächeln zum Ausdruck. Natürlich, die Taurer Susi! Die Taurer Susi war eine fröhliche, dralle, alleinstehende Enddreißigerin, die seit Jahren am Dobranberg oben wohnte. Die Talbäuerin hegte seit Langem den Verdacht, dass es im Bett der Taurer Susi nicht ganz so keusch zuging, wie diese sich nach außen hin gab, doch gab es keine Anhaltspunkte, die diesen Verdacht bestätigten.

Bis jetzt.

Der Kreuzerbauer trieb's also mit der Taurer Susi. Sie hörte sich selbst kichern. Die arme Kreuzerbäuerin!

VIER

Mit einem Blick unter hochgezogenen Augenbrauen hervor stellte Bettina Welsbacher fest, dass es neun Uhr war und damit Zeit, ihre Pflicht zu tun. Sie nahm ihr Mobiltelefon, setzte sich auf ihre Couch und schlug die Beine übereinander, sodass ihr Badeschlapfen vom nun in der Luft hängenden Fuß baumelte. Dann wählte sie jene Kategorie im Nummernspeicher ihres Telefons an, in der sich die Durchwahlen zu den Polizeidienststellen des Bezirks befanden.

Freilich, von der Journalistin einer Wochenzeitung erwartete niemand, dass sie täglich alle Polizeidienststellen anrief, noch dazu einmal vor- und einmal nachmittags, und erst recht nicht an einem Sonntag wie heute. Bettina hatte sich diese Pflicht selbst auferlegt. Sie war schließlich nicht irgendeine Journalistin, sie war die Regionalleiterin der »Kärntner Chronik«, verantwortlich für den Bezirk Sankt Veit.

Dass sie in ihrer Regionalredaktion die einzige fix angestellte Mitarbeiterin war, die noch dazu für ein schäbiges Gehalt arbeitete und nicht einmal ein eigenes Büro hatte, das vergaß sie regelmäßig zu erwähnen, wenn sie von ihrer Arbeit erzählte. Wie jede Gratiszeitung sparte auch die »Kärntner Chronik« Kosten, dass es nur so knackte, und am besten ging das nun einmal durch den Einsatz von jungen, engagierten und deshalb anspruchslosen Mitarbeitern. Doch das war Bettina nicht zur Gänze klar, klar war ihr nur, dass das niemand zu wissen brauchte.

Bettina arbeitete nach dem festen Grundsatz, jede Woche die beste nur mögliche Berichterstattung abzuliefern, und das bedeutete, dass sie an jedem Tag der Woche so nah wie möglich am Puls der Zeit sein musste, auch am Sonntag.

Nachdem sie die Polizeidienststellen in den Stadtgemeinden Sankt Veit und Friesach angerufen und erfahren hatte, dass dort seit gestern Nachmittag nichts Berichtenswertes passiert war, nahm sie sich den Polizeiposten in Althofen vor.

»Guten Morgen, Bettina Welsbacher von der ›Kärntner Chronik‹ hier«, begann sie das Gespräch in routinemäßig geschäftigem Tonfall und wartete, bis ihr Gegenüber den Gruß erwiderte.

»Guten Morgen, Frau Welsbacher, Abteilungsinspektor Gebeneter ist heute für Sie im Dienst.«

Sie hörte an seiner Stimme, dass sein Mund zu einem Grinsen verzogen war, deutete dies jedoch als höfliches Lächeln.

»Was gibt es Neues bei Ihnen?«, fragte sie.

»Eigentlich ni…« Gebeneter stockte, und Bettina hörte, wie er mit ein paar Papieren raschelte, dann fuhr er fort: »Doch, jetzt kann ich es Ihnen sagen. Frau Johanna Egger, sechsundzwanzig, ist seit vierundzwanzig Stunden abgängig.«

Bettina spürte Erregung in sich aufsteigen.

»Wie sehen die Hintergründe aus?«

Abteilungsinspektor Gebeneter informierte sie in typischem Beamtendeutsch über die Fakten sowie darüber, dass es bisher nicht die kleinste Spur von der Verschwundenen gab.

»Haben Sie Hinweise auf eine Entführung?«, fragte sie nach.

»Entführung?« Gebeneters Räuspern klang fast wie ein unterdrücktes Lachen. »Nein, keine Hinweise. Wir gehen eher davon aus, dass Frau Egger ihrem Mann davongelaufen ist.«

Bettina spürte, wie die Anbahnung dieser Sensation ihr die Hitze ins Gesicht trieb. Automatisch griff sie nach einem ihrer Notizblöcke und Bleistifte, die bei allen Sitz- und Liegegelegenheiten ihrer Wohnung griffbereit lagen, auch am Klo, und fragte: »Wer kann mir Näheres über diesen Entführungsfall mitteilen?«

Sie setzte eine Lesebrille auf, deren halbmondförmige Gläser rot umrahmt waren, und streifte sich das Halteband über den Kopf.

»Wer Ihnen …« Diesmal klang ein Husten Gebeneters so, als lachte er. »Unser Bezirksinspektor Rudi Klinger ermittelt in der Sache.«

»Können Sie mir die Nummer seines Diensthandys geben?«

»Tut mir leid, Bezirksinspektor Klinger ist heute nicht im Dienst.«

Bettina blickte über die waagrechten Oberkanten ihrer Brillengläser hinweg ins Nichts. »Wenn eine junge Frau verschwindet, wird es doch jemanden geben, der auch am Sonntag nach ihr sucht, oder?«

Abteilungsinspektor Gebeneter klang neutral, als er antwortete: »Hören Sie, der Fall ist, wie ich schon gesagt habe, anders gelagert, als Sie glauben …«

»Das wird mir Ihr Bezirksinspektor Klinger sicher gern ausführlich erläutern«, unterbrach sie ihn.

Bettina wusste dank ihrer Erfahrung als Regionalredakteurin, wie man mit den Gesetzeshütern am Land umzuspringen hatte. Das waren schließlich alles irgendwelche Bauernsöhne, die glaubten, sie wären plötzlich wer, nur weil sie eine Uniform tragen durften.

Nach einer kurzen Stille am anderen Ende der Leitung meldete sich Gebeneter erneut. Seine Stimme schwang etwas seltsam, als er sagte: »Ich bin davon überzeugt, dass Ihnen unser Bezirksinspektor Klinger gern Rede und Antwort stehen wird. Haben Sie etwas zum Schreiben?«

Bettina bejahte die Frage und notierte sich die Telefonnummer, die Gebeneter ihr durchgab.

***

Bezirksinspektor Rudi Klinger hatte nach einigem Ringen einem Treffen zugestimmt und dafür das Gasthaus Guste in Kappel vorgeschlagen, um elf Uhr, nach der heiligen Messe. Als die professionelle Journalistin, die sie war, traf Bettina bereits zehn Minuten früher beim Guste ein, um festzustellen, dass die Messe offenbar bereits zu Ende war, denn das Gasthaus war voller Bauern, die nun anscheinend alle gleichzeitig die Schweigezeit während des Gottesdienstes wettmachen wollten. Da Klinger heute nicht im Dienst und folglich nicht an seiner Uniform erkennbar war, fragte Bettina die Kellnerin nach ihm und bekam einen Tisch gezeigt, an dem drei Männer saßen. Sie ging hin und sagte deutlich vernehmbar: »Guten Tag, wer von Ihnen ist Herr Bezirksinspektor Klinger?«

Ein alternativ, um nicht zu sagen: vernachlässigt wirkender Mann schüttelte stumm den Kopf, während ein gut aussehender junger mit traurigen Augen auf den Mann links neben sich deutete, einen stämmigen Kerl mit Vollbart und grau melierten Haaren, der Bettina in einer Art ansah, die sie als belustigt bezeichnet hätte.

»Frau Welsbacher von der ›Kärntner Chronik‹?«, fragte der Bärtige, und sie bejahte, woraufhin er aufstand und ihr seine Pranke zur Begrüßung reichte. »Rudi Klinger.«

Er bot ihr einen Sitzplatz an. Kaum dass Bettina saß, begann sie ohne Umschweife, über die mutmaßlich entführte Johanna Egger zu sprechen und zu fragen, in welche Richtung die Ermittlungen denn liefen. Nach einigen Sekunden fiel ihr der Polizist ins Wort: »Ich habe Ihnen schon am Telefon gesagt, dass ich keine Auskünfte über laufende Ermittlungen gebe. Sie wollten unbedingt hierherkommen – bitte, nur ändert das überhaupt nichts.«

»Dürfen Sie nicht oder wollen Sie nichts sagen?«

»Das läuft auf dasselbe hinaus, oder?«

»Herr Bezirksinspektor, eine junge Frau ist verschwunden, und Sie wollen der Öffentlichkeit nichts darüber sagen?«

Rudi Klinger sah sie mit einem Blick an, den Bettina nicht richtig zu deuten verstand. Sie hätte ihn einmal mehr als belustigt bezeichnet, doch vermutlich war er böse. Das passte Bettina gut in den Kram, denn wenn dieser Dorfbulle die Kontrolle verlor, verplapperte er sich vielleicht. Allerdings fiel seine Antwort frustrierend knapp aus.

»Ganz genau.«

»Was sagen Sie dazu?«, fragte sie nun den jungen Feschen.

Der zögerte, sah zu Rudi Klinger und bekam dann einen, wie es Bettina schien, peinlich berührten Blick. »Was soll ich schon dazu sagen? Gar nichts, nehme ich einmal an.«

»Und Sie?«

Der Letzte in der Runde, der Ungepflegte, neben dem sie saß, beugte sich zu ihr und sagte, als spräche er in ein Mikrofon: »Ich kann dazu nur eines sagen: Die Johanna muss wiederkommen. Sie muss die Papiere unterschreiben, weil sonst ist bei mir Feuer am Dach.«

»Papiere? Was für Papiere?«

Der Ungepflegte wollte gerade zu einer Erklärung ansetzen, als er sich mit schmerzverzerrtem Gesicht vornüberkrümmte. Stattdessen antwortete der Polizist.

»Gar keine Papiere, das hat mit dem Fall nichts zu tun.«

Bettina verstand: Klinger nützte seine Autorität als Exekutivorgan beinhart aus, um die armen, einfachen Leute unter Druck zu setzen, damit sie nichts ausplauderten. Wahrscheinlich wussten alle in der Umgebung, was mit Johanna Egger geschehen war, doch man wollte nicht, dass Außenstehende es erfuhren. Wenn Bettina es richtig deutete, rieb sich der Ungepflegte jetzt deshalb das Schienbein, weil Klinger ihn unter dem Tisch getreten hatte.

Na gut, im Moment war hier kein Weiterkommen. Wenn dieser Bauer reden wollte, würde sie ihm eben später noch einmal die Gelegenheit dazu geben, wenn er allein war.

»Sie haben mich also völlig umsonst hierherbestellt«, warf sie Bezirksinspektor Rudi Klinger entgegen, wobei sie sich um einen möglichst vorwurfsvollen Ton bemühte.

Klinger stutzte für einen Moment, dann erschien wieder jener anscheinend belustigte Ausdruck auf seinem Gesicht, den Bettina nicht zu deuten wusste. Eine Antwort blieb er ihr jedoch schuldig, auch als sich sein Gesicht wenige Sekunden später wieder verfinsterte und er einen vorbeigehenden Mann anschnauzte: »Hansi! Was ist mit Sieglinde?«

Bettina stellte fest, dass der Gefragte zunächst erschrocken erstarrte, dann aber gelöst lächelte.

»Wie ich es dir gesagt habe, sie war bei der Liedertafel in Friesach.«

Klinger nickte finster, was für den anderen offenbar eine

Art Passierschein war, denn er ging mit einem dümmlichen Grinsen weiter und setzte sich an einen Tisch, wo er von einer Runde Männer fröhlich empfangen wurde.

Eine halbe Stunde später hatte sich der Guste bis auf wenige Gäste geleert. Bettina stand an der Bar und trank mit todernstem Gesicht einen Milchkaffee. Sie hatte einen Caffè Latte bestellt und den Begriff auf die Rückfrage der Kellnerin hin übersetzt.

»Schau doch nicht so ernst, junges Frollein«, lallte jener Gast, den Klinger vorhin angeschnauzt hatte und der nun – alkoholisch offenbar schon ziemlich bedient – als Einziger an seinem Tisch zurückgeblieben war. »Du bleibst schon nicht allein, so hübsch, wie du bist.«

Oh Gott, diese Bauern! Bettina verbiss sich einen Fluch und setzte stattdessen ein Lächeln auf, bevor sie sich dem Betrunkenen zuwandte.

»Danke. Sagen Sie, kennen Sie den Mann, der vorhin an diesem Tisch dort gesessen ist, auf dem Stuhl dort?« Sie wies auf den Platz, an dem der Ungepflegte gesessen hatte.

Der Gefragte blinzelte sie einige Male mit schweren Lidern an, dann sagte er: »Ich bin der Hansi, zu mir darfst du ›du‹ sagen.«

»Danke, Hansi, ich bin die Bettina. Kennst du den Mann?«

Die Augenlider dieses Hansis rollten nach unten und nach oben, als wären es die Jalousien eines unentschlossenen Fensterbesitzers. »Bettina …«, lallte er verträumt, »ich habe einmal eine Bettina gekannt, die war … Mein Gott, ist das lange her, ich … ich weiß gar nicht …«

»Kennst du den Mann, Hansi?«

»Hm? Oja, richtig. Du meinst Robert.«

»Robert – wie noch?«

»Der Keuschenbauer Robert. Ist ein Nachbar von mir.«

»Robert Keuschenbauer. Und wo finde ich den?«

»Keuschenbauer ist nicht der Familienname, so heißt es bei seiner Hube. Du fahrst nach Boden hinüber, in der Talsohle geradeaus, dann kommt der Teichbauer. Das ist mein Hof. Dort rechts bis zur nächsten Abzweigung und dann wieder rechts. Musst aber aufpassen, dort ist nur mehr so eine Buckelpiste hinunter, kein echter Weg mehr. Wenn du einen Ferrari hast, musst du zu Fuß gehen.« Er lachte kehlig-ordinär.

»Keine Sorge, ich habe keinen Ferrari.« Bettina wandte sich an die Kellnerin und verlangte die Rechnung. Während sie bezahlte, ließ sie sich von ihr den Weg nach Boden beschreiben, dann ignorierte sie Hansis neuerliche peinliche Kontaktaufnahmeversuche und verließ den Guste.

***

Rudi stellte gerade den Motor seines Wagens ab, als sein Mobiltelefon läutete. Er parkte direkt vor jenem Haus in Althofen, in dem sich seine Wohnung befand. Ohne sich abzuschnallen, nahm er das Telefon und erkannte mit einem Blick auf das Display, dass Hansi anrief. Er widerstand dem Impuls, den Anruf abzulehnen, stellte die Verbindung her und ärgerte sich, weil er gleich an den ersten Worten seines Bruders erkannte, wie betrunken dieser schon wieder war. Den Hintergrundgeräuschen entnahm er, dass Hansi im Auto unterwegs war, wahrscheinlich fuhr er gerade vom Guste nach Hause. Oder zum Wiesenwirt.

»Rudi, ich … ich muss dir noch was ganz Wichtiges erzählen«, lallte Hansi, »der Schuh gehört nicht Sieglinde.«

»Was für ein Schuh, du besoffener Esel?«

»Na, der, den ich gefunden habe … gestern, im Gewand.«

»Hansi …«

»In meinem Kärntneranzug war ein Frauenschuh, und ich habe geglaubt, der ist am Boden gelegen und ich habe ihn beim Ausziehen zugedeckt und am nächsten Tag gefunden, also gestern. Aber Sieglinde sagt, dass er ihr nicht gehört. Also habe ich ihn irgendwo mitgenommen.«

Rudi spürte seine Herzfrequenz hochfahren. »Und du kannst dich natürlich nicht daran erinnern, wo, oder?«

Hansi zögerte etwas, ehe er verneinte.

»Was ist das für ein Schuh? Beschreib ihn mir.«

»So ein halb offener. Sieglinde sagt, das heißt Pumps. Aus Rauleder, nicht ganz schwarz, eher so ein ganz dunkles Grau. Größe sechsunddreißig.«

»Warum erzählst du mir das erst jetzt?«

»Weil ich gestern noch geglaubt habe, er gehört Sieglinde, wir haben das erst heute in der Früh geklärt. Und dann habe ich darauf vergessen. Ist mir erst jetzt wieder eingefallen. 'tschuldige.«

Rudi zwickte mit Daumen und Zeigefinger seine Nasenwurzel zusammen und zählte stumm bis fünf, um seinen Bruder nicht wieder wegen dessen Trinkerei zu beschimpfen. Stattdessen sagte er: »Ist in Ordnung, ich hole ihn bei dir ab und horch mich einmal um. Irgendwem muss der Schuh ja gehören.«

Hansi stimmte erleichtert zu.

Nachdem er sich verabschiedet und das Gespräch beendet hatte, saß Rudi regungslos in seinem Auto und starrte vor sich hin. Er konnte sich leider vorstellen, wem der Schuh gehörte, doch wie Hansi in dessen Besitz gekommen war, das konnte er sich nicht erklären, und er mochte es sich ganz und gar nicht vorstellen.

»Scheiße«, entfuhr es ihm schließlich, dann startete er den Motor wieder, um nach Boden zu fahren.

***

Als die Tratscherei nach der Messe zu Ende war und die Talbäuerin sich anschickte, nach Hause zu gehen, schlug die Kirchturmuhr bereits drei viertel eins. Von Kappel bis zu ihrem Hof ging sie etwa eine Viertelstunde. Auf halber Strecke lag der Kreuzerhof, was ihr heute sehr gelegen kam, da sie mit der Kreuzerbäuerin ein paar Dinge zu besprechen hatte. Erstens wollte sie wissen, warum die Kreuzer heute nicht beim Gottesdienst gewesen waren, zweitens erfahren, wie die

Kreuzergerste heuer wuchs, und drittens fragen, inwieweit die Kreuzerbäuerin über das Verhältnis ihres Mannes mit der Taurer Susi Bescheid wusste.

Die Talbäuerin drückte die Klinke und lehnte sich gegen die schwere Eingangstür des Wirtschaftsgebäudes, prallte aber zurück. Nachdem sie einige Male an der Schnalle gerüttelt und sich mit vollem Einsatz ihres dürren Gestells gegen die Tür gedrückt hatte, akzeptierte sie, dass diese abgeschlossen war. Seltsam, immerhin waren die Türen am Land grundsätzlich unversperrt.

Ein Rundgang um das Haus herum verwandelte die Verwunderung der Talbäuerin in Beunruhigung, denn die Läden aller Fenster waren geschlossen, was sie am Hineinspechteln hinderte, und sie war es nicht gewohnt, etwas nicht zu erfahren. Wieder an der Haustür angekommen, hielt sie inne, doch so angestrengt sie auch nachdachte, sie konnte sich nicht daran erinnern, von irgendjemandem gehört zu haben, dass die Kreuzer verreist seien, was der einzige Grund für eine derartige Verbarrikadierung des Hauses wäre. Die Talbäuerin zählte eins und eins zusammen: Vorgestern Nacht war Johanna verschwunden, gestern Nacht Walter vom Dobranberg heruntergefahren, und heute war sein Hof verwaist – das war nie und nimmer ein zufälliges Zusammentreffen eigenartiger Einzelumstände, da war etwas im Busch!

Resoluten Schrittes durchstöberte sie die zugänglichen Bereiche des Hofes und warf prüfende Blicke in alle einsehbaren Gebäude. Als sie an der Garage ankam, in der Walter und seine Frau ihre Autos abstellten, verharrte sie überrascht. Breitbeinig stellte sie sich vor das offene Garagentor und stemmte die Fäuste in die Hüften. Das, was sie da sah oder, besser gesagt, was sie da nicht sah, fand sie unerhört: Sowohl Walters Land Rover als auch der Ford-Kombi seiner Frau fehlten.

Welche Familie verreiste schon mit zwei Autos? Das konnte nur bedeuten, dass die Eheleute getrennt weggefahren waren, mitsamt den Kindern, und das für mehrere Tage, ansonsten hätten sie wohl kaum die Fensterläden am Wohnhaus geschlossen.

Die Talbäuerin spürte, wie ihr gleichzeitig heiß und kalt wurde. Sie konnte nicht sagen, ob sie diese Entdeckung sensationell oder unheimlich oder anregend fand. Während sie in Gedanken ein mögliches Szenario nach dem anderen durchspielte, setzte sie sich wieder in Bewegung und ging zur Wagenscheune weiter. Das Gebäude hatte kein Tor, in ihm standen ein Traktor und diverse Anhänger: eine Egge, ein Pflug, ein Hänger, Heuwender, -blitz und -wagen sowie weitere landwirtschaftliche Geräte. Die Talbäuerin betrat die Scheune und sah sich um. An der linken Wand lagen, neben diversen Werkzeugen, vier Wagenreifen übereinandergestapelt.

Die Talbäuerin konnte später nicht mit Sicherheit sagen, ob es Zufall oder Intuition gewesen war, was sie näher an den Reifenstapel herantreten ließ, jedenfalls war für sie nur dadurch zu erkennen, dass hinter den Reifen etwas Ungewöhnliches hervorlugte. Dieses Etwas, das sie auf den ersten Blick nirgends zuzuordnen vermochte, passte ganz unzweifelhaft nicht zu den anderen Dingen hier und erregte deshalb ihre Aufmerksamkeit. Sie ging hin, bückte sich und hob den Gegenstand auf, der sich als eine schwarze Damenhandtasche entpuppte.

Mit zusammengezogenen Augenbrauen drehte die Talbäuerin die Tasche hin und her, dann inspizierte sie ihren Inhalt. Sie fand ein Mobiltelefon, einen Schlüsselbund und eine Brieftasche, die sie sogleich öffnete, da sie darin irgendeinen Hinweis auf die Besitzerin zu finden hoffte.

Als sie das Foto von Matthias sah, geriet die Talbäuerin ins Schwanken und tastete hinter sich nach einem Halt. Da sie keinen fand, torkelte sie rücklings zum Pflug, auf dem sie sich niederließ und um Fassung rang.

Kein Zweifel: Die Tasche gehörte Johanna.

FÜNF

Es war nach dreizehn Uhr, als Robert mit seiner Puch DS 50 beim Teichbauer vorbeituckerte, eine kurze Steigung nahm und nach rund einhundert Metern rechts in den buckeligen Weg zu seiner Hube hin einbog. Weder beim Guste noch beim Wiesenwirt hatte er etwas über Johannas Verbleib erfahren. Beim Wiesenwirt hatte er gerade eben aber wenigstens einen wunderbaren Tafelspitz mit kompakten Semmelknödeln bekommen. Sonntagmittags aß Robert immer beim Wiesenwirt, das war bei ihm Tradition und gleichzeitig der kulinarische Höhepunkt seiner Woche.

Entsprechend war er jetzt, so wie nach jedem kulinarischen Wochenhöhepunkt, rechtschaffen müde – aber auch unzufrieden. Und dieses Gefühl der Unzufriedenheit steigerte sich noch, als er mit dem Moped auf seine Hütte zuritt, denn dort stand ein fremdes Auto. Er hatte nichts gegen Besuch, doch nicht gerade jetzt, wo er sein Mittagsschläfchen benötigte. Noch dazu handelte es sich bei dem Wagen um einen rosafarbenen VW Beetle, für Robert eindeutig ein Frauenauto, und dass er es nicht kannte, bedeutete, dass die dazugehörige Frau von außerhalb von Boden kam. Diese Erkenntnis versetzte ihm einen heftigen Stich, denn die einzigen Frauen von außerhalb von Boden, die er kannte, waren seine Ehemalige und deren Anwältin, und beide lösten nicht gerade liebliche Gefühle in ihm aus.

Als er sich näherte und sah, dass der Beetle ein Sankt Veiter Kennzeichen trug, beruhigte er sich ein wenig; zumindest war die Wagenbesitzerin keine Bezirks-Ausländerin. Ungehalten stellte Robert den Motor ab, rollte an seiner Hütte vorbei und hielt an deren Stirnseite, da er davon ausging, dass sein ungebetener Gast am Tisch vor der Hütte sitzen würde. Er wurde nicht enttäuscht. Auf der wandseitigen Bank saß die Reporterin, die nach der heiligen Messe beim Guste den Bauern Löcher in den Bauch gefragt hatte und wegen der Matthias ihm so kräftig gegen das Schienbein getreten hatte, dass er dort noch wochenlang einen blauen Fleck haben würde. Sie sah ihn an, wobei sie wegen der Sonne ein Auge geschlossen hatte – und wohl auch den Mund verzerrt, denn ein Lächeln war das nicht.

»Na endlich, Sie haben sich aber Zeit gelassen.«

Robert schluckte den Ärger hart hinunter. Wie konnte es sein, dass ihn die Frauen auch dann mit Vorwürfen begrüßten, wenn er nicht mit ihnen verheiratet war, sie nur zu Besuch waren und sich noch dazu selbst eingeladen hatten?

Er blieb auf seiner Puch sitzen und funkelte sie böse an. »Was machen Sie da auf meiner Bank?«

»Ich glaube, wir können ›du‹ sagen. Ich bin Bettina. Du bist Robert, stimmt's?«

Er stemmte die Fäuste in die Hüften. »Was machen Sie da auf meiner Bank?«

»Ich warte auf dich. Ich habe wichtige Fragen.«

»Heute ist Sonntag, ich will meine Ruhe haben.«

»Es geht um die Entführung von Johanna Egger. Das kann dir ja nicht egal sein, oder doch?«

»Meine Ruhe will ich haben.«

»Du hast in Kappel gesagt, Johanna Egger müsse irgendwelche Papiere unterschreiben. Worum geht es da?«

»Das da ist meine Hütte, heute ist Sonntag, und ich will meine Ruhe haben.«

»Eine Frau wird entführt, und du willst deine Ruhe haben?«

Robert starrte Bettina an. Er konnte nicht fassen, dass sie einfach sitzen blieb! Er wollte doch nichts weiter, als sich in seiner eigenen Hütte auf seinen Diwan legen und so lange die Innenseiten seiner Augenlider betrachten, bis er einschlief. Doch eheerfahren wie er war, glaubte er nicht, dass diese Bettina ihn das in Ruhe tun lassen würde. Also startete er seine DS 50 wieder und fuhr ohne ein weiteres Wort den Weg zum Bodenbauer hinunter, während er verärgert vor sich hin grunzte.

Es stimmte schon, was die Bauern sagten: Mit den Weibern gab's nichts als Probleme.

Um die Zeit totzuschlagen, bis diese Bettina endlich von seiner Hütte verschwunden war, fuhr Robert zum Eichenhof, wo Hiasis Autowrack stand. Er hatte schon viel davon reden gehört und war neugierig geworden, wie es aussah. Der Eichenhofbauer hatte das Wrack vor der Einfahrt zu seinem Hof neben dem Weg auf der Wiese abgestellt. Robert erkannte in dem roten Fahrzeug sofort den alten Jeep Wrangler der Bachmühlbäuerin, immerhin hatte er diesen schon oft genug repariert. Hiasi war also mit dem Auto seiner Mutter unterwegs gewesen. Die Front des Geländewagens war böse eingedrückt, die Windschutzscheibe bestand nur noch aus einem Gitternetz von Schricken. Die Heckklappe, an der außen das Reserverad befestigt war, stand offen.

Robert trat näher und warf einen Blick durch das Fahrerfenster in den Innenraum. Zuerst wusste er nicht, was den Fahrerbereich vom Beifahrerbereich unterschied, doch schon wenige Sekunden später war es ihm klar: Die Fußmatte auf der Fahrerseite war gewaschen und glänzte matt, während jene auf der Beifahrerseite vor getrocknetem Schlamm starrte. Auch die Konsole war auf der Fahrerseite penibel gereinigt worden, während man beifahrerseitig nur grob drübergewischt hatte.

Robert ging zum Heck des Wagens und stellte fest, dass auch die Ladefläche herausgewaschen worden war. Freilich klebten noch Harz- und Gummispuren von vergangenen Holz- und Reifentransporten an der zerschrammten Metalloberfläche, aber Erdreste, Baumnadeln und sonstige Spuren des alltäglichen Beförderungsgutes eines Geländewagens am Land waren beseitigt worden. In den Winkeln klebten schmale Streifen einer dunklen Substanz. Robert kratzte etwas davon mit dem Fingernagel heraus und verrieb es zwischen seinen Fingern. Kein Zweifel, das war getrocknetes Blut, was Robert jedoch nicht ungewöhnlich fand. Die alte Bachmühlbäuerin war trotz ihres hohen Alters vor ihrem Schlaganfall immer noch auf die Jagd gegangen und hatte das zur Strecke gebrachte Wild mit ihrem Jeep abtransportiert.

Er wischte sich die Hand an der Hose ab und kehrte zur Fahrertür zurück. Dort lehnte er sich an den Rahmen des Fensters und blickte erneut ratlos in den Innenraum. Was konnte das bedeuten? Hatte Hiasi die Fahrerseite gesäubert, damit er nicht im Schmutz saß? Aber wenn er sich außerdem die Ladefläche vorgenommen hatte, warum dann nicht auch die Beifahrerseite? Roberts Blick wanderte zur Windschutzscheibe. Die wies mittig eine tiefe, nach innen gerichtete Delle mit runder Wölbung auf.

»Der Hiasi hat mehr Glück als Verstand, was?«

Robert fuhr herum. Vor ihm stand Maria, die Tochter des Eichenhofbauern, und lächelte ihn an.

»Wo kommst denn du her?«, fragte Robert verblüfft.

»Vom Hof. Du stehst schon seit zwei Minuten da und bewegst dich nicht.«

»Zwei Minuten?«

»Macht es dich als Mechaniker echt so traurig, wenn ein Auto kaputt ist?« Maria setzte ein Lächeln auf, das Robert entwaffnet hätte, wäre er bewaffnet gewesen. Ihre Augen blitzten keck.

»Nein, nein …«

»Was dann?«

»Ich bin nicht traurig, ich …«

»Verliebt?«

»Nein, ich schau mir nur das Wrack da an.«

Maria schürzte die Lippen; ihr Blick hatte nichts von seiner Schelmenhaftigkeit verloren.

»Was hättest du gemacht, wenn du einen solchen Unfall gebaut hättest?«, fragte sie.

»Auf die Knie wär ich gefallen.«

»Du wärst auf die Knie gefallen?« Maria lachte.

»Ja, um dem Herrgott zu danken, dass mir nix passiert ist.«

»Wenn du mich fragst, muss der Hiasi dem Herrgott danken, dass er überhaupt noch lebt. Du hättest sehen sollen, wie das Auto im Hang gehängt ist.«

»Wo war denn das genau?«

»Auf der Steigung, am halben Hügel oben.« Maria zeigte auf die Straße nach Sankt Klementen, die unweit vom Eichenhof den Hang hinaufführte. »Er ist von oben gekommen und hat einen der ersten Bäume erwischt, da, wo unser Wald anfängt.«

»Das muss ich mir anschauen.«

»Nimmst mich mit?« Maria drehte die Hüfte hin und her.

»Ich …« Robert räusperte sich und schüttelte den Kopf. »Hast du etwas von Johanna gehört?«

Maria hielt inne, und ihr verspielter Blick wurde schlagartig ernst. »Nein, keiner weiß etwas. Alle sagen, dass sie so etwas noch nie erlebt haben, auch die ganz Alten. Johanna ist wie vom Erdboden verschluckt.«

Robert war mit seinem Moped die schmale, steile Straße hinaufgefahren und auf halber Höhe an jener Stelle stehen geblieben, die Maria ihm beschrieben hatte. Er hätte sie auch so gefunden; das Abschleppen des Wracks hatte deutlich sichtbare Spuren hinterlassen. Robert betrachtete die Unfallstelle von dem Punkt der Straße aus, wo Hiasi wohl von ihr abgekommen war. Der Jeep musste schnurgerade den steilen Abhang hinuntergefahren sein, bis er nach etwa fünf Metern frontal eine stämmige Fichte gerammt hatte. Während Robert den Hang hinabstieg, um die Aufprallstelle näher zu begutachten, stellte er fest, dass Hiasi sicher starr vor Angst gewesen war, sodass er nicht im Affekt das Steuer verrissen hatte. Gebremst hatte er anscheinend auch nicht, denn Robert konnte nirgendwo entsprechende Spuren ausmachen. Doch dieses Verhalten war wohl Hiasis Glück gewesen, denn so steil, wie das Gelände hier war, hätte jede Brems- oder Lenkbewegung unweigerlich dazu geführt, dass der Wagen sich überschlagen hätte, und in dem Fall wäre Hiasi kaum unverletzt geblieben. Auch mit dem Baum, der den Aufprall bis auf die lädierte

Rinde gut überstanden hatte, hatte Hiasi Glück gehabt. Die untersten Äste wuchsen mehr als zwei Meter über dem Boden aus dem Stamm; nicht auszudenken, was passiert wäre, hätte sich ein starker Ast durch die Windschutzscheibe gebohrt.

Hinter Robert näherte sich von der Hügelkuppe her ein Auto. Als es anhielt, wandte er sich um und sah, wie sich ein wuchtiger, deutlich übergewichtiger Mann um die fünfzig mühsam über den Beifahrersitz beugte und das Beifahrerfenster herunterkurbelte. Sein zerknautschtes Gesicht verlieh ihm das Aussehen eines überdimensionalen Gartenzwergs, und sein Wagen, ein rostiger erbsengrüner VW Golf 1, ähnelte in Alter und Zustand seinem Besitzer.

»Was gibt's denn da zum Schauen?«, fragte er durch das heruntergelassene Fenster. Seine nasale, auf den vorderen Mundraum beschränkte Sprechweise sowie die urtümliche Art, wie er den Krappfelder Dialekt sprach, passten zu seinem Gesicht wie die Faust aufs Auge.

»Servus«, sagte Robert. Er kannte den Mann, wusste im Moment aber nicht, woher. Aus der näheren Umgebung stammte er jedenfalls nicht. »Da hat's den Hiasi vorgestern Nacht hinuntergedreht.«

»Den Hiasi? Den Buben von der Bachmühlbäuerin?«

»Mhm. Kennst du den?«

»Nur vom Hörensagen.«

Jetzt fiel Robert ein, woher er den Mann kannte. »Du bist doch der Pachtjäger von der Bachmühlbäuerin.«

»Schafflechner Viktor«, sagte der Mann und nickte. »Kannst Vike zu mir sagen.«

»Ich bin der Keuschenbauer.« Robert schüttelte ihm durch das Autofenster die Hand. »Robert.«

»Ist der Rudi nix im Einsatz?«

»Woher kennst du den Rudi?«

Schafflechner hielt sich ein Nasenloch zu und schnaubte aus dem anderen einen dicken Tropfen in den Fußraum vor dem Beifahrersitz, sodass es zuerst zischte und dann klatschte.

»Wir haben seinerzeit gemeinsam den Jagdkurs gemacht«,

erklärte er, »ist er nix im Einsatz?« Er zog ein verklebtes Stofftaschentuch hervor und wischte seine Nase ab.

»Nein, der Unfall ist ja schon Freitagnacht passiert.«

»Ist ihm was passiert, dem Hiasi?«

»Nein, er hat Glück gehabt.«

»Du, ich muss weiter«, sagte Schafflechner und hielt Robert die Grußhand hin, die dieser automatisch ergriff, »hat mich gefreut.« Er kurbelte mühsam die Scheibe wieder nach oben und setzte seine Fahrt fort. Der Klang des Auspuffs verriet Robert die Anzahl von dessen Löchern.

***

Bettina Welsbacher konnte es nicht fassen. Dieser kulturell zurückgebliebene Hubentölpel hatte sie tatsächlich einfach so vor seiner Hütte sitzen lassen! Minutenlang starrte sie vor sich hin, darauf wartend, dass der unrasierte Hinterwäldler zurückkommen und sich bei ihr entschuldigen würde. Als dies aber nicht geschah und auch das Röhren seines Mopeds verstummt war und blieb, beschloss sie, er hätte es nicht verdient, dass sie auf ihn wartete. Selbst schuld, wenn er nicht in die Zeitung kam.

Bettina setzte sich in ihren Beetle und fuhr los, bergab zu einem Bauernhof. Dabei zeterte sie leise vor sich hin, erregt darüber, in welch vorsintflutlicher Gegend sie sich hier befand. Aktueller Anlass dafür war der Zustand des Weges, der dringend der Ausbesserung bedurfte, zumal der Grasstreifen zwischen den tiefen Spurrinnen immer wieder an der Bodenplatte ihres Wagens kratzte und teilweise auch hart anschlug, wenn sie durch ein Schlagloch fuhr. Im Schritttempo holperte sie den Hang hinab und erreichte schließlich das Gehöft, wo vor einer Scheune zu ihrer Linken ein junger Kerl am Boden hockte und an einem Traktor herumschraubte.

Bettina wäre nicht Bettina gewesen, hätte sie eine sich bietende Chance nicht sofort erkannt. Bereit, sie zu nutzen, hielt sie an, ließ bei laufendem Motor die Fensterscheibe nach unten fahren und rief hinaus: »Welsbacher von der ›Kärntner Chronik‹. Wohnen Sie hier?«

Der junge Mann sah von seiner Arbeit auf und schenkte ihr einen Blick aus einem beachtenswert dummen Gesicht, wie Bettina fand. Als lieferte er dazu eine akustische Bildbeschreibung, erwiderte er: »Hä?«

»Welsbacher von der ›Kärntner Chronik‹. Wohnen Sie hier?«

Der Junge nickte heftig, wobei er einfältig lächelte und »Mhm« machte.

»Kennen Sie den Robert? Den Robert ... vom Keuschenbauer da oben?«

»Mhm.« Der Junge nickte wieder.

»Wissen Sie, was er mit der verschwundenen Johanna Egger zu tun hat? Soviel ich weiß, geht es dabei um irgendwelche Papiere ... Dokumente, nehme ich an.«

Der junge Mann verlor sein Lächeln und schüttelte den Kopf. Er wirkte betroffen, als hätte er Angst, für sein Nichtwissen bestraft zu werden.

Bettina seufzte. Offenbar war sie an einen Menschen mit geistiger Behinderung geraten, die wurden von den Bauern gern als Knechte eingesetzt. Auch wenn sie nicht glaubte, dass dieser beeinträchtigte Knecht es verstand, bedankte und verabschiedete sie sich und fuhr dann weiter.

Reinhard sah dem rosaroten VW Beetle hinterher, bis dieser aus seinem Blickfeld verschwunden war. Belustigt grinsend machte er sich wieder an seine Arbeit. Er hatte schon gehört, dass so eine eingebildete junge Journalistin aus der Stadt gekommen war und nach der Messe die Bauern beim Guste wegen Johanna ausgefragt hatte. Wie man ihm erzählt hatte, hatten sich alle einen Spaß daraus gemacht, sie an der Nase herumzuführen, und die Journalistin hatte es nicht bemerkt; nicht einmal, als direkt am Nebentisch alle über sie gelacht hatten.

Nachdem er ihr nun erfolgreich den Idioten vorgespielt hatte, glaubte Reinhard jede Silbe dieser Geschichte.

Wenn die meinte, er, der jede Nacht das »Kärntner Tagesblatt« ausführte, würde ihr, die für die Konkurrenz arbeitete, auch nur ein Sterbenswörtchen erzählen, noch dazu über seinen besten Freund, dann hatte sie sich aber gewaltig geschnitten.

***

Roberts Puch DS 50 hoppelte den Weg zu seiner Hube hinab und brachte ihren Fahrer damit ganz durcheinander. Er war unfähig, den Gedanken zu Ende zu denken, der sich bei der Betrachtung von Hiasis Autowrack in sein Gehirn eingenistet hatte. Gleichzeitig stellte er mit Erleichterung fest, dass das rosarote Gefährt seiner ungebetenen Besucherin verschwunden war. Als er am alten Stall vorbeiritt, sah er, dass die Tür zu seiner darin befindlichen Werkstatt leicht offen stand. Er verließ den Weg und fuhr quer über die Wiese zum Stall, wo er das Moped abstellte und Nachschau hielt.

Wie er erwartet hatte, stand ein Auto darin. Es war das übliche Vorgehen seiner Nachbarn, wenn sie ein Fahrzeug oder ein Gerät zur Reparatur brachten und Robert gerade nicht zu Hause war: Sie stellten es in seine Werkstatt und ließen die Tür offen, sodass er darauf aufmerksam wurde. In den Fahrzeugen, die sie ihm brachten, ließen sie den Schlüssel stecken, und den jeweiligen Arbeitsauftrag notierten sie auf einem Zettel, den sie auf den Fahrersitz oder auf die Konsole legten oder, wie in diesem Fall, unter eines der Scheibenwischerblätter klemmten. Robert erkannte das Auto auf den ersten Blick als Walters Land Rover. Die Botschaft auf der Windschutzscheibe fiel denkbar knapp aus, war aber ausreichend: »Bitte Karosserie ausbeulen. Komme morgen abholen.«

Ein Rundgang um den Wagen machte Robert klar, was gemeint war: Die Karosserie war auf der Fahrerseite nahe der Bodenplatte etwas nach oben hin eingedrückt. Walter war wohl in unebenem Gelände unterwegs gewesen und auf hartem Untergrund aufgesessen. Auf einem harten und staubigen Untergrund, denn im unteren Bereich der Karosserie klebte überall gelber Staub.

Robert nahm die Latzhose, die er bei Mechanikerarbeiten trug, von einem Wandhaken und zog sie an. Er würde sich gleich ans Werk machen, immerhin konnte er in seiner momentanen Situation jeden Euro gebrauchen. Nachdem er den Geländewagen richtig positioniert hatte, setzte er die steinalte hydraulische Hebebühne in Gang, welche den Land Rover mit ungeheurem Lärm und einem abschließenden Zischen auf Überkopfhöhe anhob. Dann untersuchte Robert den Schaden. Der Unterboden hatte nicht viel abbekommen, es schien tatsächlich nur ein kleiner Blechschaden zu sein. Schade, für eine größere Reparatur hätte er mehr Geld verlangen können.

Er senkte den Wagen so weit ab, dass der verbeulte Karosserieteil auf Schulterhöhe lag, und suchte das passende Werkzeug zusammen. Da kam Pepis orangefarbener VW Käfer über den Weg geholpert und blieb auf Höhe der Werkstatt stehen. Pepi stieg aus und kam zu ihm herüber, während Robert weiter in seinem Werkzeug kramte.

»Warum bist du gestern nicht zu mir gekommen, Robert? Ich habe dir doch gesagt, dass ich mit dir reden muss.«

Robert war über den ungehaltenen Ton in Pepis Stimme überrascht, hörte darin aber auch eine tiefgehende Unruhe mitschwingen. Was immer sein Bruder ihm zu sagen hatte, es lag schwer auf seiner Seele.

»Gestern ist meine Puch eingegangen. Heute hab ich zu arbeiten.« Robert versuchte, sein schlechtes Gewissen hinter Ruppigkeit zu verbergen. Vergebens.

»Red keinen Blödsinn, du hast auf mich vergessen. Jetzt hör zu, ich … ich muss dir was erzählen, was Wichtiges.«

Robert tat weiterhin, als ginge ihn das nichts an. Er öffnete die Fahrertür des Land Rovers, um zu sehen, ob der Blechschaden sich im Türrahmen fortsetzte.

»Ich … weiß nicht, wie ich anfangen soll. Es ist …«

Die Fußmatte wies eine kleine Beule auf. Robert lüftete sie und fand einen Stein darunter; einen besonderen Stein.

Er sah ihn an und spürte, dass dieser Stein drauf und dran war, einen wichtigen Gedanken in ihm auszulösen – als Pepi endlich zum Punkt kam.

»Ich bin der Letzte, der Johanna gesehen hat.«

Robert fuhr herum und starrte seinen Bruder an.

»Ich meine natürlich, der Letzte bis auf den, der … der sie nach ihrem Verschwinden gesehen hat … Du weißt schon, was ich meine.«

Robert hatte keine Ahnung, was Pepi meinte, aber er widmete ihm nun seine volle Aufmerksamkeit.

SECHS

Unmittelbar nachdem Hansi ihn angerufen hatte, war Rudi zum Teichbauerhof gefahren, hatte den Schuh abgeholt und war damit zum Waldbauerhof weitergefahren, um ihn Matthias zu zeigen. Der hatte ihn als einen von jenen Schuhen identifiziert, die Johanna bei der Sonnwendfeier getragen hatte.

Rudi hatte Matthias nur schwer davon überzeugen können, dass er ihm »aus ermittlungstaktischen Gründen« nicht erzählen durfte, woher er den Pumps hatte. In Wahrheit wollte er seinen Bruder schützen, solange er nicht wusste, welche Rolle dieser in der Angelegenheit spielte.

Dass die Talbäuerin anrief und ihn aufgeregt zum Kreuzerhof beorderte, gab Rudi die Möglichkeit, sich Matthias' berechtigter Neugier zu entziehen.

Als er am Kreuzerhof eintraf, lief die Talbäuerin vor dem Wirtschaftsgebäude hin und her wie eine ihrer lebensmüden Hennen auf der Straße vor dem Talbauerhof.

»Da bist ja endlich, Rudi, wo warst du denn so lange?«, empfing sie ihn aufgeregt, als er seinen bauchumfangreichen, zivil gekleideten Leib aus seinem Privatwagen schälte.

»Du bist gut, Talbäuerin, ich habe heute frei«, rechtfertigte er sich leicht amüsiert.

»Wenn's um Mord geht, ist der freie Tag zu Ende«, schnappte sie und marschierte mit großen Schritten davon, wohl in der Erwartung, Rudi würde ihr folgen. Der sah ihr belustigt hinterher, bis sie sich wieder umdrehte.

»Worauf wartest du?«, rief sie und hüpfte dabei einmal auf und ab.

Rudi brach in ein tiefkehliges Gelächter aus, was die Talbäuerin quittierte, indem sie die Hände in die Hüften stemmte. Sie schüttelte den Kopf und kam zurück. Rudi sah an ihrem Gesicht, dass sie vergeblich versuchte, ein Lachen zu unterdrücken. Er konnte sich nicht helfen, er mochte diese energische, dürre Habergeiß!

»Vielleicht erklärst du mir zuerst einmal, um was es hier geht?«, schlug Rudi vor und wischte sich eine Träne aus dem Augenwinkel. »Am Telefon hast du nur gesagt: ›Komm zum Kreuzerhof, ich muss dir was zeigen.‹« Er ahmte ihre Stimme nach, als er sie zitierte, was die Talbäuerin nun endgültig zum Lachen brachte. Ihr Gesicht verwandelte sich dadurch vorübergehend in das eines unschuldigen Mädchens.

»Ist schon gut, Rudi, du kannst ja nicht alles wissen.« Sie lachte weiter, dann erzählte sie, wie sie Walters Land Rover vergangene Nacht den Dobranberg herunterkommen gesehen hatte, wie sie die Kreuzerbäuerin heute deswegen fragen wollte und dass sie die Familie aber weder in der Kirche noch hier auf dem Hof angetroffen hätte.

»Wie ich mich umgeschaut habe, habe ich dann etwas entdeckt, das du dir unbedingt ansehen musst«, endete sie und ging ein weiteres Mal voran, diesmal gefolgt vom neugierig gewordenen Rudi. Am Traktor-Unterstand angekommen, zeigte sie triumphierend auf den Reifenstapel und erklärte: »Ich habe sie wieder so hingelegt, wie ich sie gefunden habe.«

Rudi bückte sich, hob die Damenhandtasche auf, begutachtete den Inhalt und erkannte, dass sie Johanna gehörte.

»Unglaublich«, brummte er. Als er aufsah, bemerkte er einen stolzen, er hätte vielleicht sogar gesagt: verliebten Ausdruck im Gesicht der Talbäuerin, der aber sogleich von einem peinlich berührten abgelöst wurde. »Und der Walter und seine Familie sind weg, sagst du?«

»Ja, und nicht nur das, sie haben beide Autos genommen. Wann kommt denn so etwas vor?«

Rudi strich sich nachdenklich über das Kinn, dann zückte er sein Mobiltelefon und wählte Walters Nummer. Nachdem er dem Freizeichen eine Weile gelauscht hatte, legte er auf und ließ sich von der Talbäuerin die Handynummer von Walters Frau geben. Doch auch sie hob nicht ab.

»Ich habe es auch schon probiert«, erklärte die Talbäuerin. »Sind die auf der Flucht, oder ist ihnen was passiert?«

»Es ist noch zu früh, um darüber Vermutungen anzustellen«, meinte Rudi und hinterließ, als sich die Mobilbox der Kreuzerbäuerin einschaltete, eine Nachricht, in der er sie aufforderte, ihn unverzüglich zurückzurufen. Selbiges wiederholte er noch einmal mit Walters Mobilbox, nur um ganz sicherzugehen.

»Was machen wir denn jetzt?«, fragte die Talbäuerin.

»Ich werde der Spur einmal nachgehen.«

»Und was soll ich machen?«

Rudi sah ihr lange und tief in die Augen. Er konnte den wohligen Schauer förmlich spüren, der ihr über den Rücken fuhr. War es möglich, dass sie in ihn verschossen war? »Du hältst die Augen offen, Talbäuerin«, raunte er sonor, »lass dir ja nix entgehen, jede noch so kleine Kleinigkeit kann wichtig sein.«

Sie nickte eifrig, und ihre Augen wurden feucht. Wie jeder im Umkreis von zehn Kilometern um ihren Hof wusste auch Rudi um die Neugier der Talbäuerin – und um die Freude, die ihr seine Anweisung deshalb bereitete.

»Soll ich dich nach Hause bringen?«

»Also, Rudi! Wir zwei in deinem Auto? Was sollen die Nachbarn denken?« Sie lachte und ging in Richtung ihres Hofes davon.

Rudi blickte ihr hinterher und fragte sich, wie viel von dieser Aussage Scherz und wie viel Ernst gewesen war. Dann setzte er sich in seinen Wagen und betrachtete den anthrazitfarbenen Pumps, der auf der Fußmatte vor dem Beifahrersitz lag. Sein Blick wanderte vom Pumps zu der Tasche in seinen Händen. Nach einigem Hin-und-her-Überlegen musste er feststellen, dass seine Phantasie nicht ausreichte, um sich vorzustellen, wie Hansi zu Johannas Schuh und Walter zu Johannas Handtasche gekommen war.

»Was ist da nur los?«, murmelte er.

Abermals öffnete er die Handtasche und zog Johannas

Mobiltelefon hervor, welches, das hatte er vorhin auf Anhieb erkannt, eingeschaltet und auf lautlos gestellt war. Da Johanna keinen Sperrcode eingerichtet hatte, konnte Rudi die Telefon-App aufrufen und stellte fest, dass jede Menge Anrufe in Abwesenheit eingegangen waren. Neben einer Vielzahl von Matthias und von ihm selbst waren auch die von Verwandten und Bekannten verzeichnet, die wohl helfen wollten, Johanna zu finden. Rudi kannte sie alle – bis auf eine: Ein unter dem Namen »Tanja« im Telefon gespeicherter Anrufer hatte seit gestern Mittag quasi im Zweistundentakt versucht, Johanna zu erreichen.

Kurz entschlossen drückte Rudi auf Rückruf und hielt sich Johannas Telefon ans Ohr. Schon nach dem ersten Freizeichen wurde abgehoben, und eine gehetzt, ja geradezu hysterisch klingende Stimme, die offenbar einer jungen Frau gehörte, begann im Wiener Dialekt zu plappern: »Endlich, wo warst du, Johanna? Ich habe mir schon Ur-Sorgen um dich gemacht, bei diesen Typen weiß man nie, wozu die fähig sind … hallo?«

»Hier spricht Bezirksinspektor Klinger vom Posten Althofen. Mit wem spreche ich?«

Einem geschockten Schweigen folgte ein noch geschockteres: »Polizei? Ist Johanna was passiert?«

»Wie heißen Sie, und in welcher Beziehung stehen Sie zu Johanna Egger?«, donnerte Rudi. Er schöpfte sein Einschüchterungspotenzial voll aus.

»Tusek, Tanja Tusek, ich bin eine Freundin von Johanna, wir haben zusammen studiert und waren beide bei Greenpeace.«

»Warum haben Sie sich Sorgen um Frau Egger gemacht, und von welchen Typen haben Sie da gerade gesprochen?«

»Ich hab … bitte entschuldigen Sie, aber ist Johanna was zugestoßen?«

Rudi wollte sie schon anfahren, dass er es sei, der hier die Fragen stelle, doch die Sorge in Tanja Tuseks Stimme erweichte sein Herz. Zumindest ein bisserle. »Johanna ist seit vorgestern abgängig«, erklärte er daher und wurde, als er weiterfragen wollte, von Tanja unterbrochen.

»Oh mein Gott!«

»Was ›Oh mein Gott‹?«

»Am Freitagabend hat Johanna mich angerufen. Sie hat mich gebeten herauszufinden, ob dieser widerliche Svoboda ein Projekt im Krappfeld betreut.«

»Svoboda? Wer ist das?« Rudi gab vor, den Namen nicht zu kennen, um Tanja Tuseks Beziehung zu Svoboda herauszufinden.

»Wir kennen den Svoboda schon lange. Am Freitag hat Johanna gesagt, sie hätte ihn gemeinsam mit einem gewissen Hiasi gesehen, und wollte von mir wissen, ob er ein Projekt in Kärnten betreut.«

»Was heißt das?«

»Das weiß ich auch nicht genau, Johanna war sehr aufgeregt. Aber ich habe nachgeforscht und herausgefunden, dass Svobodas Firma tatsächlich ein Projekt im Krappfeld laufen hat. Seither probiere ich, sie zu erreichen.«

Rudi zog die Augenbrauen zusammen. »Jetzt erklären Sie mir einmal, was das alles bedeutet. Wer ist dieser Svoboda, und was will er, was macht seine Firma, und von welchem Projekt sprechen Sie?«

»Der Svoboda …«

Mehr hörte Rudi nicht. Die Verbindung brach ab, und das Display von Johannas Mobiltelefon wurde finster. Rudi stieß arge Flüche hervor und versuchte, das »Scheißding«, wie er es nannte, wieder in Gang zu setzen, doch offenbar hatte der Akku soeben seinen letzten Funken Energie abgegeben. Leider hatte Rudi im Verlauf seiner jüngsten Ermittlung weder daran gedacht, den Akku-Ladestand zu überprüfen, noch, Tanjas Nummer zu notieren, was bedeutete, dass deren Aussage nun wohl oder übel so lange warten musste, bis Rudi den Akku von Johannas Telefon aufgeladen hatte. Ein Blick auf den Steckplatz für das Ladekabel entlockte ihm einen weiteren Fluch; das Handy hatte noch keine genormte Ladebuchse.

Rudi beschloss, gleich noch einmal zum Waldbauerhof zu fahren, Johannas Ladegerät lag dort sicherlich irgendwo.

Während er sich angurtete und losfuhr, dachte er über die Erkenntnisse des heutigen Tages nach. Hatte er noch vor einer Stunde nicht einmal eine Spur gehabt, so gab es nun gleich drei Verdächtige: Walter, der mitsamt seiner Familie verschwunden war und in dessen Traktor-Unterstand die Talbäuerin Johannas Tasche gefunden hatte, dieser ominöse Svoboda, der seit einigen Tagen in der Gegend herumschlich, und Hiasi, der Svoboda als seinen Geschäftspartner bezeichnete, irgendetwas plante, wofür er anscheinend freie Handhabe über das Eigentum seiner Mutter brauchte, und mit Johanna auf der Sonnwendfeier einen heftigen Streit gehabt hatte, kurz bevor diese verschwunden war. Ob die drei gemeinsame Sache machten? Aber was?

Wieder fiel sein Blick auf Johannas Pumps. Rudi wusste, dass Hansi ein vierter Verdächtiger war, und es fiel ihm zunehmend schwer, diesen Umstand aus seinen Überlegungen auszuklammern. Er tat es trotzdem und beruhigte sein Gewissen, indem er beschloss, sich mit seinem Bruder zu befassen – allerdings erst, wenn alle anderen Spuren ins Leere führten.

Rudi fuhr gerade beim Wiesenwirt vorbei, da läutete sein Handy. Überrascht stellte er fest, dass Pepi ihn anrief.

»Rudi, kannst du bitte bei Robert vorbeikommen?«, brach es grußlos aus diesem heraus, kaum dass Rudi das Gespräch angenommen hatte. »Ich … ähm … ich muss was gestehen.«

»Was?«

»Robert hat gesagt, ich muss dich anrufen, und … ich bin gerade bei ihm, kannst du also bitte gleich herkommen?«

Rudi wusste nicht, was ihn mehr verwunderte, Pepis Bitte oder der Umstand, dass er kein einziges Mal lachte, während er sie hervorbrachte. Er versprach, in zehn Minuten da zu sein, und unterbrach die Verbindung. Dann gab er Gas. Er wollte vorher unbedingt noch bei Matthias vorbeifahren und

Johannas Telefon an eine Steckdose anschließen. Er musste unbedingt mit dieser Tanja Tusek sprechen!

***

Marcel Svoboda ging den Waldweg entlang, blickte zu Boden und schmunzelte. Nicht weil der Provinzstaub den Glanz seiner maßangefertigten italienischen Schuhe überdeckte, sondern weil er sich auf die kommende Nacht freute. Er sah hoch und blickte zwischen den Bäumen hindurch. Irgendwo hier hatte er im Vorbeifahren eine kleine Lichtung entdeckt, die einen ungehinderten Blick auf Boden hinunter erlaubte. Ein paar Kurven weiter war der Weg breit genug gewesen, sodass er seinen BMW abstellen konnte, ohne ein eventuell vorbeikommendes Auto zu behindern, und nun ging er zurück, um den Ausblick zu genießen.

Maria hatte ihn vorhin angerufen, Maria, die geile Tochter des Eichenhofbauern. Sie hatte sich gleich nach Svobodas Ankunft im Krappfeld Hals über Kopf in ihn verliebt, was für ihn kein Wunder war, wenn er sein Spiegelbild mit dem Männerangebot in dieser vergessenen Welt hier verglich. Allesamt Bauerntölpel, da musste ein Fremder aus der großen Stadt ja wie ein göttliches Wesen wirken, noch dazu, wenn er so gut aussah wie er.

In den vergangenen Tagen hatten er und Maria sich einige Male heimlich getroffen, was gleichermaßen prickelnd wie gefährlich war, denn ihr Vater entsprach allen Klischees eines groben Bauern. Er wachte eifersüchtig über Maria und hatte ihr sogar verboten, einen Freund zu haben. Verboten, dabei war die Kleine schon achtzehn Jahre alt! Logisch, dass sie sich längst heimlich einen Freund angelacht hatte, im Nachbardorf. Als ihr Vater vor gar nicht langer Zeit dahintergekommen war, hatte er Marias Freund in der Melkkammer angekettet. Es hatte sogar die Polizei anrücken müssen, um ihn zu befreien.

Svoboda hatte nicht die geringste Lust, in die Fänge dieses gewaltbereiten Landwirts mit mittelalterlichen Moralvorstellungen zu geraten, weshalb er sich alle Mühe gab, die Sache mit Maria geheim zu halten. Doch das war nicht einfach, denn das junge Ding war so gamsig, dass er ihre Annäherungsversuche kaum abwehren konnte und befürchtete, sie könnte sie beide durch ihr Verhalten verraten.

Er erreichte die Lichtung. Da das Wegstück, auf dem er sich befand, im obersten Drittel des Hügelzugs lag, hatte er von hier aus einen beeindruckenden Blick in ein bewaldetes Kar hinab. Am Fuße dieses Kars lag der Bachmühlbauerhof, den Hiasi für seine komatöse Mutter verwaltete und zu dem ein guter Teil des Waldes gehörte, den Svoboda von seinem Standort aus sah. Auf diesen Grundbesitz würde seine Firma zugreifen; der Boden war gut, seit jeher naturbelassen und der Hang west-südwestlich ausgerichtet, was ausreichend Licht und Wärme versprach.

Wieder schmunzelte Svoboda. Für seine sechsundzwanzig Jahre hatte er sich in der Firma schon weit nach oben gearbeitet. Und wenn er dieses Projekt zu einem guten Abschluss brachte, würde er auf der Karriereleiter gleich mehrere Sprossen nach oben klettern.

Der einzige Schwachpunkt in diesem Unternehmen war Hiasi, denn er war flatterhaft, unkontrollierbar und völlig unfähig, auch nur irgendeine Art von Ordnung einzuhalten. Er versprach heute das eine und wollte morgen das andere, die einzige Konstante schien seine unersättliche Gier nach Geld zu sein. Aber auch das würde Svoboda in den Griff kriegen.

Er dachte wieder an die kommende Nacht, seufzte glücklich und wandte sich dann ab, um zu seinem BMW zurückzugehen. Der eigentliche Grund, warum er hier heraufgefahren war, bestand nämlich darin, die winzige Jagdhütte zu finden, deren Standort Maria ihm beschrieben hatte. Er wollte den Weg bei Tage suchen, damit er ihn bei Nacht finden konnte. Die Hütte gehörte zwar nicht dem Eichenhofbauer, sondern der alten Bachmühlbäuerin – also bald Hiasi –; doch Maria hegte schon seit geraumer Zeit feuchte Phantasien in Zusammenhang mit ihr. Heute Nacht würden sie, Maria und Svoboda, diese Phantasien gemeinsam ausleben.

Das Läuten seines Mobiltelefons riss Svoboda aus seinen Gedanken. Er wunderte sich, dass er hier überhaupt Handyempfang hatte, denn okay, Boden war vielleicht nicht der Arsch der Welt, aber von hier aus konnte man ihn schon sehen.

»Svoboda?« Er fand, sein Name klang wie Gesang, wenn er ihn selbst aussprach.

»Svoboda, jetzt sind Sie zu weit gegangen, jetzt mache ich Sie fertig!«

Er lächelte versonnen, als er Tanja Tuseks Stimme erkannte.

»Bachelor«, erwiderte er, »Bachelor Svoboda, wenn's recht ist. So viel Zeit muss sein, Frau Tusek.« Er betonte das Wort »Frau«, um zu unterstreichen, dass sie im Gegensatz zu ihm nicht mit einem akademischen Titel aufwarten konnte.

»Horch zu, das ist mir scheißegal, was du für einer bist«, fuhr sie ihn an, »mich interessiert nur, was du mit Johanna angestellt hast.«

»Verkaufen wir uns neuerdings unter unserem Niveau, Frau Tusek?« Svobodas Lächeln verbreiterte sich zu einem Grinsen.

Er kannte Tanja Tusek seit Jahren. Sie arbeitete für das österreichische Greenpeace-Büro in Wien und war immer vorne dabei, wenn gegen seine Firma demonstriert wurde. Svoboda hatte diese grünen Spinner nie ernst genommen, wie sollte er auch? Alles, was er die jemals leisten gesehen hatte, war inkonsequent studieren, konsequent Cannabis rauchen und das Maul groß aufreißen, wenn es darum ging, Dinge einzufordern, auf die sie ein Recht zu haben glaubten. Die ewige Studentin Tanja Tusek mit ihren kurz geschorenen, jedes Mal anders schrill gefärbten Haaren und ihrer Kleidung Marke »Kartoffelsack« auf Schafwoll-Bast-Jutebasis war für ihn das Paradebeispiel der hysterischen Möchtegern-Emanze, die, seit er sie kannte, nicht einen Fußbreit in ihrem Leben vorangekommen war. Entsprechend war es für ihn immer ein Spaß, wenn sie anrief und sich wie eine Furie benahm, weil sie sich gerade wieder einmal über irgendetwas besonders erregte, so wie jetzt.

»Was hast du mit Johanna gemacht?«, kreischte sie gefährlich nahe am Überschnappen, wobei sich ihre Stimme überschlug.

Marcel Svoboda nahm hastig das Handy vom Ohr; er glaubte, das Gehäuse vibrieren zu spüren.

»Frau Tusek, ich muss schon sagen«, entgegnete er lachend, als Tanja irgendwann gezwungen war einzuatmen, »heute geben Sie aber wieder einmal alles.«

»Dir wird das Lachen schon noch vergehen, du geschleckter Wichser!«

Svoboda grinste weiter überheblich.

»Wenn du wegen Entführung vor Gericht stehst und wegen Mord, dann wird dir so ziemlich alles vergehen.«

Nun fiel Svoboda das Grinsen aus dem Gesicht.

»Was? Entführung? Mord?«

»Jetzt scheißt dich an, gell? Ich hab der Polizei schon alles gesagt, was ich weiß, es ist nur eine Frage der Zeit, bis sie Johanna finden. Und dann bist du dran, du kleiner, geschniegelter, arroganter …«

Tanja Tusek attributierte ihn noch eine ganze Weile ähnlich kreativ weiter, während Svobodas Bewusstsein kurz abdimmte, um die eingegangene Info intern verarbeiten zu können.

»Na, hallo, hallo«, unterbrach er sie dann. »Stopp einmal. Von was für einer Entführung reden Sie überhaupt, Frau Tusek? Und von was für einem Mord?«

»Als wenn du das nicht am besten wüsstest! Meine Greenpeace-Schwester Johanna ist verschwunden. Kannst dich noch an sie erinnern? Freilich kannst, hast sie ja erst vor ein paar Tagen gesehen. Sie hat dich auch wiedererkannt, deshalb hat sie mich angerufen. Sie wollt wissen, ob du ein Projekt im Krappfeld betreust, gemeinsam mit einem gewissen Hiasi Wildhaber. Na, was glaubst, hab ich bei meinen Recherchen herausgefunden? Unser lieber Herr Svoboda macht neuerdings die Natur dort kaputt, wo sie noch am besten in Schuss ist, mitten in Kärnten.«

»Hören S', ich kenn überhaupt keine Johanna. Wer soll das sein?« Svoboda log nicht. Auch seine Empörung war echt.

»Der Herr Supergut kennt keine Johanna«, höhnte Tanja, »und trotzdem verschwindet sie spurlos, gleich nachdem sie ihn gesehen hat. Wahrscheinlich ein Zufall, oder?«

»Hören S', Frau Tusek, ich streit mich immer gern mit Ihnen, wie Sie ja wissen, aber die Dame, von der Sie da sprechen, die sagt mir echt überhaupt nichts. Ich weiß, meiner Firma wird viel unterstellt, aber Entführung, das ist neu.«

»Na, vielleicht wendest dich einmal an deinen neuen urseriösen Partner, diesen Hiasi Wildhaber. Was man so hört, hat der sich mit der Johanna ziemlich befetzt, bevor sie verschwunden ist.«

Svoboda hielt kurz inne, dann entschied er, dass es an der Zeit war, das Gespräch zu beenden.

»Ich würd vorschlagen, Sie überdenken Ihre Vorwürfe noch einmal, bevor Sie sich an die Gerichtsbarkeit wenden, Frau Tusek. Weil sonst könnt's am Ende noch passieren, und Sie sitzen selbst auf der Anklagebank, wegen übler Nachrede und Verleumdung. Einen schönen Tag wünsche ich Ihnen noch.« Er kappte die Verbindung, ehe seine Gesprächsgegnerin weiteren Geifer in den Äther speien konnte.

Die letzten Schritte zu seinem BMW legte Marcel Svoboda mit düsterer Miene zurück. Seine Vorgesetzten hatten keinen Zweifel daran gelassen, wie wichtig die totale Geheimhaltung in dieser Phase des Projekts war, und er selbst hatte das auch so gesehen. Das war nun anscheinend vorbei, seine Aktivitäten waren kurz davor aufzufliegen. Und warum? Weil Hiasi, dieser asoziale Loser, mit den Eingeborenen irgendwelche Blutfehden vom Zaun brach!

Svoboda hatte genug. Hiasi brachte mittlerweile mehr Scherereien als Vorteile in das Projekt ein. Sobald der Hof seiner Mutter auf ihn überschrieben war und die Juristen von Svobodas Firma alles geregelt hatten, würde er … Doch wie wahrscheinlich war es, dass Hiasi die Überschreibung überhaupt auf die Reihe brachte?

Er setzte sich hinter das Steuer und verharrte, missmutig vor sich hin starrend. Wenn er es richtig verstanden hatte, war diese Johanna verschwunden, nachdem Hiasi sich mit ihr gestritten hatte. Das bedeutete, Hiasi wurde verdächtigt, etwas mit dem Verschwinden der Frau zu tun zu haben. Das wiederum bedeutete jede Menge polizeilicher Ermittlungen und in der Folge mediale Aufmerksamkeit, was einem erzwungenen Striptease seines Projekts gleichkam.

Svoboda schluckte. So, wie es jetzt aussah, würde sein Weg auf der Karriereleiter eher nach unten als nach oben führen, und zwar leider ebenfalls gleich um mehrere Sprossen. Es sei denn, er konnte diese Entwicklung irgendwie für sich nutzen. Ja, das wäre die Lösung der Misere. Sein betriebswirtschaftlich dressiertes Gehirn ließ ihn nicht im Stich. Es war ihm scheißegal, ob Hiasi diese Johanna verschwinden lassen hatte oder nicht, doch wenn er Svoboda diese Suppe eingebrockt hatte, dann würde er sie auch für ihn auslöffeln.

Svoboda holte sein Telefon hervor und wählte Hiasis Nummer. Die nach einem Streit verschwundene Frau war ein ausreichend starkes Druckmittel, um diesen versifften Kleinkriminellen endgültig dazu zu bringen, den Hof seiner Mutter Svobodas Firma zu überschreiben, und zwar zu weit günstigeren Konditionen – für Svobodas Firma.

Als Hiasi abhob, bot Svoboda alle Autorität auf, über die er in seinem jungen Alter verfügte, und befahl knapp: »Hiasi, ich muss dich sprechen. In einer Stunde auf dem Hof deiner Mutter.«

Er brauchte schließlich noch etwas Zeit, um die kleine, verschwiegene Jagdhütte zu finden.

SIEBEN

Robert hatte mit der Arbeit an Walters Land Rover begonnen, während Pepi vor der Werkstatt nervös auf und ab ging. Robert wusste, dass sein Bruder Angst vor Rudi hatte, vor allem nachdem er ihm das erzählt haben würde, was er Robert erzählt hatte.

Endlich holperte Rudis Auto den Weg herunter und parkte hinter Pepis Käfer ein. Rudi stieg aus und begrüßte die beiden, indem er schrie: »Reparier endlich deinen Weg, Robert!«

Robert zuckte kurz zusammen, fuhr aber mit seiner Arbeit fort, als er sah, dass Pepi Rudi entgegenging. Sein Bruder wirkte dabei, als wäre ihm ein Hundeschwanz gewachsen, der nun zwischen seinen Beinen klemmte.

»Servus, Rudi, gut, dass du kommst. Du, ich muss dir dringend erzählen …«

Rudi ignorierte Pepi und kam schnurstracks auf Robert zu, dessen mulmiges Gefühl wuchs, als er Rudis strengen Gesichtsausdruck sah.

»Ist das der Wagen von Walter?«

Robert nickte.

»Wie kommt der hierher?«

Robert berichtete wahrheitsgemäß und zeigte dem Bezirksinspektor in Zivil den Zettel, den er hinter dem Scheibenwischer vorgefunden hatte.

»Sehr vage«, meinte Rudi. Er gab Robert den Zettel zurück, ging um das Auto herum und musterte es von allen Seiten mit scharfen Blicken.

Robert sagte nichts. Er wusste, dass Rudi wusste, dass er hier Reparaturen zum Freundschaftspreis durchführte, hatte nun aber zum ersten Mal das unbestimmte Gefühl, den Polizisten würde das stören. Er sah zu Pepi, der am Eingang der Werkstatt stehen geblieben war und nicht zu wissen schien, wie er seine Hände und Arme halten sollte.

Rudi war mittlerweile am Karosserieschaden angekommen und wischte mit dem Finger durch den gelben Staub. »Walter war am Dobranberg oben«, sagte er. »Das bestätigt die Aussage von der Talbäuerin.«

Robert und Pepi wechselten einen Blick, doch da sie nicht wussten, was sie darauf sagen sollten, sagten sie lieber nichts.

»Da oben liegen nur zwei Höfe nahe genug am Wietersdorfer Steinbruch, dass die Straße, die zu ihnen führt, mit Kalkstaub bedeckt ist. Das Haus von der Taurer Susi gehört allerdings nicht dazu.«

Robert hatte keine Ahnung, wovon Rudi da sprach, doch er wagte nicht, ihn zu unterbrechen. Ansonsten hätte er ihm gesagt, dass auf keiner Straße am Dobranberg so viel Staub lag, dass er in dieser Menge an einem darüber hinwegfahrenden Wagen kleben bleiben konnte.

»Der Schaden schaut aus, als ob Walter irgendwo die Straße verlassen hat und mit der Bodenplatte aufgesessen ist«, analysierte Rudi weiter. »Vielleicht hat er das Auto versteckt, damit keiner sieht, dass er bei der Taurer Susi ist. Aber warum dann der Staub? Das ergibt keinen Sinn. Und warum stellt Walter das Auto zu dir und verschwindet dann?«

Rudi sah auf und blickte abwechselnd in das Gesicht von Robert und in das von Pepi. Sein eigener Gesichtsausdruck verriet dabei, dass ihn die Mienen der beiden mit Ärger erfüllten. »Was schaut ihr so blöd, ihr Affen?«, fuhr er die Brüder an.

Wieder ging ein Zucken durch Robert; er war unfähig, sich zu artikulieren. Pepi stammelte: »Keine Ahnung, von was du da redest.«

Rudi sah noch ein paarmal von einem zum anderen, ehe er erklärte: »Die Talbäuerin hat letzte Nacht gesehen, wie Walter vom Dobranberg heruntergefahren ist. Heute sind er, seine Frau und die beiden Kinder spurlos verschwunden. Und die Talbäuerin findet im Traktor-Unterstand die Handtasche von Johanna.«

»Von Johanna? Bist du dir sicher?«

Wie zwei Pfeile schossen die Blicke aus Rudis Augen zu Pepi hin, der erschrocken die Schultern hochzog, gerade so, als hätte er mit seiner Reaktion irgendetwas verraten. Robert wusste, dass dem nicht so war, es lag nur daran, dass Rudi seine Gesprächspartner immer einschüchterte. Folgerichtig schnauzte dieser Pepi nun an: »Warum? Hast du einen Grund, das zu bezweifeln?«

»Nein, nein, nur ...«

»Weißt du, wo ihre Sachen sind, und wunderst dich deshalb, dass ihre Handtasche nicht auch dort ist?«

»Rudi, ich war nur überrascht, nichts weiter.«

»Hast du Johanna gefunden?«, fragte Robert hoffnungsvoll.

Rudi fixierte Pepi noch lange, lange Sekunden, ehe er den Kopf schüttelte und langsam wieder um das Auto auf der Hebebühne herumschritt. »Dass die Kreuzer verschwunden sind und Johannas Handtasche bei ihnen am Hof versteckt liegt, ist an sich eh schon ein Geständnis. Ich werde die Kollegen vom Landeskriminalamt informieren, ich bin sicher, bei einer Durchsuchung finden wir noch andere Spuren. Wenn nicht sogar Johanna selbst. Ich verstehe nur nicht, warum Walter sein Auto bei dir abgestellt hat. Aber wahrscheinlich will er etwas vertuschen, immerhin giltst du als sehr verschwiegen, Robert.«

Robert fühlte ein Schuldbewusstsein in sich aufsteigen, von dem er gar nicht wusste, warum er es bekam. Verschwiegenheit war doch nichts Verwerfliches.

»Wenn Walter morgen kommt und den Land Rover bei dir abholt, rufst du mich an und hältst ihn so lange hin, bis ich da bin. Hast du verstanden?«

»Ja.«

»Gut.«

»Ich habe aber kein Telefon.«

Rudi starrte Robert an, als wären diesem soeben sämtliche Kleider vom Leib gefallen.

»Okay, ich nehme den Autoschlüssel mit. Sag ihm, dass er ihn bei mir abholen soll. Ich will wissen, wo er war, wohin er will, wann und warum, hast du gehört?«

»Ja.«

Mit einem Nicken beendete Rudi diese Angelegenheit und wandte sich Pepi zu. »Du wolltest mir dringend etwas erzählen?«

»Ja … ja.« Als hätte jemand einen Schalter in Pepi umgelegt, kam Leben in ihn. Während er erzählte, bewegte er sich einmal hierhin, dann dorthin, wobei seine Hände hastige Gesten vollführten. Sein gewohntes Kichern spätestens nach jedem zweiten Satz klang nervös. »Bei der Sonnwendfeier hat Johanna diesen Wiener erkannt, der seit letzter Woche in Boden herumfahrt. Er heißt Marcel Svoboda und arbeitet für die Firma InterGen, das ist ein riesiger Konzern, der das Saatgut von Nutzpflanzen gentechnisch manipuliert, damit sie mehr Ertrag bringen. Johanna kennt ihn aus ihrer Studentenzeit in Wien. Sie war bei Greenpeace, und ihre Kollegen dort haben die Aktionen von den Leuten, die für die österreichische Zweigstelle der Firma arbeiten, genau beobachtet, weil die von InterGen schon viele Schweinereien mit der Natur angestellt haben. Nix Illegales, die halten sich immer an die Gesetze. Nur dass die Gesetze halt nicht alles abdecken. Wie Johanna bei der Sonnwendfeier gesehen hat, dass Svoboda mit Hiasi getratscht hat, hat sie Hiasi zur Rede gestellt. Hiasi hat nix über seine Pläne verraten, aber er hat gesagt, dass Svoboda sein Geschäftspartner ist, und das hat schon gereicht, damit Johanna alles gewusst hat. Sie hat ihn gefragt, ob er deshalb heimgekommen ist, jetzt, wo seine Mutter im Koma liegt und sich nicht mehr wehren kann, und ob er über ihren Kopf hinweg den Grund vom Bachmühlbauer an InterGen verschachern will. Hiasi hat probiert, Johanna zu beruhigen, weil er gemerkt hat, dass alle zu ihnen herüberschauen. Sie hat ihn dann aber eh stehen gelassen und ist heimgegangen, weil ihr die Lust aufs Feiern vergangen ist. Deshalb ist sie dort schon so früh weggegangen.«

Pepi legte eine Pause ein, lief aber weiter nervös auf und ab. Rudi schaute ihn einige Sekunden lang an, ehe er mit einem drohenden Unterton in der Stimme fragte: »Woher weißt du das alles?«

Pepi blieb in Bewegung; er setzte ein verlegenes Grinsen auf, wich Rudis Blick aus, suchte ihn aber gleich darauf wieder, als wollte er kontrollieren, ob sich die Laune des Polizisten inzwischen gebessert hatte. Schließlich gestand er: »Sie war … also, sie war vorgestern am Abend noch bei mir.«

»Was?«

»Sie hat sich nicht beruhigen können. Wie sie beim Marterl war, wollte sie nicht mehr zu sich nach Hause gehen und den ganzen Abend allein mit ihren Sorgen herumsitzen, deshalb ist sie zu mir gekommen. Sie hat wen zum Reden gebraucht, und ich war immer für sie da.«

»Du hast mit ihr gepudert und uns alle blöd sterben lassen wollen?«

»Was? Nein, wir haben nicht …«

»Na, freilich habt's gepudert, was denn sonst?«

»Geredet haben wir, nur geredet.«

»Das glaubst du ja selber nicht.«

»Es ist aber die Wahrheit!«

»Die Wahrheit ist, dass du die Gelegenheit beim Schopf gepackt und sie in dein Bett verfrachtet hast. Dann hast du Angst vor Matthias bekommen. Und dann, wie Johanna nicht mehr aufgetaucht ist, hast du dir gedacht, du musst eh nichts gestehen, weil dir eh keiner dahinterkommt. Ist doch so.«

»Nein! Ja! Nein!«

»Was jetzt?«

»Freilich hab ich Angst vor Matthias gehabt, aber gewesen ist trotzdem nix zwischen mir und Johanna.«

»Warum dann die Angst vor Matthias?«

»Weil der mir nicht geglaubt hätte in seiner Eifersucht. Du glaubst mir ja auch nicht.«

»Warum sollte ich?«

»Weil ich dir jetzt alles erzählt habe. Hätte ich nicht müssen, das hast du selber gerade gesagt.«

»Warum erst jetzt?«

»Weil … weil …«

Rudis Blick schwenkte zu Robert hinüber. »Du hast das gewusst, stimmt's? Und du hast auch nichts gesagt. Warum?«

»Robert hat nichts gewusst«, ging Pepi schnell dazwischen. »Ich habe es ihm sagen wollen, seit ich von Johannas Verschwinden gehört habe, aber ich bin erst heute dazu gekommen. Er war es, der gesagt hat, ich muss dir davon erzählen. Ich selbst hätte mich eh nicht getraut.«

»Warum nicht? Wenn das alles so stimmt, wie du sagst, dann war es ja eh ganz harmlos.«

»War es ja auch, aber ich hab gewusst, dass mir keiner glauben wird außer Robert.«

Seltsamerweise wirkte der Blick, mit dem Rudi Pepi nun musterte, gar nicht mehr bedrohlich, sondern eher nachdenklich, wenn nicht sogar verstehend.

»Lassen wir das einmal gut sein. Was hat dir Johanna an dem Abend noch alles erzählt?«

»Sie war sich sicher, dass InterGen da bei uns gentechnisch veränderte Pflanzen aussäen oder sogar eine gentechnische Versuchsanstalt aufbauen will. Sie hat gesagt, es sei typisch für die Firma, sich Standorte weit weg von den Augen der Öffentlichkeit zu suchen, und in Hiasi hätten sie den idealen Kandidaten für diesen Plan gefunden, weil er über ein passendes Grundstück verfügt, Geld braucht und keine Fragen stellt. Johanna hat Angst gehabt, dass Boden und damit das letzte Paradies dadurch zerstört wird. Sie hat gesagt, Boden war für sie immer schon eine heile Welt, weil es ihr vorgekommen ist, als ob alles Schlechte weit weg wäre.«

»Wie lange ist sie bei dir geblieben?«

»Bis kurz nach eins.«

»Kurz nach eins? Von wann weg? Von neun?«

»Um kurz vor halb zehn ist sie zu mir gekommen.«

»Dreieinhalb Stunden lang habt ihr also nur geredet?«

»Ja.«

»Und wer soll dir das glauben?«

»Wir haben die Zeit übersehen. Zuerst haben wir über

InterGen geredet, über Svoboda und Hiasi und so weiter. Dann haben wir alte Erinnerungen aufgefrischt. Johanna und ich haben uns immer gut verstanden, und damals, wie sie noch nicht mit Matthias zusammen war, haben wir oft stundenlang so geredet. Heimlich habe ich gehofft, dass sie mit mir … sie war so wahnsinnig schön und lieb, aber leider … Jedenfalls haben wir uns vorgestern an die Zeit zurückerinnert, weil es eben schon so lange her ist, sich zwischen uns aber trotzdem irgendwie nichts geändert hat.«

»Weißt du, ob Johanna von dir weg direkt heimgegangen ist, zum Waldbauerhof?«

»Wo hätte sie denn mitten in der Nacht sonst hingehen sollen?«

»Hat sie dir sonst noch irgendetwas gesagt?«

»Nur, dass ich niemandem von unserem Treffen erzählen soll. Sie wollte nicht, dass Matthias davon erfährt und falsche Schlüsse zieht.«

»Das sehe ich ein«, brummte Rudi. »Wenn stimmt, was du sagst, bedeutet das, dass Hiasi und sein feiner Herr Svoboda einen Grund haben, Johanna verschwinden zu lassen, vorausgesetzt, Johannas Verdacht, was diese gentechnische Versuchsanstalt angeht, ist richtig.«

»Bevor ich es vergesse«, schaltete Pepi sich noch einmal ein, »Johanna hat erzählt, dass sie, kurz bevor sie zu mir gekommen ist, eine Freundin bei Greenpeace in Wien angerufen hat, eine Tanja … Tanja …«

»Tusek.«

»Genau! Sie hat sie gebeten herauszufinden, ob InterGen ein Projekt in Boden laufen hat, bei dem … Das weißt du schon?«

»Ja, und Svoboda bereitet tatsächlich ein Projekt in Boden vor. Das heißt aber nicht zwangsläufig, dass damit der Bau einer Versuchsanstalt gemeint ist.«

Robert hatte das Gespräch mit offenem Mund verfolgt und sich dabei an den aufgebockten Land Rover gelehnt. Da er nun wieder auf dessen Karosserieschaden aufmerksam wurde, stieg erneut Verwirrung in ihm auf, und er fragte: »Was hat Walter damit zu tun?«

Sowohl Rudis als auch Pepis Gesichtsausdruck wirkte desorientiert, und Rudi brauchte offenbar eine Weile, ehe er die verfügbaren Fakten in seinem Kopf so weit geordnet hatte, dass er antworten konnte.

»Walter hat bei der Sonnwendfeier den Streit von Johanna und Hiasi beobachtet und mitbekommen, wann Johanna gegangen ist. Außerdem hat er davon ausgehen können, dass Matthias noch die halbe Nacht unterwegs und Johanna deshalb allein zu Hause sein würde. Genau genommen hätte Walter nach der Sonnwendfeier seine Familie heimführen und sich später, wenn alle eingeschlafen waren, aus dem Haus schleichen können. Vielleicht ist er zum Waldbauerhof gefahren und hat dort auf Johanna gewartet.«

Robert verstand Rudis Schlussfolgerung nicht.

»Warum?«

»Was weiß ich, warum«, fuhr Rudi auf, »ich weiß nur, dass Johannas Handtasche auf seinem Hof versteckt war und dass er das nötige Wissen und die Möglichkeit gehabt hätte, um Johanna zu …« Er verstummte.

»Aber was hat er letzte Nacht am Dobranberg oben gesucht?«, schaltete Pepi sich ein.

Rudi schnaubte wütend. »Ich werde mich da oben umhorchen. Ich will wissen, bei wem Walter war und warum. Sonst noch was?«

Die drei wechselten abermals einige Blicke, dann meinte Pepi:

»Zumindest Hiasi hat ein Alibi. Als Johanna verschwunden ist, hat er auf der anderen Seite von Boden einen Unfall gehabt. Wie spät war es da?«

»Kurz vor drei.«

»Drei?« Pepi war sichtlich verwirrt. »Hat er nicht etwas von ein Uhr erzählt?«

»Das hat sich als Fehler herausgestellt. Oder als Lüge, da bin ich mir noch nicht ganz sicher. Jedenfalls hat der Bodenbauer

Reinhard ihn um drei Uhr früh vom Unfallort zu Fuß nach Hause gehen gesehen.«

»Eben, dann kann er es nicht gewesen sein, weil er da ja gerade erst nach Boden zurückgekommen ist.«

Robert bezweifelte diese Aussage seines Bruders, auch wenn er sich nicht erklären konnte, warum. Irgendetwas an der ganzen Sache störte ihn, doch er konnte nicht sagen, was.

»Dann werde ich mir eben seinen Kumpan Svoboda zur Brust nehmen«, meinte Rudi entschlossen. »Hätte ich sowieso getan. Pfiat euch, und sagt mir Bescheid, wenn ihr was Neues hört.« Er ging in Richtung seines Autos davon.

»Ist gut, machen wir«, rief Pepi ihm mit einem Lachen nach, das von Erleichterung getragen wurde.

»Pfiati«, sagte Robert.

Die Brüder sahen zu, wie Rudi den Wagen wendete und den Weg wieder hinaufschaukelte.

»Glaubst du, er wird mich anzeigen, weil ich ihm das mit Johanna nicht gesagt habe?«, fragte Pepi nach geraumer Zeit.

»Wieso, du hast es ihm eh gesagt.«

»Ja, aber erst jetzt. Eigentlich hätte ich es ihm gestern schon sagen sollen.«

»Wolltest du eh. Du wolltest es mir erzählen, und ich hätte dir gesagt, dass du es ihm erzählen sollst.«

Wieder verstrichen einige Sekunden, ehe Pepi sagte: »Hoffentlich zeigt er mich nicht an.«

Robert wandte sich wieder Walters Wagen zu. Er kramte in seinen Werkzeugen, hielt dann aber so unvermittelt inne, dass sein Bruder auf ihn aufmerksam wurde.

»Was hast du denn?«

»Hansi ist doch um halb eins vom Wiesenwirt weg«, begann Robert, »und Johanna ist eine halbe Stunde später bei dir weggegangen.«

»Ja, und?«

»Dann war Hansi um kurz vor eins am Marterl und Johanna ungefähr um viertel zwei, oder?«

Pepi dachte kurz nach, dann nickte er.

»Wenn Hansi nicht phantasiert hat, so besoffen, wie der war, dann hat die Gestalt, die er dort gesehen hat, jemand anderen weggetragen und nicht Johanna.«

Pepi zögerte. »Ich weiß nicht … Hansi kann in seinem Rausch ja endlos herumgetrödelt haben. Der ist immer so ein kindischer Teufel, wenn er was gesoffen hat. Dem traue ich es zu, dass er im Wald mit sich selbst verstecken gespielt hat.«

Robert dachte kurz nach und sagte dann ernst: »Ich ihm auch.«

Pepis Augen weiteten sich, er schien erst jetzt zu verstehen, was das bedeuten konnte.

»Das heißt, er hat wirklich gesehen, wie jemand Johanna forttragt?«

Alles in Robert sperrte sich dagegen, jetzt Ja zu sagen, denn das hätte bedeutet, dass Johanna nicht einfach nur verschwunden, sondern dass sie einem Verbrechen zum Opfer gefallen war. Wer außer einem Gewaltverbrecher hätte schließlich ihren leblosen Körper in den Wald gebracht anstatt ins Krankenhaus? Mit einer forschen Bewegung, die seinen inneren Widerstand nach außen katapultierte, wandte Robert sich Walters Auto zu und sagte mit lauter Stimme: »Ich weiß es nicht.«

»Du glaubst es aber.«

Sein Bruder kannte ihn viel zu gut, als dass er ihn nun hätte anlügen können, deshalb zog Robert es vor, zu schweigen.

»Wer kann das gewesen sein«, spann Pepi den Gedanken weiter, »der Johanna um halb zwei herum in den Wald tragt? Hiasi?«

»Hiasi war um die Zeit noch unterwegs«, räumte Robert ein, der nun halbherzig mit einem Fäustel via Metallstift am Land Rover herumklopfte. »Der hat erst knapp zwei Stunden später seinen Unfall gehabt.«

»Dann doch Walter?«

»Ich weiß nicht.« Robert legte das Werkzeug zur Seite, stopfte die Hände in die Hosentaschen seiner Latzhose und wandte sich Pepi zu. »Warum sollte Walter Johanna etwas antun? Er kennt sie seit ihrer Geburt und hat sich immer gut mit ihr verstanden, auch mit Matthias. Die haben ja nicht mal gemeinsame Grundstücksgrenzen, also warum soll's da Streit gegeben haben?«

»Aber Rudi hat gesagt, dass Walter einer von seinen Hauptverdächtigen ist.«

»Aber Rudi weiß auch nicht, warum. Er weiß nur, dass Johannas Handtasche am Kreuzerhof versteckt war.«

»Eben, da muss es doch etwas gegeben haben.«

»Aber auch wenn es Walter war: Er hat nicht wissen können, dass Johanna ausgerechnet um die Uhrzeit beim Marterl oben sein wird. Niemand hat das wissen können, das hat sie ja vorher selbst nicht gewusst.«

»Vielleicht war es so, wie Rudi gesagt hat, dass er sie abgepasst hat, weil er sie am Waldbauerhof nicht angetroffen hat? Vielleicht hat er nicht am Hof gewartet, sondern am Marterl?«

»Kann sein, aber das gilt dann nicht nur für Walter. Jeder könnte da gelauert haben.«

»Aber wer?«

»Vielleicht dieser Svoboda?«, riet Robert. »Womöglich hat der sie überhaupt verfolgt, nachdem er sie bei der Sonnwendfeier erkannt hat.«

»Dass er auf eine günstige Gelegenheit gewartet hat, meinst du?«

Anstelle einer Antwort hielt Robert inne, weil er etwas in seiner Hosentasche spürte, das ihn irritierte. Als er es herauszog und ansah, erinnerte er sich wieder: Es war der Stein, den er vorhin unter der Fußmatte im Land Rover gefunden hatte; er musste ihn unbewusst in die Hosentasche gesteckt haben. Der Stein hatte einen Gedanken in ihm ausgelöst, und auch wenn er jetzt nicht mehr wusste, welchen, so ahnte er doch, dass er von Bedeutung gewesen war. Es war ein gelber Kalkbrocken, in dem ein Teil einer prähistorischen Meeresschnecke erkennbar war.

»Was hast du?«, fragte Pepi, durch Roberts Innehalten neugierig geworden. Als Antwort warf Robert ihm den Stein zu. »Der ist vom Wietersdorfer Steinbruch«, sagte Pepi nach einem kurzen Blick, »wo hast du den jetzt her?«

»Er war unter der Fußmatte von Walters Auto.«

»Es stimmt also, was Rudi gesagt hat, Walter war letzte Nacht am Dobranberg oben.«

»Nein«, entgegnete Robert mit einem heftigen Kopfschütteln, »er war direkt auf dem Steinbruchgelände.«

»Wieso? Was soll er denn da getan haben, mitten in der Nacht?«

»Weiß ich nicht, aber die Kalksteine liegen nicht auf der Straße herum, die gibt's nur im Steinbruch. Außerdem liegt nicht so viel Kalkstaub auf den Straßen am Dobranberg, dass Walters Auto davon dermaßen dreckig geworden wäre.« Er zeigte auf den verstaubten unteren Teil der Karosserie. »Einen solchen Belag kann es nur kriegen, wenn es im Steinbruch herumfahrt.«

Pepi starrte seinen Bruder mit offenem Mund an, was ihm in Verbindung mit seinen hervorstehenden Augäpfeln und seinen heute zerzausten Haaren das Aussehen einer soeben gerupften Henne gab, die sich selbst in einem Spiegel sah, wie Robert fand.

»Robert, was … was kann das heißen?«

»Ich weiß nicht.« Robert betrachtete den Land Rover. »Vielleicht wollte Walter … ich weiß auch nicht.« Im Augenwinkel sah er Pepis Adamsapfel einmal auf- und abhüpfen.

»Was meinst du, was mit Johanna passiert ist?«, fragte Pepi zaghaft.

Robert drehte sich zu ihm hin. »Nix Gutes, fürchte ich.«

»Und wenn Hansi sich das mit der dunklen Gestalt in seinem Rausch doch nur eingebildet hat?« Pepis Stimme klang bittend.

»Vielleicht hat er es auch erfunden, um von sich selbst abzulenken«, meinte Robert. Auf Pepis fragenden Blick hin erklärte er: »Es gibt immerhin noch keine Erklärung für sein dreckiges und blutiges Gewand.«

»Hansi? Traust du ihm zu, dass er Johanna …«
»In seinem Rausch?«
»Ich weiß nicht.«
»Traust du es Walter zu?«
Pepi zögerte, ehe er antwortete.
»Nein.«

ACHT

Bettina Welsbacher saß vor dem Café Holzmann am Hauptplatz von Sankt Veit an der Glan und trank einen Caffè Latte, einen echten Caffè Latte. Dazu fand ein Stück Topfentorte gabelweise den Weg in ihren Mund, was ein langsamer Prozess war, da Bettina zeitgleich ihre Termine der kommenden Woche checkte, indem sie mit einem Hartplastikstift das Display ihres Smartphones an verschiedenen Stellen piekste. Als das Telefon klingelte, wurde die Kalenderanzeige durch die Meldung des eingehenden Anrufs ersetzt; die Nummer des Anrufers war unbekannt.

»Bettina Welsbacher, ›Kärntner Chronik‹?«

»Tanja Tusek hier, vom österreichischen Greenpeace-Büro in Wien.«

»Grüß Gott.«

»Bettina, du kannst dich vielleicht noch an mich erinnern, wir waren zusammen bei Greenpeace, die paar Wochen, die du in Wien warst.«

»Ich war länger in Wien. Aber bei Greenpeace habe ich erst spät angefangen.«

Bettinas Intermezzo in Wien war nicht berühmt genug, um es in ihrem Lebenslauf aufzuführen. Nach der Matura hatte sie Jus studieren wollen, was aber von zweitrangiger Bedeutung für sie gewesen war, erstrangig war, in der Hauptstadt zu studieren. Leider hatte man ihre Leistungen nicht so gewürdigt, wie Bettina es ihrer Meinung nach verdient hatte.

»Weißt du noch, wer ich bin?«, hakte Tanja nach. »Wir waren zusammen bei ein paar Aktionen, bei der Anti-Gen-Demo auf der Mariahilfer Straße zum Beispiel.«

»Die Kleine, Magere mit den kurzen violetten Haaren und dem lauten Organ?«

Tanja schwieg für einen Moment, ehe sie antwortete: »Vielleicht waren meine Haare damals violett, ja.« Sie kicherte. »Ich hab deine Adresse in einem alten Verzeichnis gefunden.«

»Na, das ist aber eine Überraschung.« Bettinas Enthusiasmus hielt sich in so engen Grenzen, dass er ihre Stimme nicht einmal auf subatomarer Ebene verunreinigte. Sie hatte sich damals nur deshalb für Greenpeace interessiert, weil einer ihrer Professoren, der ein wichtiges Fach unterrichtete, die Grünaktivisten bei Gerichtsverhandlungen als Rechtsanwalt vertrat und Bettina sich durch ihr Engagement einen Bonus bei ihm erhoffte.

»Soweit ich mich erinnern kann, hast dein Studium abgebrochen und in Kärnten bei einer Lokalzeitung angefangen«, redete Tanja weiter.

»Ja, stimmt.«

Es fiel Bettina nicht leicht, das zuzugeben. Noch bevor ihr erstes Semester zu Ende gewesen war, hatte sie ihre Zelte in Wien abgebrochen und vorübergehend eine Stelle als freie Mitarbeiterin beim »Kärntner Tagesblatt« angenommen, bis sie sich neu orientiert haben würde. Doch aus dem Vorübergehend war rasch ein Jahr geworden, und als die Zeitung einen fix angestellten Redakteur suchte, hatte sie nicht Nein gesagt. Sie hatte diesen Schritt nie bereut, immerhin ging es ihr als Lokaljournalistin gut, und die Menschen hatten Achtung vor ihrer Macht.

»Bist du noch immer bei der Zeitung?«, fragte Tanja nun, woraufhin sich Bettina ein geradezu verächtliches Lachen entrang.

»Nicht bei derselben. Mittlerweile bin ich in der Hierarchie aufgestiegen«, tönte sie.

Besagten Aufstieg hatte sie mit ihrem Wechsel zur »Kärntner Chronik« vollzogen. Zwar hatte der sich negativ auf ihre monatlichen Einkünfte ausgewirkt, hinsichtlich der Beschriftung ihrer Visitenkarten jedoch erfreulich positiv, was sie nun auch Tanja mitteilte: »Ich bin jetzt die Regionalleiterin der ›Kärtner Chronik‹ für den Bezirk Sankt Veit an der Glan.«

»Waao«, sagte Tanja gedehnt, was Bettina mit Stolz erfüllte, derweil sie das Gefühl ignorierte, Tanja hätte keinen Schimmer, was dieser Titel wirklich bedeutete. »Dann bin ich mit meiner Geschichte bei dir ja an der richtigen Adresse.«

Bettina merkte auf. »Was für eine Geschichte?«

Der Verlauf des nun folgenden halbstündigen Gesprächs steigerte Bettinas Lokalredakteurinnensensationslust bis hin zu einem wahren Regionalleiterinnenorgasmus. Zunächst war sie von Tanjas Geplapper genervt, dann erkannte sie, welcher Skandal ihr hier zugespielt wurde, und am Ende schloss sich sogar noch der Kreis zur verschwundenen Johanna Egger.

»Ich habe nicht herausfinden können, welches Projekt InterGen im Krappfeld betreibt«, schloss Tanja, »aber Svoboda ist keiner von den Hartgesottenen, wennst den bei seiner Eitelkeit anpackst, kriegst sicher einiges heraus.«

Nach dem Telefonat starrte Bettina fasziniert vor sich hin. Die Geschichte war ein echter Bomber! Eilig rief sie einen Kellner herbei, bezahlte und brach auf.

Auf dem Weg nach Hause malte sie sich die bevorstehende Katastrophe in deren gesamtem Ausmaß aus: großflächige Planierungen für eine betonkalte, futuristisch anmutende Anlage – ganze Waldflächen niedergemacht und zu Äckern mit uniformen Pflanzenreihen umfunktioniert –, autobahnbreiter Ausbau des Wegenetzes – ein die gesamte Region beeinflussendes riesiges Verkehrsaufkommen für Personal, Saatgut, Pflanzen, Düngemittel, Ausrüstung und das ganze Pipapo –, und dann ging es erst so richtig los: Wenn die gentechnisch veränderten Pflanzen erst einmal blühten, verbreitete der Wind ihre Pollen über die Äcker der Bauern in der Umgebung und befruchtete, nein, schändete deren Pflanzen, wodurch sich Hybride entwickelten, die unkontrolliert in den Nahrungskreislauf gelangten; eine Entwicklung, deren Folgen gar nicht absehbar waren! Und dann … dann … verwüstete Kulturflächen, ausgelaugte Erde, verschandelte Landschaften, krankes Vieh, ruinierte Biobauern …

Vor Bettinas geistigem Auge tauchten Visionen möglicher

Schlagzeilen für die nächste Ausgabe ihrer Zeitung auf: »Gen-Alarm im Krappfeld«, »Katastrophe in der Kornkammer Kärntens«, »Das Ende des letzten Paradieses« – und alle waren gleich gezeichnet: »Ein Exklusivbericht von Bettina Welsbacher«.

Sie seufzte glücklich und zog ihr Telefon hervor, um ihren Chefredakteur anzurufen.

Eine halbe Stunde später saß Bettina vor dem aufgeklappten Laptop an ihrem Schreibtisch und war stinksauer. Dass der Chefredakteur nur wenig erbaut gewesen war, an einem Sonntag mit ihr über die Arbeit sprechen zu müssen, hatte sie noch irgendwie verstehen können, nicht jedoch, dass er von ihrer Geschichte ebenso wenig begeistert gewesen war. Im Gegensatz zu ihr sah er darin keinen Knüller, sondern ausschließlich ein Gerücht, das eine Umweltaktivistin bei einer Journalistin gestreut hatte, um ihre Ziele durchzusetzen. Erst als Bettina ihm erklärt hatte, dass eine seit fast zwei Tagen verschwundene Krappfelder Bäuerin in die Sache verwickelt war, hatte er einem Bericht zugestimmt, sich aber auch dabei nur wenig begeistert gezeigt.

Seither fragte Bettina sich, ob ihr Chefredakteur nicht vielleicht auch von einem Bauernhof stammte, so intellektuell unbeweglich und visionsarm, wie er sich bisweilen zeigte. Aber das würde sie nicht unten halten, sie würde es den Bauernschädeln dieser Welt zeigen, egal, ob sie sich in Kappeler Keuschen oder in Klagenfurter Redaktionsstuben versteckten.

Als Erstes recherchierte sie auf der Webseite von InterGen, wo sie jedoch nur oberflächliches Heile-Welt-Gewäsch fand. Über einen Link gelangte sie zur österreichischen Niederlassung und entdeckte dort eine Aufstellung der Führungsriege. Von einem Marcel Svoboda war hier jedoch nichts zu sehen, weshalb sie beschloss, den CEO anzurufen. Dass nur die Festnetznummer seines Büros angegeben war, bedeutete wohl, dass Bettina es zunächst mit einer hochnäsigen Vorstandssekretärin zu tun bekommen würde, doch mit der würde sie schon fertigwerden.

Bettina gelangte allerdings nicht in die Chefetage, sondern an den Anrufbeantworter eines Callcenters, der mit erotisch-weiblicher Stimme in zwei Sprachen darüber informierte, dass sie außerhalb der Geschäftszeiten anrief.

Mit einem leisen, weil überhaupt nicht damenhaften Fluch auf den Lippen rief sie daraufhin bei Tanja an, die ihr Marcel Svobodas Handynummer durchgab, gemeinsam mit Tausenden Bitten um Entschuldigung, dass sie vorhin nicht selbst daran gedacht hatte. Bettina verbiss sich einen gehässigen Kommentar und versuchte ihr Glück bei diesem Svoboda, der aber nicht abhob. Bis sich die Mobilbox meldete, war Bettina so geladen, dass sie ihm eine Nachricht hinterließ, die sich gewaschen hatte.

Als sie wieder auflegte, war ihre Wut verraucht und sie zufrieden. Etwas später kamen die Zweifel; sie fragte sich, ob sie ihre Worte klug gewählt hatte. Doch dann entschied sie, dass das egal war, zumal sie natürlich recht hatte.

***

Nach seinem Gespräch mit Hiasi war Marcel Svoboda in seine Unterkunft gefahren, um nachzudenken. Er wohnte im Prechtlhof in Althofen, ein Restaurant mit dazugehörigem Hotel. Vier Sterne – nicht der ultimative Luxusschuppen, aber gemütlich, ländlich-nett und ruhig, was ihm als Stadtmensch beim Nachdenken aber nun gar nicht entgegenkam.

Svoboda war richtiggehend durch den Wind, denn er hatte nun einiges zu verkraften. Das Gespräch war nicht so verlaufen, wie er es geplant hatte; Hiasi hatte sich nicht von ihm einschüchtern lassen. Im Gegenteil: Er hatte Svoboda klargemacht, dass er, wenn er wegen Johannas Verschwinden belangt werden würde, Svoboda und InterGen voll mitverantwortlich machen würde. Und um dem Ganzen die Krone aufzusetzen, hatte er den Kaufpreis für das Grundstück seiner Mutter einfach um zehn Prozent angehoben.

Svoboda hatte ihm versichert, sowohl er als auch seine Firma seien Hiasi gegenüber loyal, und er würde mit seinen Vorgesetzten über die neue Forderung reden – doch in Wahrheit hatte er ihn damit nur in Sicherheit wiegen wollen. Er hatte längst genug von diesem zu groß gewordenen Niemand; er musste ihn so rasch wie möglich kaltstellen, um noch größeren Schaden von seinem Projekt abzuwenden. Nachdem der Plan, der eigentlich geheim bleiben sollte, ohnehin schon bis Wien und wieder zurück gesickert war, fielen ihm dazu auch einige Szenarien von steigender Intensität ein, die er nun nacheinander umsetzen wollte, so lange, bis eines von ihnen griff.

Als Erstes würde er den Bürgermeister von Kappel anrufen. Im Zuge der Reisevorbereitungen hatte Svobodas Sekretärin unter anderem auch dessen Telefonnummer recherchiert und in sein Handy eingespeichert. Es war wichtig für das Gelingen der Unternehmung, dass ihm sämtliche Hintergrundinformationen zu den Entscheidungsträgern vor Ort zur Verfügung standen. Als er das Display aktivierte, sah er, dass er einen Anruf verpasst hatte, wählte deshalb zuerst seine Mobilbox an und lauschte mit zunehmendem Unglauben der hinterlassenen Nachricht.

»Guten Tag, mein Name ist Bettina Welsbacher von der ›Kärntner Chronik‹. Ich hätte gern eine Auskunft über Ihr Projekt im Krappfeld bekommen, doch da es Ihre Firma offenbar nicht nötig hat, einen Journaldienst zu unterhalten, und Sie es offenbar nicht nötig haben, Ihr Telefon außerhalb der Geschäftszeiten einzuschalten, muss ich wohl davon ausgehen, dass Ihnen und Ihrer Firma nicht viel an der öffentlichen Meinung liegt. Wenn Sie nicht möchten, dass ich meine Informationen von anderen Quellen beziehe, von Greenpeace zum Beispiel, dann rufen Sie mich zurück.« Die Anruferin nannte dreimal hintereinander betont langsam ein und dieselbe Handynummer, dann beendete sie ihre Nachricht mit den Worten: »Sollte das zu schnell für Sie gewesen sein, spielen Sie diese Nachricht einfach noch einmal ab. Ich gehe davon aus, dass mit dieser Information selbst der dümmste Manager dazu fähig ist, mich zurückzurufen. Auf Wiederhören also.«

Marcel Svoboda hatte während seiner Tätigkeit für InterGen schon so manche Beleidigung über sich ergehen lassen müssen, aber noch nie eine dieser Art. Die Frau klang so unterkühlt und pikiert, dass sie ihm beinahe so etwas wie Respekt einflößte. Selbstverständlich änderte das nichts daran, dass er auf gar keinen Fall vorhatte, mit dieser Schnepfe auch nur einen Satz zu wechseln. Um ihre Nummer im Falle eines wiederholten Anrufs gleich erkennen und ablehnen zu können, speicherte er sie unter dem Namen »Gschissene« ab, womit sie sehr familiär zwischen den Einträgen »Gscherter« und »Gselchter« in seinem Nummernspeicher Platz fand.

Dann kehrte er zu seinem ursprünglichen Plan zurück. Wenn dieser gelang, würde Hiasi bemerken, dass noch andere Stellen das Projekt haben wollten und an einem niedrigen Grundstückspreis interessiert waren. Svoboda wollte doch einmal sehen, inwieweit so ein Provinzbürgermeister fähig war, über den Tellerrand hinauszublicken.

***

Als Feris Mobiltelefon läutete, wunderte er sich nicht schlecht. Die Nummer war ihm unbekannt, was schon einmal vorkam, jedoch nie sonntags. Er hob ab und meldete sich.

»Grüß Gott, Herr Bürgermeister, ich bin Bachelor Svoboda von InterGen Austria«, hörte er jemanden am anderen Ende der Leitung sagen.

Der Anrufer wollte weiterreden, doch Feri war schneller: »Grüß Gott, Herr Svoboda, ich habe mich schon gefragt, wann Sie sich melden.« Er lachte.

Svoboda schwieg, er schien irritiert zu sein.

»Sie kennen mich?«, fragte er dann.

»Freilich, jeder in Kappel und Umgebung kennt Sie. Wenn ein dicker BMW mit Wiener Kennzeichen bei uns gesehen wird, spricht sich das schnell herum.«

»Das ist ja wunderbar«, log Svoboda hörbar, »dann kennen Sie ja auch schon mein Anliegen.«

»Das nicht gerade.«

»Ach so, also, ähm … Ich bin Projektleiter bei InterGen Austria in Wien, der österreichischen Niederlassung der Firmengruppe InterGen. Wir sind ein multinational agierender Konzern, der sich einer der ganz großen Herausforderungen der Zukunft verschrieben hat, nämlich der, eine nachhaltige Landwirtschaft zu erschaffen, die mehr Menschen ernähren kann, als je zuvor auf diesem Planeten gelebt haben. InterGen setzt hierbei auf eine ressourcenschonende, biotechnologisch optimierte Steigerung der Erträge von Nutzpflanzen sowie des Wirkungsgrads von Pflanzenschutzmitteln …«

»Gentechnische Veränderung von Saatgut und Pestiziden, ich verstehe schon«, unterbrach Feri. Er kannte solche und ähnliche Floskelsammlungen nicht nur aus dem Fernsehen, sondern mittlerweile auch aus Diskussionen in der Kärntner Landwirtschaftskammer.

»So vereinfacht kann man das natürlich nicht ausdrücken«, schwächte Svoboda Feris Formulierung ab, »denn wie Sie ja wissen, stellt die Europäische Union es ihren Mitgliedsstaaten frei, ob sie biotechnologisch optimierte Anpflanzungen zulässt oder nicht, und Österreich hat sich nun einmal dagegen entschieden. Folglich findet in unseren österreichischen Niederlassungen auch keine solche biotechnische Optimierung von Pflanzen oder Schutzmitteln statt, sondern hier betreiben wir ausschließlich traditionelle Zucht, wenn auch zugegebenermaßen auf höchstem Niveau.«

»Was umschreibt das?«

»Das umschreibt gar nichts. Wir züchten Pflanzen, so wie Sie am Land es seit Jahrtausenden tun, durch selektive Zucht und Kreuzungen … wobei das Verfahren dieser Beschreibung nicht ganz gerecht wird.«

»Verstehe.«

»Nein, nein, nicht missverstehen, da passiert nichts Illegales, absolut nicht, da können S' mir vertrauen.« Svoboda lachte.

Feri nicht.

Svoboda räusperte sich nervös, ehe er weitersprach. »Das

in Österreich gewonnene Saatgut wird, wie gesagt, rein biologisch optimiert, sprich: so weit, wie die Natur es zulässt. Weitere Entwicklungsschritte finden in Ländern statt, die diese Verfahren erlauben.«

»Und was wollen Sie von mir?«

»Ich will Ihrer Gemeinde die einmalige Chance bieten, Mitglied dieser weltumspannenden Projektfamilie zu werden.«

Feri konnte Svobodas aufgesetztes Lächeln regelrecht hören; er spürte, wie seine Laune sank. Als Bürgermeister, Bankdirektor und Nebenerwerbs-Landwirt hatte er es sowohl in der Rolle des Verkäufers als auch in der des Käufers häufig mit Vertretern zu tun. Im Laufe der Jahre hatte er ein Gespür dafür entwickelt, wann jemand ehrlich zu ihm war und wann nicht. Momentan sagte es ihm, dass Svoboda versuchte, ihm Honig ums Maul zu schmieren, weil er glaubte, einen dummen Bauern vor sich zu haben.

»Mit ›weltumspannende Projektfamilie‹ meinen Sie wohl Ihre zukünftige nachhaltige Landwirtschaft?«

»Ganz genau. InterGen plant, in Boden eine Pflanzenzuchtanlage zu errichten, in der wir die eben beschriebenen Zuchtverfahren vornehmen werden.«

»Die Vorstufen für die genetische Manipulation«, meinte Feri nüchtern, und Svoboda ergänzte: »… die aber in anderen Ländern stattfinden wird, ganz genau.«

»Das heißt, die Gemeinde Kappel am Krappfeld wird zu einem Handlanger für die internationale Gen-Industrie.«

»Das heißt, die Gemeinde Kappel am Krappfeld wird zur Vorreiterin einer ressourcenschonenden, nachhaltigen Landwirtschaft«, korrigierte Svoboda, »zu einer Vorzeigeregion, die für viele andere Kommunen beispielgebend sein wird. Ganz zu schweigen von den finanziellen Vorteilen, in deren Genuss Ihre Gemeinde dadurch kommt.« Den letzten Satz hatte er wie beiläufig angefügt und ließ ihn nun wirken.

»Was für finanzielle Vorteile?«, fragte Feri nach einigen Sekunden.

»Wo soll ich anfangen? Es beginnt bei den Human Resources, die wir aus der Region beziehen, um die Anlage aufbauen und betreiben zu können: Bauunternehmer, Landschaftsgärtner, Kraftfahrer, Köche, Putzpersonal und viele mehr. Auch Baumaterialien, Lebensmittel und andere Verbrauchsgüter kaufen wir selbstverständlich in der Region ein.«

»Wie schaut's mit der Kommunalsteuer aus?«

Feri gab sich interessiert. Er hörte, wie Svoboda erneut gekonnt eine Pause machte, um gleich darauf scheinbar betreten zu antworten: »Das hätte ich ja beinahe vergessen, das ist natürlich ein großer Brocken. Sie müssen wissen, dass alle unsere InterGen-Teilbetriebe über einen geschlossenen Rechnungskreislauf verfügen, um ihre Wirtschaftlichkeit zu garantieren. Das bedeutet, dass die Pflanzenzuchtanlage Boden ihren Output an jenen Betrieb verkaufen wird, der die Weiterverarbeitung übernimmt; da fließt echtes Geld, Herr Bürgermeister. Dabei setzen wir jedes Jahr hohe Summen um, für die selbstverständlich Kommunalsteuer fällig wird.«

Feri schwieg, weshalb Svoboda nach einigen Sekunden weitersprach: »Bevor ich auch das noch zu erwähnen vergesse: InterGen ist immer darum bemüht, dass seine Teilbetriebe in Harmonie mit ihrem Umfeld agieren. Das bedeutet, dass jeder Betrieb einen Budgetposten im Plan hat, der für die Jugend- und Kulturförderung der jeweiligen Heimatgemeinde vorgesehen ist. Ich kann mir vorstellen, Herr Bürgermeister, dass Sie, Ihre Familie oder Mitglieder Ihres Gemeinderates Vereinen angehören, die unsere finanzielle Unterstützung durchaus brauchen können. Vielleicht haben Sie ja einen Sohn, der in einem Fußballverein spielt, oder eine Tochter, die sich in einer Theatergruppe engagiert?«

»Beides.« Feri grinste, und er hörte Svoboda lachen.

»Ich sehe schon, meine Ausführungen fallen bei Ihnen auf fruchtbaren Boden, wenn Sie mir dieses Wortspiel nachsehen wollen, Herr Bürgermeister. Allerdings gibt es da momentan ein kleines Problem. Hiasi Wildhaber, dem das Land gehört, auf dem unsere Anlage entstehen soll, ist im Verlauf unserer ersten vorbereitenden Gespräche etwas zu … wie soll ich sagen, maßlos geworden. Ich verstehe das, es geht um viel Geld, und wie oft bekommt man schon so eine Chance? Nun ist es aber so, dass er nicht mit sich reden lässt. Was ein großer Rückschlag für uns wäre, weil wir unser Vorhaben schlimmstenfalls in eine andere Region verlegen müssten. Deshalb wollte ich Sie fragen, Herr Bürgermeister, ob Sie nicht intervenieren könnten, damit er sich in seinen Forderungen auf ein, sagen wir einmal, realistisches Maß beschränkt?«

»Wissen Sie, ich sehe da einige Schwierigkeiten.« Feris Stimme war nun die eines autoritären Bürgermeisters. »Erstens höre ich heute zum ersten Mal von diesem Projekt, noch dazu mündlich und am Telefon, und Sie erwarten von mir, dass ich in Ihrem Sinne tätig werde. Nicht sehr seriös, wenn Sie mich fragen. Zweitens gehört der Grund, um den es Ihnen wohl geht, nicht Hiasi Wildhaber, sondern seiner Mutter, deren Zustimmung zu diesem Handel mehr als fraglich ist. Als Bürgermeister habe ich die Interessen meiner Gemeindebürger zu schützen, also auch die der Eigentümerin. Ganz besonders in diesem Fall, wo ihr Sohn, der seit jeher als ein Taugenichts bekannt ist und der es immer nur auf das Geld seiner Eltern abgesehen hat, versucht, seine wehrlose, weil im Koma liegende Mutter zu enteignen. Sie sehen also, dass unsere Interessen in dieser Angelegenheit völlig entgegengesetzt sind.«

Feri genoss das Geräusch eines an Land nach Wasser schnappenden Fisches, das aus seinem Handy kam. Erst nach Sekunden der Entgeisterung war Svoboda zu einer Erwiderung fähig.

»Aber es liegt doch auch im Interesse Ihrer Kommune, wenn hier ein großes, seriöses Unternehmen tätig wird, das viel Geld in die Gemeindekassa pumpt, nicht wahr?«

»Reichen Sie einen Projektplan ein, dann sehen wir weiter. Allerdings werden wir ihn sicher nicht mehr vor der Sommerpause prüfen. Wenn alles gesetzeskonform ist, wird der Gemeinderat darüber abstimmen, ob Kappel Ihre Pflanzenzuchtanlage will oder nicht. Bis dahin haben Sie genug Zeit, jeden einzelnen Entscheidungsträger nach Ihrem Ermessen zu bestechen. Und erst dann, wenn der Gemeinderat für Ihr Projekt gestimmt hat, brauchen Sie sich Gedanken über den Grundstückserwerb zu machen. Nach meiner Einschätzung wird Hiasi bis dahin aber aus dem Rennen sein, weil entweder seine Mutter wieder aufwacht oder er den gesamten Besitz an irgendwen verschachert, der ihm schneller Geld gibt als Sie.«

»So … so können Sie mich nicht abspeisen!«

Svoboda klang kopflos, Feri hingegen war gerade richtig in Fahrt: »So funktioniert die Verwaltung in der Republik Österreich aber nun einmal, Herr Bachelor Svoboda. Wir sind kein Bananenstaat, in dem Sie alle Wünsche erfüllt bekommen, nur weil Sie mit ein paar Geldscheinen wedeln. Wiederschaun.«

Feri schüttelte ungläubig den Kopf, als er auflegte. Wenn der Kerl auf der Suche nach einem naiven Bauerntölpel war, sollte er sich besser in der Steiermark umsehen.

***

Als Bettinas Anruf bereits zum dritten Mal innerhalb einer halben Stunde direkt nach dem ersten Läuten abgewiesen wurde, musste sie sich wohl oder übel eingestehen, dass ihre Nachricht auf Svobodas Mailbox das Gegenteil des Beabsichtigten bewirkt hatte. Wie es schien, drückte er ihren Anruf weg, sowie er ihre Nummer auf seinem Display sah.

Bettina dachte nach. Über die offiziellen Kanäle konnte sie Svoboda heute am Sonntag nicht erreichen. Sie konnte es von einem anderen Telefon aus versuchen – aber er würde wohl auflegen, sobald sie sich vorstellte. Besser war es, wenn sie ihn irgendwo persönlich antreffen würde, sodass er ihr nicht davonlaufen konnte. Aber wer vermochte ihr zu sagen, wo er sich aufhielt? Die Bauern am Krappfeld sicher nicht, die waren ja zu blöd für alles!

Da kam ihr eine Idee. Sie loggte sich in eine populäre Social-Media-Plattform im Internet ein und suchte nach Teilnehmern, die Marcel Svoboda hießen. Unter den Treffern suchte sie nach jenen, die in der Rubrik Arbeitsplatz »InterGen« angegeben hatten – und da es hier nur einen einzigen gab, hatte sie ihren Mann wohl gefunden. Sie betrachtete die Fotos, die er von sich gepostet hatte, und musste zugeben, dass er nicht schlecht aussah. Allerdings wirkte er selbstverliebt, arrogant und, was das Schlimmste war: Er war erkennbar ein Business-Spießer, einer von denen, die schon im ersten Semester ihres Wirtschaftsstudiums glaubten, sie würden mit Geld alles kaufen können, und ihr Leben deshalb dem einzigen Ziel unterordneten, möglichst viel davon anzuhäufen, kostete es, was es wollte.

Bettina klickte den Bereich »aktueller Standort« an und hatte Glück: Svoboda war offenbar über Handy-GPS mit der Social-Media-Plattform verbunden, denn der Marker auf der virtuellen Landkarte zeigte seinen derzeitigen Aufenthaltsort in Althofen an. Als sie in die Karte hineinzoomte, entfuhr Bettina ein Jauchzen: Marcel Svoboda befand sich momentan im Prechtlhof, wahrscheinlich hatte er sich hier während seines Kärnten-Aufenthalts einquartiert. Die Telefonnummer des Hotels war nur einen Mausklick entfernt.

Bettina wählte die Nummer und fragte die freundliche Dame am anderen Ende der Leitung nach Svoboda. Dabei tat sie so, als wüsste sie sicher, dass dieser dort zu Gast war. Tatsächlich widersprach die Dame ihr nicht, bedauerte aber, ihr sagen zu müssen, dass Herr Svoboda soeben das Hotel verlassen hätte. Auf Bettinas Nachfrage hin bedauerte sie außerdem, nicht zu wissen, wohin der Gast unterwegs war. Nach dem Telefonat grinste Bettina dennoch bis über beide Ohren.

Sie sprang auf und begann mit ihren Vorbereitungen.

NEUN

Es war kurz vor fünf Uhr am Nachmittag, und Rudi hatte die Schnauze gestrichen voll. Er hatte alle Bauern und auch die Taurer Susi am Dobranberg abgeklappert, aber niemand hatte Walter in letzter Zeit dort oben gesehen; zumindest hatten sie das behauptet. Als er die Taurer Susi mit dem Verdacht eines Techtelmechtels mit dem Kreuzerbauer konfrontiert hatte, war sie in einer Weise resolut geworden, die den Tatbestand der vorsätzlichen Körperverletzung an einem Polizeibeamten erfüllt hätte, hätte Rudi sich auf der Flucht nicht rechtzeitig geduckt.

Vor diesem Abenteuer hatte er beim Wiesenwirt angehalten, weil sein nichtsnutzig im Eichenschatten sitzender Bruder Hansi zu spät den Kopf eingezogen hatte. Am liebsten hätte Rudi ihn an den Ohren aus dem Gastgarten und auf den Teichbauerhof gezogen, doch er wollte seine Familie nicht noch mehr zum Gespött der Leute machen, als Hansi es ohnehin schon selbst tat. Außerdem war Rudi der Meinung, dass die körperlich inszenierte Aufforderung zur Heimkehr nicht die Aufgabe des Bruders, sondern die der Ehefrau war.

Mit einem Kopfschütteln versuchte er nun, den Ärger von sich abzuwerfen. Er war auf dem Weg nach Althofen, weil Marcel Svoboda laut Ermittlungen seiner Kollegen im Landeskriminalamt im Prechtlhof abgestiegen war. Es war höchste Zeit, diesem feinen Herrn einmal empfindlich auf den Zahn zu fühlen. Das LKA besorgte außerdem zur Stunde bei der Staatsanwaltschaft einen Durchsuchungsbefehl für den Kreuzerhof sowie ein Team, das die Durchsuchung ausführen würde, egal, ob Walter oder seine Frau dann da waren oder nicht.

Das war aber auch schon der ganze Erfolg, den Rudis Ermittlungen bislang aufwiesen. Der Rest war wie eine Menge an Puzzleteilen, die allesamt nicht recht zusammenpassen wollten. Das Teil, das ihm dabei die meisten Sorgen bereitete, war Hansis nächtliche Beobachtung, gepaart mit dem Blut an seinem Kärntneranzug und dem Umstand, dass er irgendwie in den Besitz von Johannas Schuh gekommen war. So oft Rudi sich diese drei Dinge auch durch den Kopf gehen ließ, er kam immer zu denselben Schlussfolgerungen. Erstens, Hansi hatte die Gestalt, die eine andere Gestalt trug, nur gesehen, und das Blut auf seiner Kleidung stammte woanders her. In dem Fall lag der Verdacht nahe, dass es sich bei der getragenen Gestalt um Johanna gehandelt und dass Hansi ihren Schuh gefunden hatte, nachdem dieser von ihrem leblosen Fuß gerutscht war. Dabei stellte sich weiterhin die dringende Frage, woher das Blut auf Hansis Kärntneranzug stammte.

Zweitens, Hansi hatte selbst etwas mit Johannas Verschwinden zu tun, was sowohl den blutigen Kärntneranzug als auch den eingesteckten Pumps erklären würde, nicht aber die tragende Gestalt – wobei die dann womöglich nur ein Ablenkungsmanöver von Hansi war.

Doch Rudi kannte seinen Bruder in- und auswendig, es erschien ihm daher absolut unmöglich, dass dieser etwas mit einem Gewaltverbrechen zu tun haben könnte. Allerdings konnte er nicht umhin zuzugeben, dass Hansi in jener Nacht mehr gesehen und erlebt hatte als das, woran er sich erinnerte. Sein Bruder war irgendwie in die Sache verwickelt, und das bedeutete, dass er, Rudi, sich schuldig machte, wenn er nicht auch in Hansis Richtung ermittelte.

***

Bettina hatte es sich im Gastraum des Prechtlhofs gemütlich gemacht. Eigentlich hatte sie sich auf die Lauer gelegt, denn sie saß so, dass sie in den Eingangsbereich hinaussehen konnte, wenn sie über den Bildschirm ihres Laptops hinwegblickte – was sie immer tat, wenn sich die Eingangstür öffnete. Die Wartezeit nutzte sie, um Caffè Latte zu trinken und ihren Artikel über die verschwundene Johanna Egger zu schreiben. Ein frustrierendes Unterfangen, wie sie schnell bemerkte, da sie so gut wie überhaupt keine Informationen besaß und derjenige, der welche hatte, Marcel Svoboda nämlich, nicht und nicht kam.

Stattdessen kam ein anderer, den sie kannte, nämlich dieser unsympathische Bezirksinspektor Klinger, der sich heute Mittag beim Guste in Kappel hinter seinem Beamtendeutsch versteckt hatte, um ihr keine Auskunft geben zu müssen. Im Gegensatz zu heute Mittag sah er nun aber nicht sehr heiter aus. Er trat mitten in den Gastraum und stellte sich breitbeinig hin, wobei er die Hände in die Hüften stemmte, sodass sein Bauch über seine Gürtelschnalle quoll. Dabei blickte er sich um, als suchte er einen Verbrecher. Eine Kellnerin, die ihn offenbar kannte, da sie ihn als Bezirksinspektor betitelte, obwohl er in Zivil unterwegs war, fragte ihn leise, ob sie behilflich sein könne, doch er schüttelte nur kurz den Kopf. Als sein Blick an Bettina hängen blieb, kam er zu ihr und baute sich vor ihrem Tisch auf, gerade so, als wäre sie die Verbrecherin, nach der er gesucht hatte.

»Was tun Sie da?«, fragte er ruppig.

»Was geht Sie das an?«, erwiderte sie schnippisch.

»Ich stelle hier die Fragen.«

»Belästigen Sie alle Gäste?«

An seinem Blick erkannte Bettina, dass er sich seiner Ohnmacht in dieser Situation bewusst war. Er hatte wohl damit gerechnet, sie mit seinem Auftreten einschüchtern zu können, doch da hatte er weit gefehlt, dieser amateurhafte Dorfbulle.

»Was haben Sie bisher herausgefunden?«, probierte er es nun auf der professionellen Ebene.

»Bedaure, ich kann Ihnen keine Auskünfte über laufende Recherchen geben«, erwiderte sie, ohne sich dabei die Gehässigkeit ansehen zu lassen, die in dieser Wiederholung seiner Ausrede von heute Mittag steckte. Auch der Dorfbulle ließ sich keine Gefühlsregung anmerken, er stand da wie ein Stock.

»Wo ist Svoboda?«, fragte er weiter.

Nun schenkte Bettina ihm einen affektierten Augenaufschlag. »Wer?«

Bezirksinspektor Klingers Gesichtsausdruck verfinsterte sich. »Spiel dich nicht mit mir«, knurrte er, was wirklich bedrohlich klang, an Bettina jedoch abprallte wie ein heranstürmender Stier an einer Eiswand.

»Würden Sie bitte aufhören, mich zu belästigen?«

Der Polizist wirkte für einen Moment so, als würde er grausig große Reißzähne fletschen, dann wandte er sich ab und stapfte zur Bar.

Bettina behielt ihre affektiert hochgezogenen Augenbrauen in dieser Position, während sie sich wieder ihrem Laptop zuwandte, ihre Ohren jedoch auf Bezirksinspektor Klinger gerichtet hatte. Der fragte die Kellnerin nach Svobodas Verbleib, woraufhin diese einen Kollegen holte, da sie es nicht wusste. Als der Kollege kam, bat er Klinger in den Vorraum, wo er in einem Buch blätterte, um, wie sich gleich darauf herausstellte, Svobodas Zimmernummer herauszufinden. Nachdem er diese genannt hatte, ging Bezirksinspektor Klinger die Treppe hoch, vermutlich um an Svobodas Zimmertür zu klopfen.

Bettina ließ ihre Augenbrauen sinken und gönnte sich ein verstecktes Lächeln. Dieser Amateur!

***

Es gab gute Gründe, warum Robert nur mit Pantoffeln, einer alten ausgefransten Schürze mit Blümelmuster und einem Liebestöter bekleidet war, als er am Sparherd seiner kleinen Küche stand und mit einem hölzernen Kochlöffel in einem ausgeschlagenen Emailtopf rührte. In die Pantoffeln war er geschlüpft, damit er nach dem bloßfüßigen Gang durch den Garten seinen Küchenfußboden nicht schmutzig machte, und die Schürze hatte er übergeworfen, um seine Körperfront vor etwaigen heißen Spritzern aus dem Topf zu schützen. Den Liebestöter trug er aus purem Schamgefühl gegenüber dem Herd, an dem schon seine Großmutter gekocht hatte. Die in seinem Fall ursprünglich weiße Unterhose verdankte diese Bezeichnung ihrer anti-erotisierenden

Wirkung, welche auf ihren schlabbrigen, gerippten Stoff und auf ihren Schnitt zurückzuführen war, durch den sie sich nach oben hin bis knapp unter den Nabel ausdehnte und der ihr Beinteile gab, die bis über die halben Oberschenkel hinabreichten.

Robert hatte die Karosserie von Walters Wagen fertig ausgebeult und dann Hunger bekommen. Deshalb hatte er seinen Sparherd eingeheizt, sich unter einem Zwetschgenbaum mittels eines Stücks Hirschseife und einer Campingdusche, an die er den Gartenschlauch angeschlossen hatte, gewaschen, bis das sonnenerwärmte Wasser aus war, und dann einen Streifzug durch seinen Garten unternommen, wonach er die Ernte am Wasserhahn gesäubert und anschließend klein gehackt in einem Topf mit Wasser auf den mittlerweile heißen Herd gestellt hatte. Es war somit keine Zeit gewesen, sich intensiver zu bekleiden; außerdem war ihm das egal.

Deshalb war es auch kein Wunder, dass er heftig erschrak, als plötzlich Hiasi in seiner Küche stand, »Servus, Robert« sagte und ihn mit einem etwas eigenartigen Gesichtsausdruck musterte.

»Servus«, wisperte Robert; sein Herzschlag machte Bocksprünge ob des unerwarteten Auftauchens seines Besuchs.

Hiasi zeigte seine nikotingelben Zähne. »Kochst du immer in der Unterhose?«, fragte er.

»Ich hab nicht gewusst, dass Besuch kommt«, rechtfertigte Robert sich, wobei seine Stimme nicht verbergen konnte, wie peinlich ihm das jetzt war. Doch Hiasi trug selbst auch keine Garderobe, in der er bei der Genossenschaftstankstelle in Althofen vom Traktor seiner Mutter hätte klettern können, ohne dass der Tankwart ihn schräg angeschaut hätte. Und das, obwohl Tankwarte ebenfalls nicht gerade in Sonntagsanzüge gekleidet waren, der von der Genossenschaftstankstelle in Althofen schon gar nicht.

Hiasi trat an den Herd, blickte in den Topf und zog die Augenbrauen zusammen. Er beugte sich vor, schnüffelte, schüttelte den Kopf, wedelte mit der Hand etwas von dem aufsteigenden Dampf in seine Nase, setzte ein nachdenkliches Gesicht auf und schüttelte dann erneut den Kopf.

»Braust du da einen Zaubertrank?«, fragte er und zeigte wieder Nikotin.

»Das ist mein Keuschenbauer-Gemüseeintopf«, erklärte Robert stolz.

»Aha«, machte Hiasi und fragte: »Heißt?«

»Heißt, dass ich alles Gemüse, das in meinem Garten wachst, zusammenschneide, mit Wasser aufkoche und mit Gewürzen abschmecke.«

Hiasi warf einen skeptischen zweiten Blick in den Topf und meinte: »Wie, mehr wachst in deinem Garten nicht?«

»Ich … ich meine nicht alles Gemüse, ich meine … alle Gemüsesorten … halt das, was gerade reif ist.«

Hiasis Augenbrauen zuckten einmal kurz nach oben, was wohl sein Verstehen ausdrücken sollte, dann musterte er Robert, als gäbe ihm das Aufschluss über dessen Geisteszustand.

Robert war das unangenehm, weshalb er das Thema wechselte. »Magst einen Obstler?«

»Einen Keuschenbauer-Obstler?«

»Nein, einen normalen.«

»Dann gerne.«

Robert ging in die Stube, wo er eine Glasflasche aus der Kredenz nahm, die gleich klar war wie ihr Inhalt. Er goss zwei Stamperln voll und trug sie in die Küche, wo er Hiasi eines davon gab. Sie stießen an, und während Hiasi den Obstler mit einem Schwung in seinen Hals schüttete, goss Robert den seinen in den Keuschenbauer-Gemüseeintopf. Hiasi gab ein keuchendes Geräusch von sich, streckte die Zunge heraus und schüttelte sich, ehe er mit hervorquellenden, tränenden Augäpfeln fragte: »Bist du gelähmt, wie viel Prozent hat denn der?«

»Weiß ich nicht genau«, bekannte Robert, »irgendwas zwischen vierzig und sechzig, meine Alkoholspindel ist auf Marmelade geeicht.«

»Was, auf Marmelade? Um Gottes willen, wie viel Prozent hat denn deine Marmelade?«

»Weiß ich nicht, ich verwende die Alkoholspindel nur zum Schnapsbrennen.«

In Hiasis feuchten Augen glänzte ehrliche Anerkennung, als er erklärte: »Bist eine harte Sau, Robert.«

Robert lächelte geschmeichelt, verspürte aber sogleich eine Art Wehmut, als sein Blick auf den Topf mit dem vor sich hin köchelnden Keuschenbauer-Gemüseeintopf fiel. Die Menge im Topf hatte in etwa das gleiche Ausmaß wie der Hohlraum in seinem Magen; die Vorstellung, Hiasi zum Essen einladen zu müssen, war daher keine schöne.

»Was brauchst du von mir, Hiasi?«, fragte er vorsichtig.

»Mein Auto, falls du schon damit fertig bist.« Hiasi erkannte an Roberts Gesicht wohl dessen Verständnislosigkeit, denn er fügte schnell hinzu: »Nur falls, ich war spazieren und bin zufällig bei dir vorbeigekommen. Deshalb habe ich mir gedacht, ich schau einmal herein und frage dich.«

Robert verstand noch immer nicht, was wiederum Hiasi nicht zu verstehen schien.

»Hiasi«, begann Robert langsam, »du hast mir nicht gesagt, dass ich den Jeep von deiner Mutter reparieren soll. Ich weiß außerdem gar nicht, ob der Schaden nicht überhaupt zu groß ist dafür. Auf jeden Fall schaffe ich das nicht von einem Tag auf den anderen, allein für die Ersatzteile muss ich …«

»Nein, stopp, entschuldige«, unterbrach Hiasi ihn mit abwehrender Geste, »ich rede vom Land Rover, von Walters Land Rover.«

Robert blinzelte einige Male, doch es half nicht. Er verstand nicht, was Hiasi meinte.

»Was ist damit?«

»Ich habe mir gestern Walters Land Rover ausgeliehen«, erklärte Hiasi. »Mamas Jeep ist Schrott, und ich brauche einen fahrbaren Untersatz, der schneller ist als Mamas Traktor. Walter ist mit seiner Familie auf Urlaub, deshalb hat er mir seinen Land Rover geliehen.«

»Walter ist auf Urlaub?«

»Ist das ungewöhnlich?«

»Warum hat er das niemandem erzählt?«

»Weiß ich nicht. Aber er hat ein großes Geheimnis darum gemacht, stimmt.«

»Warum hat er es dann dir erzählt?«

»Ich glaube, er hat sich verplappert. Bei der Sonnwendfeier hat er mich gefragt, wie es meiner Mutter geht, und ich ihn nach seiner Familie, und da ist es ihm herausgerutscht. Wie ich ihn gestern um sein Auto gebeten habe, war ihm das peinlich, er hat gesagt, er leiht mir den Land Rover, wenn ich ihm verspreche, dass ich niemandem erzähle, dass er auf Urlaub ist.«

»Warum? Wieso ist das ein Geheimnis?«

»Weiß ich nicht. Er hat nur gesagt, er will alle überraschen, keine Ahnung, was das bedeutet.«

Robert starrte Hiasi an, versuchte, in seinem Gesicht zu lesen. Das, was der junge Bachmühlbauer ihm da erzählte, ergab nicht viel Sinn, doch Robert konnte auch nicht die Absicht einer Täuschung erkennen.

»Der Zettel war also von dir?«, fragte er.

»Was für ein Zettel? Der an der Windschutzscheibe? Ja. Habe ich meinen Namen nicht draufgeschrieben?«

»Nein, nur ›Karosserie ausbeulen – komme morgen‹.«

»Und du hast geglaubt, der ist von Walter. Logisch.« Hiasi nickte.

»Mit dem Ausbeulen bin ich fertig, aber dort, wo der Knick im Blech war, ist ein bisschen Lack abgeblättert. Ich muss morgen zum Forstinger fahren und einen Lackstift kaufen. Zu Mittag kannst du das Auto haben. Oder wenn du es gleich brauchst, musst du den Lack selbst ausbessern.«

»Nein, passt schon. Mach alles fertig, und wir rechnen dann morgen ab, wenn ich das Auto holen komme.«

»Was hast denn im Steinbruch oben gemacht?« Roberts Frage klang so selbstverständlich und unschuldig, dass er sich selbst darüber wunderte.

»Wieso im Steinbruch?« Auch Hiasis Rückfrage hätte selbstverständlich und harmlos geklungen, hätte er vorher nur nicht so lange gezögert.

»Wegen dem Kalkstaub auf der Karosserie. Außerdem habe ich einen Fossilienstein unter der Fußmatte gefunden.«

»Keine Ahnung, ist nicht von mir. Wahrscheinlich war Walter mit dem Auto oben, bevor er es mir geliehen hat. Der Schaden ist bei mir hinter dem Haus entstanden.«

»Wieso hinter dem Haus?«

»Weil Walter will, dass keiner was von seinem Urlaub weiß. Wenn sein Auto vor meiner Haustür steht, fragt mich jeder danach, also habe ich es hinterm Haus geparkt, in der Wiese. Dabei bin ich mit der Bodenplatte aufgesessen.«

Robert nickte, doch die Erklärung kam ihm seltsam vor. Das Wirtschaftsgebäude des Bachmühlbauerhofs war doch an einen Hang gebaut, der auf der Rückseite des Hauses in einer kurzen Ebene zu einem Bach hin auslief. Robert hätte schwören können, dass der Boden dort sumpfig war; selbst wenn Hiasi mit der Bodenplatte aufgesessen war, hätte der Wagen keinen solchen Schaden davongetragen.

»Willst du noch einen Obstler?«, fragte er, doch Hiasi winkte ab.

»Ich halte dich nicht länger auf, Robert. Danke für den Schnaps und Mahlzeit, ich komme morgen Nachmittag wieder, den Land Rover abholen.«

Die klobigen Stollen von Hiasis Stiefeln polterten am Holzboden, als er durch den Windfang ins Freie trat. Er ging geradewegs durch Roberts Obstgarten davon, sodass dieser ihm durch die offen stehenden Türen der Küche und des Vorbaus noch lange nachschauen konnte. Erst als sich Hiasis Gestalt zwischen den in loser Unordnung wachsenden Bäumen verlor, erwachte er aus seiner Erstarrung, rührte einmal seinen Eintopf um und ging dann in die Stube, um die Flasche mit dem Obstler zu holen. In Gedanken versunken befüllte er sein Stamperl und ließ, während er es in einem Schluck leerte, gut einen Achtelliter aus der Schnapsflasche in den Topf auf dem Herd gluckern.

Noch konnte er es nicht in Worte fassen, doch ihm war klar, dass er nun alle Informationen besaß, um erklären zu können, was in der Nacht von Freitag auf Samstag geschehen war. Es fühlte sich an wie eine Ahnung, war aber weit mehr als das. Als würde ihm gerade nicht einfallen, wie viel drei Mal drei ergab. Noch einmal befüllte er das Stamperl mit Obstler, noch einmal leerte er es in einem Schluck, doch der Knödel, der sich soeben in seinem Hals gebildet hatte, ließ sich damit nicht auflösen.

Robert wusste nun, dass Johanna tot war, er wusste, wer sie getötet hatte und wo sich ihre Leiche befand. Und als wären der Schock und die Trauer darüber nicht schon schlimm genug, wurde ihm auch noch klar, dass Feri ihn nun pfänden lassen würde, womit sein Leben als Einsiedler zu Ende war.

Tränen standen in Roberts Augen, als er sich daraufhin noch ein weiteres Stamperl genehmigte.

***

Irgendwann überflügelte Bettinas schlechtes Gewissen ihre zur Schau gestellte Arroganz. Sie konnte ihr fastendes Hierbleiben nicht mehr rechtfertigen; von Svoboda gab es nach wie vor keine Spur, und wegen der immer zahlreicher eintrudelnden Abendgäste wurden die Tische langsam knapp. Die Kellnerin kam im Fünf-Minuten-Abstand und fragte mit zunehmend fester Stimme, ob sie Bettina noch etwas bringen dürfe, bis diese sich dazu entschloss, ein Abendessen zu bestellen, immerhin war sie tatsächlich hungrig, auch wenn sie ihren Magen heute mit all den Caffè Lattes beleidigt hatte. Nach dem Essen bestellte sie ein zweites Glas Wein, und nachdem sie auch dieses leer getrunken hatte und Svoboda noch immer nicht aufgekreuzt war, bat sie tief seufzend um die Rechnung.

Sie trat aus dem Restaurant ins Freie, sah sich frustriert um und beschloss, sich nicht unterkriegen zu lassen.

ZEHN

Um ihre verklebten Lider zu öffnen, musste Bettina sanfte Gewalt anwenden, und als sie die Hände hob, um den Schlaf aus ihren Augen zu reiben, fuhr ein stechender Schmerz direkt unter dem Nacken in ihren Trapezmuskel. Sie massierte sich die Schulter und stöhnte, dabei erwachte sie zunehmend. Ein Blick auf ihr Handgelenk verriet, dass es sieben Uhr dreißig war; sie stieg aus dem Auto und streckte sich ausgiebig. Bis zur Sperrstunde hatte sie gestern den Eingang des Prechtlhofs observiert, doch Svoboda hatte sich nicht blicken lassen. Also hatte sie in ihrem VW Beetle übernachtet, da sie davon ausging, sie würde erwachen, wenn ein Auto käme, so verpennt, wie die Altstadt von Althofen war.

Sie war einige Male aufgewacht. Einmal, weil sie ein seltsames Kratzen hörte sowie ein leichtes, dumpfes Klopfen an der Karosserie ihres Wagens. Vermutlich hatte sich in ihrem Motorraum eine Maus oder ein Wiesel herumgetrieben. Da die Geräusche aber nicht lange angehalten hatten, war sie wieder eingeschlafen – um beim nächsten Mal brutal geweckt zu werden, weil eine Katze auf das Autodach sprang, wohl von einem Ast darüber.

Als Bettinas Herzschlag sich wieder beruhigt hatte, war sie erneut weggedöst und wenig später ein weiteres Mal erwacht – wegen des lauten Pritschelns, mit dem ein grobschlächtiger, fetter Mann auf ihre Motorhaube pinkelte. Der Kerl war so sturzbetrunken gewesen, dass er dabei hin und her torkelte und wirklich die gesamte Front des Beetles einsaute. Dass er dabei nicht umfiel, grenzte an ein Wunder, denn er hatte sowohl Hose als auch Unterhose bis zu den Knien hinuntergelassen. Im Affekt hatte Bettina hinausspringen und ihn zur Sau machen wollen, doch dann besann sie sich eines Besseren. Zum einen würde der Typ das ohnehin nicht richtig mitbekommen, und zum anderen würde sie damit ihre Tarnung aufgeben. Als er seine Notdurft verrichtet und sich wieder halbwegs bekleidet hatte, hatte der Angesoffene vor- und zurückschwankend Unverständliches vor sich hin gemurmelt, bevor er sich in einer Slalomlinie entfernte. Seither stank es im Fahrgastraum beißend nach Urin und Spargel.

Bettina war noch zwei- oder dreimal so halb und halb erwacht, weil der morgendliche Berufsverkehr einsetzte. Das bedeutete in der Althofener Altstadt, dass zunächst die Amseln regelrecht zu brüllen begannen, woraufhin ihr Geschrei immer wieder kurz überlagert wurde, wenn etwa zwei Männer schwatzend an Bettinas Wagen vorbeigingen, der Lieferwagen eines Bäckers frische Ware zum Prechtlhof brachte oder ein Auto vorbeifuhr.

Als sie ausreichend gegähnt und sich gedehnt hatte, inspizierte Bettina die Parkplätze der näheren Umgebung, fand aber nirgendwo ein Auto mit Wiener Kennzeichen. Sie richtete ihr Gewand und kontrollierte den Zustand ihrer Schminke im Innenspiegel ihres Autos. Da sie ihr Gesicht für zivilisationstauglich befand, band sie ihre Haare zusammen und betrat einmal mehr den Prechtlhof.

Das Personal der Frühschicht kannte Bettina noch nicht, weshalb es ihre Frage, ob Herr Svoboda zu sprechen sei, nicht als lästig empfand. Allerdings sagte man ihr, dass man ob der frühen Morgenstunde unmöglich Nachschau halten könne, man wisse ja nicht, ob der Gast nicht noch schliefe.

Der Duft nach frischen Semmeln und Kaffee betörte Bettina, und sie beschloss, dass sie sich nach der harten Nacht ein Frühstück verdient hatte.

***

Rudi verstand die Welt nicht mehr. Er stand am Bach hinter dem Bachmühlbauerhof und hörte das Freizeichen in seinem Handy tuten. Als endlich die Verbindung hergestellt wurde, meldete sich die sprachgeschulte erotische, aber dennoch professionell distanzierte Stimme einer automatischen Ansage, die

Rudi darüber informierte, dass er außerhalb der Geschäftszeiten anrief, die am Montag erst um neun Uhr begännen. Mit einem missmutigen Grunzen drückte er die Verbindung weg. Neun Uhr! Die von InterGen mochten sich das leisten können, er jedoch nicht.

Rudi hatte sich letzte Nacht so lange schlaflos in seinem Bett herumgewälzt, bis seine Frau ihn auf die Wohnzimmercouch geschickt hatte. Normalerweise hatte er zu Hause die Hosen an, doch wenn es um ihre Nachtruhe ging, verwandelte sich seine ansonsten liebevolle und nachgiebige Gattin in eine geradezu irre kreischende Ausgeburt der … Jedenfalls hatte er auf der Couch auch nicht besser schlafen können, weshalb er zwischendurch immer wieder aufgestanden war und ein Glas Wasser getrunken hatte, während er wieder und wieder über den Fall nachdachte.

Der zuständige Staatsanwalt hatte am Abend entschieden, dass mit der Durchsuchung des Kreuzerhofs noch bis Montag, zehn Uhr, gewartet werden sollte. Hatte Rudi bis dahin kein Lebenszeichen von Walter erhalten, würde die Durchsuchung in Gang gesetzt werden. Da Rudi Svoboda gestern im Prechtlhof nicht angetroffen hatte, hatte er dem Personal dort aufgetragen, ihn augenblicklich und zu jeder Tages- und Nachtzeit anzurufen, sobald dieser zurück in das Hotel käme – was bislang anscheinend noch nicht geschehen war.

Beim nächsten Glas Wasser war Rudi eingefallen, dass er nach seinem Besuch bei Robert vergessen hatte, Johannas Handy am Waldbauerhof abzuholen, wo Matthias es ans Stromnetz angeschlossen hatte. Immerhin war diese Tanja Tusek eine wichtige Quelle – an die er ebenfalls nicht mehr gedacht hatte, sonst hätte er ihre Nummer anderweitig ausfindig gemacht.

Aber es war ja nichts verloren. Rudi hatte beschlossen, das Handy gleich in der Früh zu holen, Tanja Tusek anzurufen und nachzusehen, wer noch alles bei Johanna angerufen hatte, vielleicht ergab sich dadurch ja überhaupt eine neue Spur.

Dann wollte er Hiasi zur Rede stellen, um zu erfahren, was es mit seinen Geschäften mit diesem windigen Svoboda auf sich hatte, und danach Svoboda selbst aufsuchen, immerhin musste der ja irgendwann in sein Zimmer zurückkehren. Anschließend würde er das Ergebnis der Hausdurchsuchung am Kreuzerhof abwarten, denn Rudi ging davon aus, dass Walter bis zum Hals in der Sache mit drinsteckte. Einen der Männer vom LKA würde er bei Robert abstellen, damit er Walter befragen konnte, wenn dieser seinen Wagen abholen kam. Und dann würde man weitersehen.

Mit diesen Gedanken hatte Rudi sich so weit beruhigen können, dass ihn schließlich doch noch der Schlummer übermannt hatte. Bald darauf hatte ihn seine Blase allerdings an die getrunkenen Gläser Wasser erinnert – und nach seinem Gang auf die Toilette war es mit dem Schlafen endgültig vorbei gewesen.

Rudi hatte eher halbherzig gefrühstückt, seine Uniform angelegt und um knapp vor sieben Uhr die Wohnung verlassen, um auf die Polizeiwache zu gehen, wo er seine Kollegen von der Nachtschicht über seine Pläne informiert und sein Dienstauto abgeholt hatte, um zum Waldbauerhof zu fahren.

Von da an war alles schiefgegangen. Als er am Waldbauerhof eingetroffen war, hatte er diesen verlassen vorgefunden; alles Läuten und Klopfen hatte nichts geholfen, Matthias reagierte nicht. Rudi war um das Wirtschaftsgebäude herumgegangen, hatte durch die Fenster in alle Räume geblickt, die aber leer und unbeleuchtet gewesen waren, und schließlich festgestellt, dass die Kühe im Stall brüllten. Er hatte Nachschau gehalten und die Melkmaschine entdeckt, die funktionsbereit mitten im Stall stand – aber weit und breit war niemand zu sehen, der sie bediente.

Da Rudi selbst auf einem Bauernhof aufgewachsen war, hatte ein rascher Blick genügt, um zu erkennen, dass die Kühe in der hinteren Hälfte des Stalls prall geschwollene Euter hatten; so wie es aussah, hatte Matthias mitten im Melken seine Arbeit abgebrochen. Eins und eins ergab zwei, also war

Rudi hinaus in den Hof getreten, wo er die Garage inspizierte und seinen Verdacht bestätigt fand: Matthias' Auto fehlte, anscheinend war er Hals über Kopf aufgebrochen.

Rudi hatte versucht, einen Sinn in diesen Gegebenheiten zu erkennen, war jedoch gescheitert und zu dem Schluss gekommen, zunächst einmal Hiasi zu befragen und dann erneut beim Waldbauerhof vorbeizuschauen. Wenn Matthias dann noch nicht da war, würde er weitere Schritte unternehmen.

Doch auch Hiasi war nicht zu Hause gewesen, da hatte Rudi läuten, rufen und an das Eingangsportal hämmern können, so viel er wollte. Ein Rundgang auch um dieses Haus war ergebnislos geblieben, zumal die Rückseite hangseitig lag, weshalb die Fenster zu weit oben waren, um durch sie ins Innere sehen zu können. Rudi hätte über die Ranken der hier wachsenden Kletterrose hinaufsteigen müssen, doch das ersparte er sich.

Stattdessen hatte er bei Matthias angerufen, jedoch nur die Mobilbox erreicht, dann beim Prechtlhof, wo man ihm versicherte, Svoboda sei bislang noch nicht zurückgekehrt, und schließlich bei dessen Vorgesetzten in Wien, die aber offenbar noch nicht einmal zu arbeiten begonnen hatten.

Jetzt stand er da, am Bach hinter dem Wirtschaftsgebäude des Bachmühlbauerhofs, ließ das Handy sinken und fragte sich, was hier los war. Zuerst verschwand Johanna, dann Walter mitsamt seiner Familie, danach dieser Svoboda und jetzt auch noch Matthias und Hiasi. Wo waren die alle, verdammt noch einmal?

Rudi ging langsam zu seinem Dienstwagen zurück, setzte sich hinter das Steuer und dachte nach. Wie waren all diese Menschen in die jüngsten Vorkommnisse in Boden verstrickt?

Minutenlang starrte er vor sich hin, dann musste er erkennen, dass er keine Ahnung hatte – zum wiederholten Mal an diesem Tag, und es war gerade einmal acht Uhr fünfzehn.

***

Nach ihrem Frühstück blickte Bettina um einiges positiver in die nahe Zukunft. Entgegen ihrer Gewohnheit hatte sie Tee getrunken, was wohl daran lag, dass ihr Körper den Caffè-Latte-Gehalt in ihrem Blut noch nicht genug abgebaut hatte, als dass ihr nun schon wieder einer geschmeckt hätte.

Sie bezahlte, ging zu ihrem Wagen und fuhr los. Eine weitere Observierung der Pension kam für Bettina nicht in Frage. Zum einen hatte sie genug vom Warten, zum anderen war heute Montag, und Montag war Produktionstag bei der »Kärntner Chronik«. Das bedeutete, dass sie alle Artikel und Inserate für ihren Bezirksteil abgeben und für Korrekturen bereitstehen, kurzum: in ihrem Büro und damit in ihrer Wohnung sein musste.

Dass sie von diesen Dorftrotteln in Boden keine Hintergrundinformationen über die verschwundene Johanna Egger bekommen hatte, machte sie wütend, gelinde gesagt. Das Thema eignete sich als Aufmacher und war zumindest einen Halbseiter wert; mit zwei, drei Fotos und einer Kommentarbox hätte sogar ein Einseiter draus werden können. Ohne Informationen ließ sich jedoch gerade einmal eine Kurzmeldung verfassen – einspaltig, fünf Zeilen.

Bettina beschloss, in die Offensive zu gehen. Bevor sie heim nach Sankt Veit fuhr, wollte sie noch einmal beim Polizeiposten Althofen vorbeischauen und diesem Bezirksinspektor Klinger auf den Zahn fühlen. Der sollte sie zumindest über seine weiteren Schritte informieren, damit sich eventuell ein Achtelseiter ausging.

Sie schluckte ihren Ärger hinunter. In den nächsten Tagen würde die Sache aufgeklärt werden, und die Tageszeitungen würden das Thema breittreten. Das bedeutete, bis zum Erscheinen der nächsten Ausgabe der »Kärntner Chronik« würde jede noch so kleine Information zigfach verbraten und damit wertlos sein. Beschämend, das Ganze!

***

Als die Türklingel schnarrte, blickte Abteilungsinspektor Gebeneter gewohnheitsmäßig von seinem Schreibtisch auf und zum Bildschirm hin, der das Bild der Überwachungskamera am Eingang des Polizeipostens zeigte. Dort stand eine junge blonde Frau, die ausgesprochen ungeduldig wirkte, wenn auch nicht in der Art, als hätte sie dringend ein Verbrechen zu melden.

»Ja, bitte?«, sagte er in das Mikrofon der Gegensprechanlage.

»Bettina Welsbacher von der ›Kärntner Chronik‹«, kam es blechern aus dem Lautsprecher, »ich habe einige Fragen zum Entführungsfall Egger.«

Abteilungsinspektor Gebeneter nahm den Finger von der Mikrofontaste, damit die Frau am Eingang sein Seufzen nicht hörte. Er rang einige Sekunden lang mit sich, ob er sie abweisen sollte, etwa mit dem Hinweis, sich an die Pressestelle zu wenden, aber dann drückte er doch den Knopf, der die Eingangstür öffnete. Es gab nichts, was er ihr erzählen könnte, und das konnte sie ruhig erfahren.

Bettina Welsbacher trat ein und hielt ihm mit steifem Arm die Hand zum Gruß hin. Gebeneter stand auf und ergriff sie mit einem freundlichen Lächeln.

»Ich bin Abteilungsinspektor Gebeneter, freut mich.«

Die linke Augenbraue der Journalistin fuhr nach oben, und er konnte sich des Gefühls nicht erwehren, dass sie sich mehr von seinem Aussehen erwartet hatte.

»Freut mich auch«, erwiderte sie und entzog ihm ihre Hand wieder. »Ich hätte gern Bezirksinspektor Klinger gesprochen.«

»Tut mir leid, Bezirksinspektor Klinger ist schon seit den frühen Morgenstunden auf Achse.« Er stemmte beide Fäuste auf die Tischplatte, während Bettina Welsbacher ihn von unten bis oben musterte.

»Im Entführungsfall Egger, nehme ich an?«

»Entführungsfall? Da wissen Sie mehr als ich.«

»Dann sagen Sie eben, was Sie wissen.« Ihre Stimme war ungehalten, was Gebeneter dazu veranlasste, gelassener zu werden.

»Ich weiß überhaupt nichts, und wenn, dürfte ich es Ihnen nicht sagen.«

»Dürfen Sie nicht, oder wollen Sie nicht?«, fuhr sie ihn an.

Er spürte, wie sich sein Lächeln zu einem belustigten Grinsen verbreiterte, und er entgegnete sanft: »Wie bitte?«

Bettina Welsbacher blinzelte irritiert; sie verstand offensichtlich die Rüge. »Ich … ich brauche irgendwelche Informationen für meinen Artikel«, stotterte sie erregt. »Was sagen Frau Eggers Nachbarn? Gibt es Vermutungen, was die Hintergründe betrifft?«

Abteilungsinspektor Gebeneter wurde nun doch etwas säuerlich. »Ich denke, die Nachbarn können Sie selbst befragen, und Vermutungen werden von Journalisten geäußert, nicht von Ermittlungsbeamten. Was glauben Sie eigentlich? Dass ich irgendetwas erfinde, nur damit Sie etwas schreiben können?«

»Aber was … was soll ich dann schreiben?«

Sie klang hysterisch – er wurde lauter.

»Was immer Sie wollen.«

»Finden Sie das witzig?«, fuhr sie aus der Haut.

»Sehen Sie mich lachen?«

»Sie werden schon mit mir kooperieren müssen, wenn Sie in die Zeitung wollen.«

Er war baff. »Wer will das?«

Für einen kurzen Augenblick schien Bettina Welsbacher nicht zu wissen, wie sie darauf reagieren sollte, dann explodierte sie endgültig. »Na gut, dann gibt es eben keinen Artikel. Suchen Sie Ihren Entführer halt unter Ausschluss der Öffentlichkeit, wenn Ihnen das lieber ist. Auf mich werden Sie jedenfalls von jetzt an verzichten müssen, guten Tag!«

Sie hatte noch im Zetern eine halbe Umdrehung vollführt und stürmte nun aus dem Polizeibüro.

Abteilungsinspektor Gebeneter blieb allein zurück und versuchte herauszufinden, ob er lachen oder sich ärgern, sich wundern oder dankbar sein sollte. Er entschied sich für eine hoffnungsvolle Dankbarkeit, immerhin hatte Frau Welsbacher ja versprochen, sich nicht mehr melden zu wollen.

Natürlich wusste er, dass sie dieses Versprechen nicht halten würde, doch es würde zumindest einige Zeit dauern, bis diese übergeschnappte Furie wieder von sich hören ließ, mit etwas Glück sogar bis morgen.

***

Bewaffnet mit einem Streifen Teerpappe und einer Lötlampe kletterte Robert auf das flache Dach seines Schaf-Unterstandes. Beim letzten Sturm war ein Ast auf das Dach gefallen und hatte ein Loch in die Teerpappe geschlagen, mit der es gedeckt war. Der Schaden war nicht groß, doch wenn Robert ihn nicht richtete, würde das Regenwasser in die hölzerne Dachkonstruktion einsickern und diese im Laufe der Zeit zu faulen beginnen.

Er entzündete die Lötlampe und flämmte gerade die Dachpappe um das Loch herum an, als er im Augenwinkel eine Bewegung wahrnahm. Es war Rudi, der von der Hütte herkam, wo er ohne Zweifel seinen Dienstwagen abgestellt hatte. Ohne es zu wollen, begann Robert breit zu grinsen und winkte dem Polizisten zu. Der erwiderte den Gruß knapp.

»War Walter schon da?«, fragte er, als er am Unterstand angekommen war. Robert antwortete mit einem Kopfschütteln, wobei er noch immer breit grinste. Rudi bekam ein ärgerliches Gesicht. »Was grinst du so blöd?«, fragte er, doch nicht einmal das veränderte Roberts Visage, zu groß war sein Stolz über die Schlussfolgerungen, zu denen er seit gestern gekommen war.

»Hiasi war da«, erklärte er mit kehliger Stimme.

Rudis finsterer Gesichtsausdruck wurde verständnislos. »Und was ist daran witzig?«

»Nix. Aber er hat Walters Auto gebracht, nicht Walter.«

»Was? Noch einmal.«

Robert teilte Rudi mit, was Hiasi ihm gestern erzählt hatte. Rudi hörte zu und wandte sich dann ab, anscheinend, um in Roberts Obstgarten zu starren.

»Du weißt, was das heißt, oder?« Robert ging selbstverständlich davon aus, dass Rudi als Polizist die Zusammenhänge sofort erkennen würde. Aber als dieser wieder zu ihm heraufsah, schien sein Blick durch Robert hindurchzugehen.

»Ich habe nicht die geringste Ahnung«, bekannte er.

Robert stockte, denn so hatte er Rudi noch nie erlebt, so kleinmütig, verloren, beinahe hilflos. Er beschloss, ihm zu helfen: »Hiasi hat Johanna niedergefahren.«

Rudi sprang ansatzlos nach hinten und verharrte in einer Stellung, in der er wie ein Cowboy bei einem Pistolenduell aussah. »Was?«, bellte er.

»Hiasi hat Johanna niedergefahren«, wiederholte Robert, durch Rudis Reaktion leicht verunsichert.

»Das habe ich verstanden, aber woher weißt du das?«

»Aber das ist ja klar«, begann Robert, während er vom Dach herunterkletterte. »Wenn nicht Walter, sondern Hiasi Walters Land Rover bei mir abgestellt hat, dann war er es auch, der im Steinbruch gewesen ist, und dann war er es, der Johannas Leiche dort versteckt hat.«

Als Robert unten angekommen war und vor Rudi stehen blieb, sah dieser ihm warnend in die Augen. »Was redest du da für einen Käse daher? Hast du ein falsches Kraut geraucht?«

Robert war irritiert, seiner Meinung nach hatte er sich klar ausgedrückt. Er wollte es aber gern noch einmal genauer versuchen.

»Hiasi hat gesagt, er ist mit Walters Auto hinter dem Haus von seiner Mutter am Boden aufgesessen, und von da stammt der Schaden. Hinterm Wohnhaus vom Bachmühlbauerhof ist der Boden aber sumpfig, wenn er da aufsitzt, kriegt er keinen Schaden, der so aussieht wie der, den ich repariert habe. So einen Schaden kriegst du nur, wenn du auf einem harten Untergrund aufsitzt, so wie am Steinbruch oben. Von dort stammt auch der Staub. Hiasi hat gesagt, dass er nicht im Steinbruch war, sondern wahrscheinlich der Walter, bevor er Hiasi das Auto geliehen hat und in Urlaub gefahren ist. Aber hast du schon jemals gesehen, dass irgendeines von Walters Fahrzeugen dreckig ist? Ich nicht. Wenn der im Wald unterwegs ist, und es regnet und der Gatsch pickt auf den Kotflügeln, dann ist das Erste, was er macht, wenn er heimkommt, dass er das Auto abspritzt. Das heißt, Hiasi hat mich angelogen, und das täte er nicht, wenn er im Steinbruch etwas getan hätte, das ich wissen dürfte.«

»Wie kommst du auf die Idee, dass er im Steinbruch war? Der Staub kann auch von der Straße am Dobranberg sein.«

»Nicht diese Menge. Ich habe außerdem das hier unter der Fußmatte gefunden.« Robert kramte umständlich in seinen Hosentaschen herum, wobei er die Zungenspitze im Mundwinkel zwischen den Lippen herausschob. Schließlich zog er den Kalkbrocken hervor und reichte ihn Rudi. Seit er den Fall geklärt hatte, trug Robert den Stein bei sich, immerhin hatte er ja nicht wissen können, wann Rudi kommen würde. Der nahm das versteinerte Fossil und starrte es mit offenem Mund an.

Robert sprach derweil weiter. »Weil die Zufahrt zum Wietersdorfer Steinbruch am Wochenende und in der Nacht verschlossen ist, hat Hiasi einen Umweg über das Gelände genommen und ist dabei irgendwo aufgesessen. Von da stammt der Schaden. Der Stein ist wahrscheinlich zwischen den Stollen von seinen Stiefeln stecken geblieben, als er Johannas Leiche versteckt hat, und wie er wieder zurück im Auto war, hat sich der Brocken gelöst und ist unter die Fußmatte gerollt.«

»Und bei der Rückfahrt hat ihn die Talbäuerin gesehen und geglaubt, es ist Walter, weil er in Walters Land Rover unterwegs war«, ergänzte Rudi nachdenklich. »Aber wie kommst du darauf, dass Hiasi zum Wietersdorfer Steinbruch gefahren ist, um Johannas Leiche zu beseitigen?«

»Was sollte er denn sonst mitten in der Nacht da oben wollen, wenn nicht irgendwas verschwinden lassen, das keiner sehen soll?«, gab Robert achselzuckend zurück. »Vögeln geht woanders romantischer.«

»Aber der Zeitpunkt stimmt nicht«, wandte Rudi ein.

»Johanna ist Freitagnacht verschwunden, Hiasi war aber erst Samstagnacht am Dobranberg.«

»Der Zeitpunkt stimmt genau«, entgegnete Robert, »weil ermordet hat er die Johanna ja schon Freitagnacht. Er hat nur nicht die Nerven gehabt, ihre Leiche gleich verschwinden zu lassen, deshalb hat er sich am nächsten Tag ein Auto ausleihen müssen, weil seines ja Schrott war.«

»Jetzt Moment einmal.« Rudi klang ungehalten. »Wie kommst du darauf, dass Hiasi Johanna ermordet haben soll?«

»Weil sie seine Pläne mit Svoboda gekannt hat. Hiasi hat nicht riskieren können, dass sie das am nächsten Tag herumerzählt, sonst wäre das Projekt geplatzt, und er wäre auf dem Hof von seiner Mutter sitzen geblieben.«

»Du meinst, er hat sich Walters Auto … und Walter und seine Familie sind mit dem anderen Wagen weggefahren?«

»Weiß ich nicht. Nur dass sie seither auch verschwunden sind, weiß ich.«

»Aber was haben Walter und seine Familie damit zu tun? Hat Hiasi dir nicht erzählt, sie sind auf Urlau…«

Robert erkannte an Rudis Gesicht, dass dieser, noch während er sprach, verstand: Die Geschichte vom Urlaub und auch, dass Walter irgendwie alle damit überraschen wollte, stammte von Hiasi; niemand sonst hatte eine Ahnung, wo die Kreuzer waren.

»Scheiße«, entfuhr es Rudi. Er fuhr sich mit der Hand durch die Haare. »Hiasi … aber wie kann er Johanna niedergefahren haben? Er ist nach der Sonnwendfeier in die Schweinebucht, zu den Huren, und von dort erst irgendwann nach zwei Uhr wieder weggefahren, als Johanna schon längst nicht mehr bei Pepi war. Reinhard hat ihn um drei Uhr gesehen, das heißt, er muss seinen Unfall kurz davor gehabt haben.«

»Genau. Das stimmt aber nicht.«

»Du meinst, Reinhard hat mich angelogen? Warum sollte er?«

»Nicht Reinhard, Hiasi. Hiasi ist schon früher heimgefahren – und nicht über Sankt Klementen, wie er gesagt hat.«

Rudi blinzelte einige Male mit leerem Blick, dann gestand er: »Jetzt verstehe ich überhaupt nichts mehr.«

»Nimm einmal an, Hiasi ist um kurz nach eins bei der Schweinebucht in Silberegg weggefahren, dann war er ungefähr zur selben Zeit beim Marterl wie Johanna – sofern sie von Pepi direkt heimgegangen ist.«

»Du meinst, Hiasi hat sie gesehen und gedacht, die Gelegenheit ist günstig?«

»Wenn er echt ein krummes Ding mit dieser Gentechnik-Firma dreht, dann war Johanna seine größte Feindin.«

Rudi nickte langsam. Er schien wieder folgen zu können. »Er hat sie also niedergefahren … und dann?«

»Dann hat er sie in den Wald getragen.«

Eine Art Geistesblitz erhellte Rudis Gesicht. »Und Hansi hat ihn dabei gesehen und den Schuh eingesteckt, der ihr vom Fuß gerutscht ist«, rief er erleichtert. »Hiasis Unfall auf der Straße beim Eichenhof dagegen … den hat es gar nicht gegeben, den hat er nur vorgetäuscht.«

»Ich glaube, er hat Johanna niedergefahren und sie irgendwo im Wald versteckt. Dann hat er sich und das Auto am Hof seiner Mutter gewaschen, damit man das Blut nicht sieht, und ist in Richtung Sankt Klementen gefahren. Auf der Steigung hat er gedreht, ist ausgestiegen und hat den Jeep in den Baum rollen lassen.«

»Dann ist er nach Hause gegangen, wobei Reinhard ihn gesehen hat. Hiasi hat Reinhard aber nicht bemerkt, deshalb hat er zuerst behauptet, der Unfall wäre um ein Uhr passiert, weil er um die Zeit herum Johanna ermordet hat. Das war der beste Zeitpunkt für sein Alibi. Und deshalb auch die Geschichte, dass er sich angeblich geschämt hat, bei seiner Rückfahrt von der Schweinebucht gesehen zu werden … verdammt!«

»Was hast du?«

»Ich habe seine Angaben nicht überprüft. Wenn ich in der Schweinebucht nachgefragt hätte, hätten die mir gesagt, wann Hiasi wirklich losgefahren ist.«

»Vielleicht war er überhaupt nicht dort?«

»Verdammt!« Rudi stampfte in die Wiese. »Verdammt! Aber okay, das hole ich nach. Was ist mit Walter?«

»Walter ist Hiasi vielleicht auf die Schliche gekommen und hat deshalb beseitigt werden müssen«, meinte Robert.

»Und seine Familie?«

»Vielleicht hat er ihnen alles erzählt?«

»Wenn du einen Fernseher hättest, würde ich sagen, du schaust zu viele Krimis«, meinte Rudi. »Kein Mensch begeht so mir nichts, dir nichts reihenweise Morde. Johanna – das lasse ich mir einreden. Vielleicht hat Hiasi einen Rausch gehabt und ist im Reflex aufs Gas getreten, als sie ihm in der Nacht begegnet ist. Aber Walter … und dann auch noch seine Familie, nur weil sie vielleicht etwas zu wissen glauben …«

»Vielleicht war Walter ja bei Hiasi im Auto, als es passiert ist?«

»Hör auf jetzt, das sind reine Mutmaßungen, das führt zu nichts. Als Erstes müssen wir überprüfen, was an deiner Geschichte überhaupt dran ist, bis jetzt sind das nur Hirngespinste, die einige Fakten erklären könnten. Die Wahrheit könnte aber genauso gut anders gelagert sein.«

»Johannas Handtasche ist kein Hirngespinst.«

»Das stimmt, aber damit hat sich's auch schon.«

»Und was ist mit Johannas Schuh und mit dem, was Hansi gesehen hat?«

»Ich gebe zu, das ist ungewöhnlich. Allerdings wird kein Richter von hier bis Buxtehude auch nur einen Deut darauf geben, was sich dieser besoffene Trottel in seinem Rausch alles einbildet.«

»Den Schuh hat er sich nicht eingebildet. Und überhaupt, was ist mit Hansis blutigem Kärntneranzug?«

Rudi hielt kurz inne, dann antwortete er: »Dazu fällt mir überhaupt nichts ein.« Er sah Robert in die Augen, und beide schwiegen. Schließlich seufzte Rudi und fuhr fort: »Ist so, wie es ist. Wenn sich Walter innerhalb der nächsten Stunde meldet, wissen wir vielleicht mehr, und wenn nicht, stellt die Spurensicherung seinen Hof auf den Kopf. Dann wissen wir hoffentlich auch mehr.«

»Was ist mit Hiasi? Verhaftest du ihn?«

»Den würde ich liebend gern verhören, aber ich weiß nicht, wo er steckt.«

Robert fragte sich, was Rudi damit meinte, und dieser schien die Frage von seinem Gesicht ablesen zu können, denn er erklärte: »Bevor ich hierhergekommen bin, war ich beim Bachmühlbauer, aber es war niemand da.«

»Was wirst du jetzt tun?«

»Zuerst werde ich noch einmal bei Matthias vorbeischauen, weil, bevor ich beim Bachmühlbauer war, war ich beim Waldbauer, und dort war auch alles verwaist. Nicht genug damit, auch dieser Wiener, dieser Svoboda, ist seit gestern wie vom Erdboden verschluckt. Ich frage mich schön langsam, ob die alle gemeinsam irgendwohin gefahren sind.«

»Das glaube ich nicht.« Robert schüttelte voller Überzeugung den Kopf.

»Jedenfalls hoffe ich, dass das nicht so weitergeht, sonst ist das Krappfeld bald leer.«

»Ich bleibe hier.«

»Bist du dir sicher?«

Robert verstand nicht sofort, was Rudi meinte.

»Wer bezahlt deine Schulden, jetzt, wo Johanna weg ist?«

Der Knödel, der seit Johannas Verschwinden immer wieder in Roberts Hals auftauchte, war prompt wieder da.

Rudi holte sein Handy hervor und sagte: »Ich muss das LKA informieren und einen Durchsuchungsbefehl und ein Spurensicherungsteam für den Wietersdorfer Steinbruch anfordern. Wenn du recht hast, müssen wir Johannas Leiche finden, bevor sie bei der nächsten Sprengung in tausend Stücke zerrissen wird.«

»Sag ihnen, sie sollen sicherheitshalber auch nach Walter suchen«, regte Robert besorgt an, »und nach seiner Familie.«

Rudis Gesicht verzog sich zu einem schiefen Grinsen. »Ich

bin mir sicher, die melden es auch, wenn sie eine andere Leiche als die von Johanna finden.«

Und dann geschah etwas, das Robert noch nie erlebt hatte: Rudi schüttelte ihm die Hand, sah ihm dabei mit aufrichtigem Blick in die Augen und sagte: »Danke für deine Hilfe, Robert.«

ELF

Es war sechzehn Uhr, und die Sonne brannte vom wolkenlosen Krappfelder Himmel, als Rudi sich zum weiß Gott wievielten Mal die Dienstkappe abnahm und sich mit dem Handrücken über die Stirn wischte. So verwirrend, wie dieser Tag begonnen hatte, so anstrengend war er geworden. Rudi ließ den Kopf hängen und sah dem Schweißtropfen nach, der sich von seiner Nase löste und auf den linken seiner mit sandgelbem Staub bedeckten Schuhe hinabfiel.

Robert hatte recht behalten. Nach einigen Telefonaten hatte Rudi einen Angestellten der Schweinebucht erreicht, der Freitagnacht Dienst gehabt hatte. Hiasi, den man hier kenne, sei in der vergangenen Woche regelmäßig Gast in der Schweinebucht gewesen, hatte er von ihm erfahren, und am Freitag sei er bis zur Sperrstunde geblieben – bis ein Uhr. Diese Information in Verbindung mit den von Robert genannten Zusammenhängen hatte genügt, um bei der Staatsanwaltschaft einen Durchsuchungsbefehl für den Wietersdorfer Steinbruch zu erwirken.

Rudi hob den Blick wieder und ließ ihn über den weitläufigen Steinbruch schweifen. Vier Stunden war es nun schon her, dass er mit einem Staatsanwalt und dem Team der Spurensicherung hierhergekommen war und den Betrieb stillgelegt hatte. Seither suchten seine Kollegen nach Johannas Leiche, was sich als äußerst schwierig erwies, da sie genau genommen unter jedem Sand- oder Steinhaufen liegen konnte. Freilich, ausgehend von Roberts Theorie, hatte Hiasi bestenfalls eine Schaufel zur Verfügung gehabt, doch das Areal war riesig, und es gab unzählige Sand- und Steinhaufen. Vor einer Stunde waren dann auch noch zwei Polizeitaucher eingetroffen, die nun den hier befindlichen Baggersee durchsuchten. Je mehr Zeit verging, desto mehr schwand Rudis Glaube, dass sie Johannas Leiche finden würden.

Auch sonst hatte es kaum nennenswerte Ermittlungsfortschritte gegeben. Matthias blieb verschwunden, weshalb Rudi dessen Bruder informiert hatte, damit dieser vorübergehend das Vieh versorgte. Auch Svoboda war bisher nicht wiederaufgetaucht. Zwar hatte Rudi inzwischen dessen Vorgesetzten am Telefon erreicht, doch wusste auch dieser nicht, wo Svoboda sein konnte. InterGen hatte dann offenbar eigene Recherchen angestellt, denn Rudis Gesprächspartner meldete sich einige Stunden später, um mitzuteilen, dass Svoboda auch für seine eigene Firma nicht erreichbar sei, man mache sich Sorgen. Ebenso blieb Hiasi verschwunden, bei dem Rudi nicht einmal wusste, wen er nach dessen Verbleib fragen sollte. Und zu schlechter Letzt hatte sich auch Walter nicht gemeldet, weshalb Rudi über das LKA die Durchsuchung in Gang gesetzt hatte. Als sie im vollen Gange war, tauchte eine Freundin von Walters Frau auf. Sie hatte über Umwege von dem Polizeiaufgebot am Kreuzerhof gehört und war herbeigeeilt, um nach dem Rechten zu sehen. Wie sich herausstellte, hatte sich die Althofenerin dazu bereit erklärt, die Tiere zu versorgen und auf dem Hof nach dem Rechten zu sehen, solange Walters Familie auf einem Kurzurlaub war. Genaueres wusste die Althofenerin nicht, die Kreuzerbäuerin hatte ihr nur gesagt, der Trip werde zu einer Überraschung für alle führen. Da Rudi nicht glaubte, dass diese Frau mit Hiasi unter einer Decke steckte, hatte er etwas verwundert zur Kenntnis genommen, dass die Geschichte mit dem Urlaub offenbar doch stimmte – auch wenn sie ihm mindestens so merkwürdig vorkam wie die Tatsache, dass weder Walter noch dessen Frau auf seine Anrufe reagierten.

Die Durchsuchung hatte zu keinem Ergebnis geführt. Nirgendwo auf dem Kreuzerhof war weiteres Eigentum von Johanna gefunden worden oder irgendein anderer Hinweis darauf, dass sie oder ihr Leichnam hier gewesen wären. Das Spurensicherungsteam hatte seine Siebensachen gepackt und war, durch eine mittlerweile eingetroffene Suchhundestaffel verstärkt, zum Wietersdorfer Steinbruch auf den Dobranberg hinaufgefahren.

Rudi beobachtete zwei der Leichenspürhunde, die gerade konzentriert an einem Sandhaufen herumschnüffelten, umringt von Spurensicherern, die ihre Spaten, Krampen und Schaufeln wie einsatzbereite Waffen trugen.

In diesem Moment ertönte in einiger Entfernung ein Schrei, der die Blicke aller Anwesenden in dieselbe Richtung lenkte, auch die der Hunde. Einer der Beamten, die am Ufer des Baggersees standen, winkte mit einer weit ausholenden Armbewegung, die er wieder einstellte, als er sah, dass man auf ihn aufmerksam geworden war. Rudi und die Spurensicherer setzten sich in Marsch.

Als sie am Baggersee ankamen, tauchten gerade inmitten von blubbernd an der Wasseroberfläche zerplatzenden Luftblasen zwei große rote Hebesäcke auf. Unmittelbar darauf erschienen die Köpfe der beiden Polizeitaucher, die einen anscheinend großen und schweren Gegenstand, der unter der Wasseroberfläche an den Hebesäcken hing, ans Ufer schoben, wo er von zwei völlig in Weiß gekleideten Kollegen der Spurensicherung entgegengenommen wurde.

Bei dem Gegenstand handelte es sich um eine eingerollte Decke mit unförmigen Ausbeulungen. Die Rolle war im oberen und im unteren Drittel mit je einem Strick zusammengeschnürt. Die Taucher entfernten die Gurte der Hebesäcke, und die Spurensicherer zogen die Deckenrolle weiter an Land. Das schlürfende, schürfende Geräusch, das dabei erzeugt wurde, empfand Rudi als grässlich.

Unter der lückenlosen Dokumentation durch den Polizeifotografen begutachteten die Spezialisten mit ruhigen, routinierten Bewegungen das Fundstück und schnitten endlich die Schnüre auf, woraufhin sie die Decke langsam, langsam auseinanderschlugen.

Die gebannt zusehenden Umstehenden gaben keinen Mucks von sich.

Der Anblick, der sich ihnen dann bot, schickte ein Stöhnen durch die Reihe der Zuseher und brannte sich unauslöschlich in Rudis Seele ein. Die weibliche Leiche, die zusammen mit ein paar großen Steinbrocken in die Decke eingewickelt worden war, war aufgedunsen und schimmerte schleimig-bläulich. Ihr Gesicht war deformiert, die Haut zum Teil aufgeplatzt. Rudi musste mehrmals hinsehen, und auch dann erkannte er Johanna nur an ihrer Bekleidung, die sie bei der Sonnwendfeier getragen und die Matthias ihm beschrieben hatte. Von ihrer landauf, landab legendären Schönheit war nicht einmal mehr eine Ahnung zurückgeblieben.

Von einem Schwindel erfasst, wandte Rudi sich ab, taumelte einige Schritte. Ein spontaner Brechreiz fuhr in ihm hoch, und die Kraft verließ seine Beine. Er stürzte auf Knie und Hände, würgte mehrmals, doch es kam nichts hoch.

Rudi war schön öfter zu Unfällen gerufen worden, bei denen Bekannte von ihm schwer verletzt worden oder gar ums Leben gekommen waren. Natürlich hatte ihn das jedes Mal schockiert, doch noch nie hatte er die Fassung verloren. Er hatte getan, was getan werden musste, Hilfe geholt, die Straße abgesperrt – das Übliche halt. Deshalb war er stets davon ausgegangen, er wäre hart im Nehmen, ein professionell kühler Kopf.

Doch das hier war anders. Nicht nur, dass er Johanna seit ihrer Geburt gekannt hatte und dass sie noch so jung gewesen war, sie war noch dazu das Opfer eines Mordes geworden. Und als wäre das nicht schon genug, war Hiasi, ihr mutmaßlicher Mörder, mit ihr verwandt, und Rudi kannte ihn ebenso gut, wie er sie gekannt hatte.

»Diese Sau«, flüsterte er in den Staub unter sich, »diese dreckige Sau! Jetzt mache ich dich fertig.«

***

Zwei Stunden später fand im Polizeiposten Althofen eine Einsatzbesprechung statt. Da der Polizeiarzt noch am Fundort festgestellt hatte, dass Johanna mit großer Wahrscheinlichkeit durch äußere Gewalteinwirkung ums Leben gekommen war, ging der zuständige Staatsanwalt von einem Mord aus und hatte im LKA in Klagenfurt eine Mordgruppe angefordert.

Die war nun vor wenigen Minuten am Polizeiposten Althofen eingetroffen, und ihr Kommandant, ein sehr zackig auftretender Chefinspektor namens Obersteiner, hatte augenblicklich die Besprechung eröffnet.

Der Staatsanwalt informierte die Anwesenden über die Erkenntnisse aus dem Leichenfund, dann erklärte Rudi die Hintergründe, resümierte den Stand seiner Ermittlungen und klärte über Roberts Vermutungen auf, die er als die seinen ausgab.

»Von Matthias Egger, Walter Ettinger, seiner Frau und seinen Kindern, Marcel Svoboda und Hiasi Wildhaber fehlt weiterhin jede Spur«, endete er, »weder ihre Verwandten noch ihre Bekannten beziehungsweise im Fall von Svoboda sein Arbeitgeber wissen, wo sie sein könnten. Es ist mysteriös.«

»Wenn ich Sie richtig verstanden habe, ist dieser Hiasi Wildhaber Ihr Hauptverdächtiger?«, fragte Chefinspektor Obersteiner.

»Für den Mord, ja. Allerdings haben wohl auch die anderen Verschwundenen – mit Ausnahme von Matthias Egger – irgendwie ihre Finger im Spiel.«

Der Chefinspektor nickte. »Sehe ich auch so. Auf Walter Ettingers Hof wurde Eigentum des Mordopfers gefunden, mit Svoboda plant Wildhaber ein dubioses Geschäft.«

Rudi war beeindruckt. Der Kommandant der Mordgruppe hatte sich alle Namen und Zusammenhänge auf Anhieb gemerkt.

»Hinzu kommt noch die Aussage dieser Frau Tusek, die Svoboda schwer belastet«, fuhr Obersteiner fort.

Auf seinem Rückweg vom Steinbruch nach Althofen war Rudi beim Waldbauerhof vorbeigefahren und hatte sich von Matthias' Bruder Johannas Handy geben lassen. Dann hatte er noch einmal Tanja Tusek angerufen, die ihm nur zu bereitwillig Auskunft gegeben hatte. Allerdings hatte sie ihm nichts erzählen können, was er mittlerweile nicht schon wusste. Seiner Einschätzung nach war diese Tanja ein hysterischer Mensch, weshalb er ihr die Nachricht von Johannas gewaltsamem Tod erst ganz am Schluss überbracht hatte. Danach war sie nur noch zu lautem, zusammenhanglosem Schluchzen fähig gewesen.

»Für uns wirft das im Wesentlichen zwei Fragen auf«, schlussfolgerte Chefinspektor Obersteiner. »Erstens, ist ihr Abtauchen eine konzertierte Aktion, und wie passt das Verschwinden von Matthias Egger in dieses Bild? Zweitens, welchen Schritt setzen wir als nächsten?«

***

Mit einem Einkaufskorb in der Armbeuge stand Robert grübelnd vor der Stellage seines Naturbodenkellers, als wäre sie ein Supermarktregal, und griff willkürlich nach dem einen oder anderen Gegenstand. Auf diese Weise landeten ein Stück Schweinespeck, eine Hartwurst und ein mindestens ebenso harter Käse im Korb, die allesamt in Butterpapier eingewickelt waren, sowie ein Glas selbst eingelegte Essiggurken mit Zwiebeln. Dann dachte er nach: Für Tomaten war es noch zu früh in der Saison, aber die Radieschen schossen derzeit nur so aus der Erde, und auch ein frischer und damit besonders scharfer Rettich würde sich in seinem Garten finden. Brot hatte er oben in der Küche, und mehr würde er für seine abendliche Jause nicht brauchen.

Da der Rahmen der Kellertür hoffnungslos verzogen war, musste Robert den Korb draußen abstellen und die Tür beidhändig mit Kraft und Schwung zuziehen. Er stieg die Steinstufen nach oben, um in seinen Garten zu gehen. Da hörte er das Knattern einer Puch Maxi näherkommen. Das Geräusch bekam eine zunehmend verzweifelte Note und schwoll dann in schneller Folge immer wieder an und ab.

Da wusste er, dass Johannas Leiche gefunden worden war.

Als Reinhard vor seiner Hütte hielt, zog Robert gerade zaghaft einen kümmerlichen Radi aus der krümeligen Erde, einen mageren und nicht besonders langen Zapfen.

»Robert«, rief Reinhard aufgeregt und mit betroffener Stimme und stürmte in die Hütte, wo er den Hausherrn wohl vermutete. Einige Sekunden später kam er wieder heraus und trat an die Gartenumzäunung. »Robert, es gibt Neuigkeiten, schlimme Neuigkeiten.«

»Ich weiß«, erwiderte Robert leise. »Johanna ist tot. Man hat ihre Leiche im Wietersdorfer Steinbruch gefunden.«

Er ging mit seinem Einkaufskorb an Reinhard vorbei, der sich spontan in eine Statue verwandelt zu haben schien. Die Erstarrung löste sich erst, als Robert die Radieschen und den Rettich an der Wasserleitung wusch.

»Woher … woher kannst du das wissen? Es hat sich ja gerade erst herumgesprochen.«

»Weil ich dem Rudi gesagt habe, wo er suchen muss.«

»Das verstehe ich aber nicht. Robert, woher hast du gewusst, was passiert ist?«

»Jausnest du mit mir mit?«

»Nein danke, ich … ich kann jetzt nicht ans Essen denken. Bitte erzähl mir, wie du das wissen hast können.«

Robert lächelte bescheiden, und die Tränen kullerten über seine Nase auf den Boden hinab. Auch wenn er seit Tagen befürchtet hatte, dass Johanna ein schreckliches Schicksal widerfahren war, so hatte doch immer noch ein Funke Hoffnung in ihm geglommen, es könnte sich alles irgendwie in Wohlgefallen auflösen. Nun war ihr Tod Gewissheit, der Funke erloschen. Johanna, eine gute Nachbarin und langjährige, liebe Freundin, die alle Bauern zwischen Althofen und dem Görtschitztal tief in ihre Herzen geschlossen hatten, war für immer von ihnen gegangen.

Robert spürte, wie sich der Schmerz über ihren Verlust von der Magengegend aus in sein ganzes Sein ausbreitete und ins schier Unerträgliche anwuchs, als ihm die Umstände ihres Todes bewusst wurden. »Hast recht«, schniefte er, »ich kann jetzt auch nichts essen.«

Er drehte den Wasserhahn ab, krümmte sich vor der Tonne, sank auf die Knie. Reinhard hockte sich zu ihm und umarmte ihn, und so kauerten die beiden minutenlang zusammen und weinten einander die Schultern nass.

Als der schlimmste Schmerz vorüber war, holte Robert den Obstler aus der Stube und Reinhard einen Krug Most aus dem Keller. Sie setzten sich auf die Bank vor der Hütte und begannen, sich gegenseitig Geschichten zu erzählen, die sie mit Johanna erlebt hatten. Bald wurde die Erinnerung an die lebendige Johanna so stark, dass Robert und Reinhard sich darüber freuen konnten, wie schön es gewesen war, sie gekannt zu haben. Und schließlich, als schon die Dämmerung anbrach, tischte Robert doch noch die Jause auf.

»Wie bist du darauf gekommen?«, fragte Reinhard nach dem Essen. Seine Stimme klang abgeklärt. »Ich meine, dass Hiasi sie umbringt und dann einen Unfall vortäuscht, damit er ein Alibi hat?«

»Mir ist erst letzte Nacht wieder eingefallen, dass ich mich über etwas gewundert habe, wie ich mir das Wrack vom Jeep von Hiasis Mutter angesehen habe. Die Windschutzscheibe hat eine runde Delle gehabt, die total sinnlos war. Am Unfallort war nichts Rundes, da war nur der Baum. Die Äste sind erst viel höher aus dem Stamm gewachsen, außerdem habe ich noch nie einen Ast gesehen, der eine runde Delle macht, wenn man in ihn hineinfahrt.«

»Johannas Kopf«, sagte Reinhard stumpf.

»Außerdem war die Ladefläche geputzt«, fuhr Robert fort, »und im Innenraum nur die Fahrerseite.« Da er von Reinhard einen verständnislosen Blick erntete, erklärte er: »Hiasi hat Johanna niedergefahren und sie mit dem Auto weggebracht. Dabei hat er die Ladefläche, sich selbst und damit auch die Fahrerseite mit ihrem Blut angepatzt. Das hat er weggewaschen, bevor er den Jeep in den Baum gelassen hat.«

Reinhards vom Weinen geschwollene Augenlider konnten nicht die Hochachtung in seinem Blick verbergen.

»Du bist ein Wahnsinn! Keinem anderen ist das aufgefallen. Wie machst du das?«

»Ich weiß auch nicht«, murmelte Robert und starrte auf seine klobigen, rissigen Finger, die nun seine Serviette hin-

und herdrehten. »Ich denke mir nicht viel dabei, wenn ich was sehe, weil eh immer alles klar ist.«

»Wie meinst du das?«

»So wie zum Beispiel früher, wie ich dein Moped gehört habe. Am Geräusch habe ich erkannt, dass du über die Böschung zu mir heraufkommst. Dein Motor schafft die Steigung nicht allein, deshalb trittst du in die Pedale. Dabei geht der Motor einmal lauter und einmal leiser; lauter, wenn du nach unten trittst, weil du ihn entlastest, und leiser, wenn du von einem Pedal auf das andere wechselst, weil er da allein arbeiten muss und fast abstirbt. Heute war das Lauter-Leiser viel schneller als sonst, du hast viel schneller getreten. Wie ich das gehört habe, war mir klar, dass du was Dringendes zu erzählen hast, was Wichtiges. Und es gibt halt momentan nichts Wichtigeres in Boden als was Neues über Johanna.«

»Und weil du vorher schon gewusst hast, was ihr wahrscheinlich passiert ist …«

»Da ist mir klar geworden, dass ich recht gehabt habe.«

Robert spürte, wie seine Augen wieder zu brennen begannen, und kurz darauf Reinhards Hand, die seine Schulter drückte.

»Ich muss noch zu Pepi hinüberfahren«, sagte Robert dann und wischte sich mit dem Handrücken über die schniefende Nase, »er hat sicher auch schon erfahren, was passiert ist, da kann ich ihn heute Nacht nicht allein lassen.«

Reinhard nickte stumm. Er half, die Jausenbretter und -messer sowie das Trinkgeschirr in die Küche zu tragen, und verabschiedete sich herzlich, ehe er über die Böschung hinab nach Hause fuhr.

Robert zündete eine Kerze für Johanna an. Er stellte sie in einen Suppenteller und diesen auf die Kochplatte seines kalten Sparherdes, sodass sie nichts in Brand setzen konnte, sollte sie umfallen. Dann fuhr auch er los.

***

Viktor Schafflechner, der Pachtjäger der Bachmühlbäuerin, trat während seines Anstiegs ein kleines Fichtenbäumchen nieder, zog die Nase hoch und spuckte mit einem hässlichen Geräusch einen ebenso hässlichen Batzen in den Reisig am Boden. Während er über seine Nase wischte, indem er Handrücken und Unterarm an ihr einmal hin- und wieder zurückrieb, erzeugte sein Hals-Nasen-Ohren-Trakt noch weitere Geräusche gleicher Güte.

Die steile Lichtung, die er hinaufstieg, hatte die Form und die Größe eines Fußballfeldes, hier war im Vorjahr der Wald geschlägert und wieder aufgeforstet worden, die jungen Bäume wuchsen schon wieder gut an.

Schafflechner blieb stehen und grunzte, sein bergseitiges Bein war angewinkelt, sein talseitiges gestreckt. Er schnaufte schwer, schupfte mit einer Bewegung seiner Schulter den Riemen seines Jagdgewehrs weiter nach oben und schob den waldgrünen Filzhut aus seiner Stirn, um ein größeres Sichtfeld zu haben. Am oberen Rand der Lichtung, etwa in deren Mitte, befand sich ein alter Hochsitz, das Ziel seines Marsches. Dort würde er sich auf die Lauer legen.

Die Bedingungen waren ideal: In der anbrechenden Dunkelheit würde das Rehwild aus dem Wald kommen, um zu äsen, und die Lichtung bot ein freies Schussfeld. Sogar die Steilheit des Geländes war ein Vorteil, denn wenn Viktor Schafflechner seinen Treffer gelandet hatte, musste er die Beute nur noch bergab befördern, wo sein alter VW Golf an einem Waldweg stand.

Der Hochsitz war schon vor vielen Jahren errichtet worden. Auch damals hatte man das Waldstück unter ihm frisch gerodet und damit ein komfortables Schussfeld freigelegt. Als der Wald in den Folgejahren mehr und mehr nachwuchs, wurde der Hochsitz mit der Zeit für die Jagd unbrauchbar und geriet in Vergessenheit. Erst im Vorjahr, als die Lichtung freigeschlagen wurde, hatte man ihn wieder instand gesetzt.

Schafflechner wischte sich mit der Hand den Schweiß vom Gesicht und die Hand an der Jagdhose ab, aus der er danach einen Flachmann hervorzog. Mit einem warm tönenden Gluckern rann der Slibowitz aus der kleinen Zinnflasche in seinen Hals und erzeugte dort das wohltuende Brennen, das den Pachtjäger anschließend zu einem befreiten »Aaah« veranlasste. So gestärkt setzte er seinen Anstieg fort, immerhin galt es, den Hochsitz bald zu erreichen und sich ruhig zu verhalten. Nur dann wähnte sich das Wild in Sicherheit, traute sich aus dem Wald, und er konnte es in Ruhe abknallen.

Der Hochsitz thronte in etwa fünf Metern Höhe auf vier Stehern. Von dort oben überblickte man nicht nur die Lichtung, sondern auch den gesamten Wald bis hinunter in die Senke, an deren Beginn der Bachmühlbauerhof lag. Das war Viktor Schafflechner jedoch herzlich wurscht, denn man konnte ihm so einiges nachsagen, bei Gott, aber nicht, dass er ein Romantiker war. Ein guter Jäger war er jedoch allemal, und deshalb erkannte er auch gleich, dass etwas nicht stimmte, als er an der Leiter des Hochsitzes ankam.

Zwischen den Stehern tanzte lautlos ein Mückenschwarm über dem Boden – nicht so lautlos ging es hingegen bei den Fliegen zu, die ebenfalls hier herumschwirrten. Schafflechner glaubte zunächst, er würde ein verendetes Tier vorfinden, einen Hasen, eine Maus oder einen Vogel, an dessen Kadaver sich die Insekten gütlich taten, doch dann erkannte er, dass es Blut war, schwarzrot glänzendes, getrocknetes Blut, das zäh an den Stängeln des hier wachsenden steifen Grases klebte.

Er starrte das Blut an und konnte sich auf die Schnelle keinen Reim darauf machen. Da er außer Atem war, stützte er sich an einem der Steher ab, zog die Hand aber gleich wieder zurück, als er spürte, wie klebrig dessen Oberfläche war. Ein Blick auf seine Hand zeigte Schwarzrot, ein Blick auf den Steher seinen Handabdruck auf dem dortigen gleichfarbigen Überzug. Erst jetzt wanderte Schafflechners Blick nach oben, wo er einen menschlichen Arm steif über die Sitzlehne des Hochsitzes ragen sah.

Der Jäger streifte Gewehr und Rucksack ab, lehnte beides

an einen Baum und kletterte die Leiter zum Hochsitz hinauf. Neben dem Arm kam der Teil eines Kopfes ins Sichtfeld. Auch über ihm tanzten Mücken und surrten Fliegen.

Als Viktor Schafflechner den Hochsitz erklommen und das gesamte Ausmaß des hier Geschehenen überschaut hatte, wurde es ihm eng im Hals. Der Leichnam lehnte auf der Sitzbank und wurde von dem Arm, der nach hinten über die Lehne hinausragte, in einer Quasi-Sitzposition gehalten. Der Kopf lag ebenfalls auf der Lehne, in einer unnatürlichen Stellung schräg nach hinten gedreht. Besser gesagt das, was vom Kopf übrig war, denn an der Rückseite klaffte ein großes Loch mit nach außen abstehenden Knochensplittern.

Reflexartig griff Schafflechner in seine Hosentasche und zog den Flachmann hervor. Er bemerkte, wie seine Finger zitterten, als er den kleinen Schraubverschluss öffnete. Nach einem kräftigen Schluck Slibowitz breitete sich das Zittern über seinen ganzen Körper aus, ebbte nach einem weiteren Schluck aber weitgehend wieder ab.

Als erfahrener Jäger wusste Schafflechner, dass eine solche Wunde von einem Schrotgewehr stammte, eine entsprechende Waffe war jedoch nirgendwo zu sehen. Er betrachtete das Gesicht des Toten; er kannte ihn vom Sehen, wusste aber nicht seinen Namen. Er war einfach zu selten im Kappeler Umfeld unterwegs, um alle Bauern namentlich zu kennen.

»Himmelkruzitürkennocheins«, entfuhr es ihm, als ihm klar wurde, dass sein heutiger Nachtansitz damit gestrichen war. »Warum muss immer mir so was passieren?«

Doch es half nichts, sosehr er auch hin und her überlegte, er musste den Fund der Polizei melden. Wenigstens hatte er Rudis Nummer in seinem Handy eingespeichert.

Als ihm einfiel, dass das Telefon in seinem Rucksack steckte, welcher unten am Baum lehnte, sodass er wieder hinabklettern musste, um es zu holen, stampfte er mit dem Fuß auf den Boden, dass der ganze Hochsitz wackelte, und fauchte noch einmal: »Himmelkruzitürkennocheins!«

ZWÖLF

Etwa eine Stunde später, um kurz nach halb zehn, war der Himmel noch hell, aber nicht mehr hell genug, dass ein Mensch im Wald noch ausreichend sehen konnte. Deshalb beleuchtete die Mordgruppe das Areal um den Hochsitz künstlich mit vier leistungsstarken Scheinwerfern, die von einem tragbaren Generator gespeist wurden.

Rudi hatte gleich nach Viktor Schafflechners Anruf Chefinspektor Obersteiner informiert, und die Mordgruppe und der Staatsanwalt waren in Richtung des Fundortes ausgerückt, geführt vom ortskundigen Rudi.

Dieser staunte nicht schlecht, wie gut die Jungs aus Klagenfurt ausgerüstet waren: Alle trugen sie Rucksäcke, in denen sie offenbar alle Dinge mitführten, die sie auch nur irgendwie gebrauchen konnten. So hatten sie daraus nicht nur die Scheinwerfer hervorgezaubert und sie am Boden und auf dem Hochsitz installiert, sie errichteten auch ein kriminalistisches Behelfslabor. Obersteiner gab mit klarer, ruhiger Stimme Befehle und erklomm, als er mit dem In-Stellung-Gehen zufrieden war, gemeinsam mit Rudi den Hochsitz, wo eines der Teammitglieder schon mit der Sicherung der Spuren beschäftigt war.

»Kennen Sie den Mann?«, fragte er Rudi, als sie, auf der kleinen Kanzel eng gedrängt, vor der Leiche standen.

Rudi spürte, wie nahe ihm der Anblick ging. Mit unsicherem Griff nahm er seine Dienstkappe ab und hielt sie an die Brust – eine Geste des letzten Respekts und des stillen Gebets für das Seelenheil des Verschiedenen.

»Ja«, wisperte er. Seine Unterlippe begann zu zittern. »Das ist Matthias. Matthias Egger, der Witwer von Johanna Egger.«

»Mord, wie es aussieht.«

Der unberührte, professionelle Ton des Kommandanten empörte Rudi, auch wenn er wusste, dass emotionale Distanz die einzige Möglichkeit war, mit einer solchen Situation umzugehen. Doch er war viel zu involviert in die ganze Sache und wollte nicht noch mehr Nachbarn, ja, sogar Freunde verlieren, schon gar nicht auf so gewaltsame Weise.

Er registrierte den zunächst verwunderten, dann aber verständnisvollen Blick Obersteiners, als er sich wortlos abwandte und mit unsicheren Beinen und Händen die Leiter des Hochsitzes wieder hinabkletterte. Unten angekommen, entfernte er sich etwas von der geschäftigen Mordgruppe, ging ein paar Schritte in den finsteren Wald, versuchte, sich auf den Fall zu konzentrieren, zu überlegen, wie Matthias' Ermordung in das Gesamtbild passte.

Aber Rudi schaffte es nicht. Zu viel war an diesem Tag passiert, und zu lange dauerte er schon an.

Als Viktor Schafflechner ihm die Hand an die Brust drückte, schrak Rudi auf. Der Pachtjäger hatte soeben seine Aussage bei einem der Polizisten gemacht und nun seinen Rucksack und sein Gewehr geschultert, bereit zum Aufbruch. Als er noch einmal an Rudis Brust drückte, sah dieser an sich hinab und erkannte einen Flachmann in der Hand seines ehemaligen Jagdkurs-Kollegen. Rudi wand sich, doch noch ehe er die Ich-bin-im-Dienst-Floskel bemühen konnte, sah er Schafflechners eindringlichen Blick, der ihm zu sagen schien: »Du brauchst das jetzt.«

Er warf einen schnellen Blick zu den Kollegen aus Klagenfurt hinüber, griff nach der Flasche, wandte sich ab und trank den kleinen Rest, der sich noch darin befand. Der Schnaps gab ihm ein kurzes Gefühl der Entspannung, tat seinem Körper und seiner Seele gut. Als er den Flachmann zurückgab, sagte er Danke nur durch seinen Blick, und Schafflechners Augen erwiderten: »Gern geschehen.« Sein Mund hingegen sagte: »Ich geh jetzt, wenn's recht ist.«

»Ist recht.«

Die beiden Männer fassten einander an die Schulter, kräftig, um sich gegenseitig Mut zu machen und ihres eigenen Mutes zu versichern, dann stapfte Viktor Schafflechner in den Wald davon, wo ihn die Dunkelheit schon nach wenigen Metern verschluckte.

Etwa eine halbe Stunde später rief Chefinspektor Obersteiner seine Gruppe zusammen und forderte einen ersten Zwischenbericht ein. Für Rudi, der etwas zeitverzögert hinzukam und der Besprechung als Zaungast beiwohnte, klangen die Meldungen der einzelnen Teammitglieder eher wie Endberichte, noch dazu ausführliche. Man hatte die Tatwaffe, eine doppelläufige Flinte, wie sie zur Jagd auf Federwild verwendet wurde, gefunden. Sie war hangabwärts, nur wenige Meter vom Hochstand entfernt, in einem Dickicht gelegen. Bei ihrer Untersuchung hatten die Ermittler ausschließlich Matthias' Fingerabdrücke gefunden, wie sie dank ihres Minilabors an Ort und Stelle hatten feststellen können – was sie zu dem Schluss führte, dass dieser sich selbst erschossen hatte, woraufhin das Gewehr durch den Rückstoß vom Hochsitz gefallen war. Fremdverschulden sei somit quasi auszuschließen.

In dem doppelläufigen Gewehr steckten zwei leere Schrotpatronen, was bedeutete, dass Matthias davor schon einen Schuss abgegeben haben musste.

Ein Detail erregte bei den Ermittlern besondere Aufmerksamkeit, weil es ungewöhnlich war: Bei der Untersuchung von Matthias' Leiche hatten sie in dessen Hosentasche zusätzlich zu einem Autoschlüssel noch zwei weitere Schlüsselbunde gefunden. Art und Anzahl der Schlüssel wiesen darauf hin, dass sie zu einem landwirtschaftlichen Gehöft gehörten – in beiden Fällen.

Chefinspektor Obersteiner, der den Zwischenbericht auf einem Diktafon aufzeichnete, beendete diesen mit den Schlussworten: »Das Motiv für den Suizid ist beim derzeitigen Stand der Ermittlungen noch unklar.«

Rudi horchte auf.

»Warum unklar?«, fragte er, als Obersteiner das Diktiergerät abgeschaltet hatte. »Matthias hat erfahren, dass seine Frau tot ist. Deshalb ist er hierhergekommen und hat sich das Leben genommen.«

»Das kann nicht sein.« Der Kommandant der Mordgruppe sah Rudi mit einem ausdruckslosen Blick an. »Der Tote liegt hier schon seit mindestens vierundzwanzig Stunden, haben Sie nicht zugehört?«

»Ich bin erst später dazugestoßen«, murmelte Rudi. Er fühlte sich wie vor den Kopf gestoßen. Sie hatten Johannas Leiche ja erst heute am späten Nachmittag gefunden, warum hatte Matthias sich schon gestern Abend das Leben genommen? Er ahnte, dass die Erklärung dafür zum Greifen nahe war, konnte sie aber nicht fassen, weil er zu verwirrt war, persönlich zu sehr eingenommen.

Was war bloß passiert?

Später, als Rudi, Obersteiner und zwei weitere Männer der Mordgruppe in Rudis Einsatzwagen im Schritttempo den Forstweg hinunterholperten, schwiegen alle. Ein Mann des Teams war am Hochsitz geblieben, ein weiterer stand am nächstgelegenen Punkt des Forstweges, um den Leichenwagen einzuweisen, den die Gerichtsmedizin losgeschickt hatte, um Matthias' sterbliche Überreste abzuholen. Die restlichen Teammitglieder sowie der Staatsanwalt folgten Rudis Wagen in den Fahrzeugen der Mordgruppe.

Ihr Weg führte sie zunächst zum Waldbauerhof, wo sie die bei Matthias gefundenen Schlüssel ausprobieren wollten. Chefinspektor Obersteiner hatte die Vermutung, dass nur die Schlüssel eines der beiden Bunde dort passen würden und dass die auf dem anderen zu einem anderen Hof gehörten. Wenn das stimmte, würde das Auffinden dieses anderen Gehöfts wohl viele Aufschlüsse bringen.

Rudis Gehirn fühlte sich an, als liefe es mit zu schwachem Strom. Er übersah irgendetwas, irgendetwas ganz Offensichtliches.

Seiner Meinung nach hätte Matthias nur dann einen Grund gehabt, sich zu erschießen, wenn er von Johannas Tod erfahren hatte. Wer konnte ihm das aber vor dem Auffinden ihrer Leiche gesagt haben? Doch wohl nur ihr Mörder, also vermutlich Hiasi. Aber warum sollte er ihm das sagen, wo er doch sogar eigens einen Unfall konstruiert hatte, um nur ja nicht verdächtigt zu werden? Gab es noch einen Mitwisser? Mein Gott, hatte vielleicht Hansi Matthias von seiner nächtlichen Beobachtung erzählt, von seinem blutigen Gewand und von Johannas Schuh, und hatte Matthias daraus falsche Schlüsse gezogen?

Rudi schüttelte im Dunkel des Wageninneren den Kopf. Er hatte seinem Bruder eingeschärft, niemandem ein Sterbenswörtchen davon zu verraten, und auch wenn Hansi sich regelmäßig das Gehirn aus der Birne soff, so hatte er doch genügend Grips übrig, um zu verstehen, dass er mordverdächtig war, sowie irgendjemand davon erfuhr. Abgesehen davon hätte Matthias sich niemals aufgrund des Geredes eines Säufers selbst getötet.

Aber was war mit Walter? Öffnete der zweite Schlüsselbund die Pforten zum Kreuzerhof? Wieso sollte er? Na gut, Johannas Handtasche war auf dem Kreuzerhof gefunden worden, doch Walter war schon seit gestern Mittag abwesend, während Matthias erst am Abend …

Rudi fiel wieder ein, wie er Matthias' Stall heute in der Früh vorgefunden hatte. Er hatte ganz selbstverständlich angenommen, Matthias hätte ihn kurz zuvor Hals über Kopf verlassen, weil er mit dem Melken noch nicht fertig gewesen war. Wenn Matthias aber schon seit gestern Abend tot war, bedeutete das, dass er nicht das heutige Morgenmelken, sondern das gestrige Abendmelken unterbrochen hatte. Da er das normalerweise zwischen fünf und sechs Uhr erledigte, konnte Rudi den Zeitpunkt von Matthias' Abfahrt vom Waldbauerhof ziemlich genau eingrenzen. Aber warum war er so abrupt aufgebrochen?

Und wie passte Marcel Svoboda in das Bild? Auch er war ja seit gestern verschwunden, wenngleich niemand genau wusste, seit wann genau. Die Belegschaft des Prechtlhofs hatte ihn am Nachmittag noch gesehen, um welche Uhrzeit, wusste aber niemand.

Die Wohnküchenfenster des Waldbauerhofs waren beleuchtet, Matthias' Bruder hielt also die Stellung.

In Rudis Hals bildete sich ein Knödel, er stellte den Wagen vor dem Haus ab.

Chefinspektor Obersteiner sah ihn von der Seite her an und fragte: »Soll ich es ihm sagen?«

Rudi erwiderte den Blick müde und schüttelte den Kopf. »Danke, aber da muss ich jetzt durch.«

Zehn Minuten später fuhren sie wieder ab und ließen Matthias' Bruder in tiefer Verzweiflung am Waldbauerhof zurück. Rudi fühlte sich, als wäre er um Jahre gealtert.

Obersteiners Theorie hatte sich bestätigt, einer der Schlüsselbunde gehörte zum Waldbauerhof, der andere nicht.

»Wohin jetzt?«, fragte der Gruppenkommandant, und Rudi antwortete: »Zum Bachmühlbauer.«

»Denken Sie, Hiasi Wildhaber hat Herrn Egger seine Tat gestanden?«

»Weiß ich nicht. Aber ich glaube, es ist am gescheitesten, wenn wir die Verdächtigen der Reihe nach abklappern, und der Bachmühlbauer liegt am nächsten.«

Rudi wusste, dass es keinen Sinn machte anzunehmen, Hiasi hätte Matthias den Mord an seiner Frau gestanden, und noch weniger Sinn machte es anzunehmen, Matthias sei mitten im Melken aufgesprungen und zu Hiasi gefahren, um dort das Geständnis quasi abzuholen. Und anzunehmen, dass er Hiasis Schlüssel bei sich hatte, als er sich erschoss, machte am allerwenigsten Sinn.

Aber so, wie die Dinge lagen, hatte Rudi keinen Schimmer, was er überhaupt annehmen konnte.

***

Viktor Schafflechner stapfte grunzend durch den Wald. Die Jagd konnte er für heute vergessen, die Lichter und der ganze Lärm hatten das Schalenwild sicherlich tief in den Wald hineingetrieben, und da würde es für die nächsten Stunden wohl auch bleiben. Da es bereits dreiundzwanzig Uhr war, beschloss er, seinen Ansitz auf die Morgendämmerung zu verschieben und sich bis dahin ein paar Stunden aufs Ohr zu hauen.

Von seinen zahlreichen Pirschen hier kannte er den Weg zur Jagdhütte der Bachmühlbäuerin, seiner Pachtgeberin, recht gut. Da sie die Hütte aufgrund ihres fortgeschrittenen Alters selbst schon viele Jahre lang nicht mehr benutzte, hatte Schafflechner sich darin eingerichtet, wie es ihm gefiel, und da er auch immer die auftretenden Schäden reparierte und notwendig werdende Instandhaltungsarbeiten verrichtete, hatte die Bachmühlbäuerin ihn gern gewähren lassen. Von seiner Größe her glich der einzige Raum der Hütte einer besseren Besenkammer, aber es war alles drin, was er zum Übernachten brauchte. Wenn Schafflechner auf die Pirsch ging, hatte er immer den Schlüssel für das Vorhängeschloss der Hütte mit, und das kam ihm nun zugute. In Vorfreude auf den baldigen Schlaf gähnte er laut und streckte dabei wie ein Hund die Zunge heraus.

Die Jagdhütte stand auf einer schmalen Geländestufe im abschüssigen Wald. Schafflechner näherte sich ihr von unten und bemerkte rasch, dass er nicht allein war. Hatte er die vereinzelten schwachen Lichterscheinungen zunächst für Hirngespinste gehalten, so erkannte er sie immer deutlicher, je näher er der Hütte kam, zumal ja immer weniger Bäume seine Sicht verstellten. Das einzige Fenster war erleuchtet, und an einem leuchtenden Spalt daneben erkannte er, dass die Eingangstür nur angelehnt war.

Schafflechner spürte, wie eine Woge des Zorns von seiner Magengrube bis in die Haarspitzen hinaufschwappte. Wahrscheinlich hatten sich irgendwelche Bauernbuben hier eingenistet und spielten … er hatte keine Ahnung, was die Bengel heutzutage spielten, doch er würde das abstellen, aber wie! Wenn sie den Weg hierher gefunden hatten, würden sie ihn auch zurück nach Hause finden, und dabei war ihm wurscht, ob sie sich verliefen. Bei den herrschenden Temperaturen würden sie sich nicht einmal erkälten, und spätestens wenn die Sonne aufging, würden sie schon einen Weg finden. So groß war dieser Wald auch wieder nicht, dass man sich hoffnungslos in ihm verlaufen konnte, namentlich wenn man hier aufgewachsen war. Und daheim, da würden sie dann Erklärungsbedarf haben. Ha, die würden nie wieder hierherkommen, so viel stand fest!

Während Schafflechner sich weiter in Rage dachte, beschleunigte er seinen Schritt und damit seinen Atem.

Allein wenn er daran dachte, wie viel Mühe es jedes Mal machte, die Autobatterie hier heraufzuschleppen, die die Lampe in der Hütte speiste, und dass ihm diese Mühe bald wieder ins Haus stand, weil die Fratzen da oben munter das Licht brennen ließen, bekam er einen dicken Hals.

Er war keine fünfzehn Meter von der Hütte entfernt, als plötzlich deren Tür aufgestoßen wurde und die Silhouette eines erwachsenen Menschen im Rahmen erschien. Rasch stellte sich Viktor Schafflechner an den nächstgelegenen Baum und lugte dahinter hervor. Irgendetwas sagte ihm, dass seine Annahme, hier auf spielende Bauernbuben zu stoßen, grundfalsch gewesen war. Die Gestalt trat ins Freie und knipste eine Taschenlampe an, mit der sie vage in den Wald leuchtete. Schafflechner zuckte zurück, um nicht entdeckt zu werden. Nach dem, was er heute schon erlebt hatte, wollte er nun doch zuerst wissen, was hier vorging, bevor er seinen nächsten Schritt setzte.

Schon wenige Augenblicke später wusste er, dass er richtig gehandelt hatte, denn hinter der Gestalt mit der Taschenlampe erschien eine weitere, gebückte, die um die Leibesmitte unförmig dick war. Nach dieser trat noch eine Gestalt ins Freie; der Pachtjäger hätte nicht geglaubt, dass drei erwachsene Menschen in der Hütte Platz hatten. Der Letzte machte das Licht in der Hütte aus, doch da der Erste unstet mit der

Taschenlampe herumfuchtelte, konnte Schafflechner noch alles sehen: Der Oberkörper der mittleren Gestalt war mit einer Kette umwunden, deren Ende die letzte Gestalt in der Hand hielt. In der anderen hielt sie ein Gewehr, das sie auf den Rücken des Gefesselten richtete und mit dessen Lauf sie diesen immer wieder anstieß, um ihn in Bewegung zu halten. Die Person mit der Taschenlampe ging voran, um den Weg auszuleuchten.

Viktor Schafflechner schauderte, als die drei schweigend unweit an ihm vorbei bergab gingen. Noch geraume Zeit, nachdem das Rascheln und Knacken der Schritte dieser merkwürdigen Karawane am Waldboden verklungen war, harrte er mucksmäuschenstill an den Baum gelehnt aus. Dann zog er seine Hose hoch, die ihm beim Gehen immer etwas über den Hintern nach unten rutschte, und ging das letzte Stück zur Jagdhütte hinauf, um nach einer Erklärung für seine Beobachtung zu suchen.

***

Die Fenster des Bachmühlbauer-Wirtschaftsgebäudes waren unbeleuchtet – wenn Hiasi zu Hause war, dann schlief er. Wie schon heute Morgen läutete Rudi, hämmerte mit der Faust an die Tür und rief, doch wieder ohne Erfolg. Als Chefinspektor Obersteiner die Schlüssel des zweiten Bundes durchprobierte und einer davon tatsächlich die Haustür aufsperrte, verstand Rudi die Welt nicht mehr.

Unter den gestrengen, mittlerweile auch schon müden Augen des Staatsanwalts betraten Rudi und die Mordgruppe das Haus. In der Wohnküche wurden sie fündig. Hier lag Hiasi, rücklings auf den Boden ausgestreckt, inmitten einer großen unförmigen Fläche von gestocktem Blut. Eine hässliche, für Schrotmunition charakteristische Einschusswunde auf Höhe des Herzens verunstaltete seine Brust. Sein erstarrter Blick war auf die alte Deckenlampe gerichtet, deren viel zu schwache Birne die Szenerie in ein schummriges Gelb tauchte. Die

Beleuchtung verlieh der Situation etwas Unwirkliches, sie ließ Hiasis Leiche wie ein Ölgemälde wirken.

Rudi konnte die Gefühle nicht einordnen, die sich bei diesem Anblick in ihm abwechselten. Er hatte es in seiner rund dreißigjährigen Karriere schon mit mehreren Selbstmördern zu tun gehabt, darunter vier Erhängte, zwei, die sich so wie Matthias mit einem Jagdgewehr erschossen hatten, und – das Schlimmste bisher – eine junge Schwangere, die sich im Längsee ertränkt hatte, im Winter, und deren Leiche beim Wiederauftauchen an der Unterseite der Eisschicht angefroren war, die den See bedeckte. Aber bis heute hatte er noch nie ein Mordopfer gesehen, geschweige zwei – und noch nie drei gewaltsam Getötete an einem Tag, die er noch dazu alle seit vielen Jahren gekannt hatte. Es war wie ein Alptraum, der nicht zu Ende gehen wollte; er fühlte sich innerlich taub, betäubt – und überfordert.

Rudi wandte sich ab und ging nach draußen. Er setzte sich ins Gras, spürte zum ersten Mal die schwere Müdigkeit in sich und blickte ins Schwarz der Nacht hinauf, das von einem grellen, seit heute abnehmenden Mond dunkelblau gefärbt wurde. Er konnte hier nichts tun, außer seine Klagenfurter Kollegen beim Durchsuchen des Hauses zu begleiten, doch das kriegten sie auch ohne ihn hin. Er wollte lieber durchschnaufen, zumindest ein paar Minuten lang. Dann würden sie ohnehin die nächste Leiche da drin gefunden haben, die von Marcel Svoboda. Vielleicht auch die von Walter, oder wer fehlte jetzt sonst noch?

Doch sie fanden keine Leiche mehr und auch sonst keine Spur eines weiteren Gewaltverbrechens. Da eine Waffe, die die tödliche Wunde verursacht haben konnte, ebenfalls nicht gefunden wurde, lag am Ende die Schlussfolgerung nahe, dass Matthias Hiasi in der Küche erschossen, das Haus abgesperrt und den Schlüssel mitgenommen hatte. Dann war er zu dem Hochsitz gefahren, um sich selbst das Leben zu nehmen.

Wegen seiner Müdigkeit war Rudi unfähig, eine logische

Schlussfolgerung aus den Ereignissen zu ziehen, doch er spürte, dass das für heute noch nicht alles war. Als sein Handy läutete und das Display Viktor Schafflechners Namen anzeigte, fand er seine Intuition bestätigt.

»Vike, was gibt's?«

»Servus, Rudi, ich bin's noch einmal. Ich bin bei der Jagdhütte von der Bachmühlbäuerin heroben. So, wie es hier ausschaut, haben es sich ein paar Leute für ein paar Tage in der Hütte gemütlich gemacht. Die Tür ist aufgebrochen, leere Lebensmittelpackungen liegen herum, das Bett ist …«

»Was willst du jetzt von mir, Vike? Soll ich dir die Suchhundestaffel hinaufschicken, weil sich ein paar pubertierende Jungbauern ein Liebesnest gesucht haben?«

»Hör mir zu! Ich wollte dir gerade erzählen, dass ich ein paar komische Gestalten gesehen habe, als ich angekommen bin.«

Ein Schwindel erfasste Rudi. Nicht schon wieder seltsame Gestalten im nächtlichen Wald!

Schafflechner erzählte, was er beobachtet hatte.

»Soweit ich das gesehen habe, haben sie den Weg zum Bachmühlbauer hinunter genommen, zumindest in die Richtung sind sie gegangen.«

»Ist in Ordnung, ich kümmere mich darum.«

Eine kurze Pause entstand. »Verarschst du mich jetzt?« fragte Schafflechner misstrauisch.

»Nein. Ich bin gerade beim Bachmühlbauer. Ich kümmere mich darum.«

Rudi legte auf und schnaubte, während er sein Mobiltelefon wegsteckte. Eine Gestalt in Ketten und eine andere, die sie mit einem Gewehr bedrohte. Rudi wusste genau, woran ihn das erinnerte, und er hoffte, dass er sich nicht irrte. Schnellen Schrittes ging er ins Haus, um Obersteiner zu suchen. Er fand ihn gleich im geräumigen Vorhaus.

»Chefinspektor, ich brauche zwei bewaffnete Männer. Mit etwas Glück ist Marcel Svoboda noch am Leben.«

Fünf Minuten später holperte Rudis Einsatzwagen über den Forstweg, der hinter dem Bachmühlbauerhof in das Waldkar hinaufführte. Chefinspektor Obersteiner war selbst mitgekommen, dazu noch ein weiterer Mann aus der Mordgruppe. Rudi saß am Steuer und erklärte Obersteiner die Hintergründe für seine Annahme.

»Letzte Woche hat Maria, die Tochter vom Eichenhofbauer, bei uns am Polizeiposten Althofen angerufen. Ganz hysterisch war sie und hat gesagt, wir sollen schnell kommen, weil ihr Vater den Maxl umbringen will. Das ist ein einundzwanzigjähriger Bauernbub aus Sankt Klementen. Wie sich später herausgestellt hat, haben die beiden ein heimliches Techtelmechtel gehabt, weil der Eichenhofbauer Maria keinen Freund erlaubt.«

»Wieso, wie alt ist sie?«

»Achtzehn.«

»Und wieso darf sie keinen Freund haben?«

»Weil sich der Eichenhofbauer das so einbildet. Ist so. Ich bin hingefahren, weil ich in Boden aufgewachsen bin und die Leute hier kenne. Wie ich beim Eichenhof angekommen bin, hat Maria aus einem Fenster im ersten Stock herausgerufen, dass ihr Vater sie in ihr Zimmer gesperrt hat – und den Maxl in die Melkkammer, und dass er gedroht hat, ihn umzubringen. Ich habe den Eichenhofbauer zur Rede gestellt, und natürlich hat er gesagt, dass er alles nicht so gemeint hat und dass er nur seine Maria beschützen will und so weiter. Ich habe ihm gesagt, er muss den Maxl sofort freilassen. Wir sind beide zu seiner Melkkammer gegangen, wo die Tür nicht einmal abgeschlossen war. Das war auch nicht notwendig, weil der Eichenhofbauer den Maxl mit einer Halterkette die Unterarme zusammengeschnürt und sie mit einem Bogenschloss am Milchrohr fixiert hat, das über Kopfhöhe aus dem Stall in die Melkkammer führt. Der ist da dringehängt wie ein Stück Fleisch in der Selche, gerade dass seine Füße noch am Boden gestanden sind.«

Obersteiner gab ein Zischen von sich und meinte: »Freiheitsentzug mit Körperverletzung und Androhung einer Straftat.«

»Die Haut an den Unterarmen war teilweise abgeschürft, und er hat so eine Angst vor dem Eichenhofbauer gehabt, dass er sich am liebsten in die Wand hinein verkrochen hätte, als er ihn gesehen hat.«

»Was haben Sie unternommen?«

»Ich habe den Eichenhofbauer gefragt, ob er spinnt, und ihm dann den Schlüssel für das Bogenschloss abgenommen und den Maxl befreit. Der ist wie ein Hase davongelaufen, über den Hügel heim nach Sankt Klementen hinüber.« Rudi lachte aus vollem Hals; das Gefühl tat ihm gut.

Chefinspektor Obersteiner lachte nicht.

»Was haben Sie mit dem Eichenhofbauer gemacht?«

»Ich habe ihm das Versprechen abgenommen, dass er so etwas nie wieder macht.«

»Das ist alles?«

»Wir sind hier am Land, Chefinspektor, da sieht man die Dinge nicht so streng. Eine Dummheit kann einer schon einmal machen.«

»Körperverletzung? Freiheitsentzug? Androhung einer Straftat?«

»Wenn der Maxl oder sein Vater das als unangemessen empfunden hätten, hätten sie den Eichenhofbauer angezeigt. Aber der Maxl hat die ganze Sache wohl für sich behalten, weil er sich deswegen geschämt hat.«

»Okay, Ihr Revier. Aber was hat das mit der Entführung zu tun, zu der wir gerade fahren?«

»Ich bin mir sicher, dass es der Eichenhofbauer ist, der rückfällig geworden ist. Die Kette und das Gewehr im Anschlag … das passt zu ihm.«

»Moment einmal, finden Sie das vielleicht originell?«

»Nur keine Sorge, Chefinspektor, das Gewehr ist garantiert nicht geladen. Der Eichenhofbauer ist ein Heißläufer, aber ein Mörder ist er nicht. Der will nur nicht einsehen, dass seine Tochter erwachsen wird.«

»Und Sie glauben, dass sein Gefangener Marcel Svoboda ist. Warum?«

»Weil Svoboda und Maria umeinander herumscharwenzeln, seit der Wiener in Boden aufgetaucht ist. Jedes Mal, wenn ich davon gehört habe, habe ich mir gedacht: Auf den Eichenhofbauer musst du aufpassen, dass der nicht wieder einen Schas macht. Aber in den vergangenen Tagen war ich mit anderen Dingen beschäftigt.«

»Na gut«, sagte der Chefinspektor nach einer kurzen Denkpause. »Aber ich verstehe nicht, warum der Eichenhofbauer seinen Gefangenen zum Bachmühlbauer herunterbringen will.«

»Tut er ja auch nicht. Der Weg von der Jagdhütte zum Bachmühlbauer hat eine Abzweigung, die zum Eichenhof hinübergeht. Dorthin will der Eichenhofbauer ihn bringen.«

»Und in der Melkkammer anketten?«

»Ich fürchte, ja.«

Für einige Minuten holperten sie schweigsam weiter den Hügel hinauf. Die Scheinwerferkegel beleuchteten einen kleinen Ausschnitt des Weges und des Waldes und warfen die Schatten der am Wegesrand stehenden Bäume gespenstisch auf die dahinter gereihten. Irgendwann sahen sie rechts über sich einen schwachen Lichtschimmer durch den Wald tanzen.

»Da oben«, rief Chefinspektor Obersteiner, und seine Stimme klang aufgeregter, als er es wohl beabsichtigt hatte.

»Da ist die Abzweigung«, erklärte Rudi und lenkte den Einsatzwagen nach rechts, musste aber einmal reversieren, um die Spitzkehre zu kriegen. Schließlich waren sie am Weg zum Eichenhof, der noch schmaler und holpriger war als die Forststraße, auf der sie bis hierher gekommen waren. Schon nach der ersten Kurve kamen die drei Gestalten in Sicht, die sich nun zum Polizeiwagen umdrehten. Die hintere, die Gewehr und Kette hielt, war tatsächlich der Eichenhofbauer; er blinzelte ungehalten ins Scheinwerferlicht. Die mittlere Person war Marcel Svoboda; er war von den Schultern bis zum

Bauch so dick in Halterketten eingewickelt, dass seine Arme gar nicht zum Vorschein kamen. Sein Gesichtsausdruck war die körperlich gewordene Angst, das Scheinwerferlicht schien ihn geradezu in Panik zu versetzen, doch er starrte dennoch direkt hinein. Die vordere Gestalt mit der Taschenlampe war Maria, sie schirmte mit einer Hand ihre Augen gegen das Licht ab und taumelte herum, schien durcheinander zu sein.

»Warum tun die so überrascht? Die müssen unseren Motor doch schon lange gehört haben«, brummte Obersteiner.

Rudi erwiderte im selben Tonfall: »Der Eichenhofbauer ist ein sturer Mensch.«

Er stellte den Wagen ab und stieg aus, gefolgt von den beiden Kollegen.

»Pack sofort den Svoboda aus, und dann schleich dich«, herrschte er den Eichenhofbauer an.

»Rudi, bist du das?«

»Wen hast du erwartet? Den Osterhasen?«

»Halt dich da raus, Rudi, das geht nur mich und ihn was an.«

»Nehmen Sie die Waffe herunter«, bellte nun Chefinspektor Obersteiner mit einer Stimme, die keinen Zweifel an seiner Kompromisslosigkeit ließ, »sofort!«

»Wer ist denn noch da?«, fragte der Eichenhofbauer und blinzelte angestrengt in Obersteiners Richtung.

»Der Weihnachtsmann«, antwortete Rudi, »und jetzt nimm das Gewehr runter und befrei den Svoboda.«

Er ging auf das seltsame Trio zu und zog seine Waffe. Der Eichenhofbauer wich überrascht einen Schritt zurück, rief dann aber mit hörbarer Empörung: »Misch dich nicht schon wieder ein. Wie ich meine Tochter erziehe, ist meine Sache.«

»Wenn du andere Leute in Ketten legst, ist das meine Sache. Und jetzt runter mit dem Gewehr, ich sag's dir nicht noch einmal.«

»Nein«, kreischte der Eichenhofbauer und richtete seine Waffe auf Rudis Brust. Der hörte, wie Obersteiner und sein

Mann hinter ihm ihre Pistolen durchrepetierten, ein metallisches, sehr, sehr ernst zu nehmendes Geräusch.

Rudi starrte über das Gewehr hinweg in des Eichenhofbauers Augen. »Was hast du denn mit ihm vor?«, fragte er. »Ihn wieder in deiner Melkkammer anketten oder was denn?«

Der Eichenhofbauer zögerte. »Bis auf Weiteres.«

»Versprochen hast du mir etwas anderes.«

»Schluss jetzt«, blaffte Obersteiner, »lassen Sie augenblicklich das Gewehr fallen, oder wir eröffnen das Feuer.«

Rudi hörte die Schritte seiner Kollegen näher kommen. Der Eichenhofbauer war verunsichert, doch Rudi sah an seinem Blick, dass er die Dinge nicht ganz so mitbekam, wie sie waren. Deshalb steckte er seine Pistole ein, trat so nahe an den Eichenhofbauer heran, dass der Gewehrlauf seine Brust berührte, und sagte versöhnlich: »Komm, Eichenhofbauer, lass es gut sein und gib mir das Gewehr. Du hast dich da in etwas hineintheatert.«

Der Eichenhofbauer sah Rudi unschlüssig an – und ließ endlich das Gewehr sinken.

»Ist in Ordnung. Gib mir das Gewehr und den Schlüssel für die Kette, und dann bring Maria heim. Ich komme morgen bei dir vorbei, und dann reden wir.«

Der Eichenhofbauer nickte und tat, wie ihm geheißen. Während Rudi das Vorhängeschloss öffnete, das die Halterketten um Marcel Svoboda zusammenhielt, und diesen auswickelte, trat Chefinspektor Obersteiner zu ihm und meinte, während er dem Eichenhofbauer und seiner Tochter nachsah: »Sind Sie sicher, dass das gescheit ist? Was ist, wenn er abhaut?«

Rudi schnaubte ein Lachen durch die Nase. »Wohin soll er denn abhauen? Er hat ja hier seinen Hof.«

»Wir werden sehen. Zumindest bin ich froh, dass wir jetzt nicht noch einen Toten haben.«

»Die Gefahr hat nie bestanden. Hier. Checken Sie das Gewehr.« Rudi reichte es ihm und hörte die metallischen Geräusche, als Obersteiner das Magazin abnahm und den

Verschluss des Gewehres öffnete. »Und?«, fragte er, doch die Antwort des Chefinspektors ließ ein paar Sekunden auf sich warten.

»Sie haben recht, es ist nicht geladen.«

Schnell wurde klar, dass Svoboda unter Schock stand. Er brachte kein Wort heraus, reagierte auf keine Ansprache und zitterte am ganzen Leib wie Espenlaub. Während sie mit ihm zurück zum Bachmühlbauer fuhren, forderte Obersteiner einen Krankenwagen an.

DREIZEHN

Robert wälzte sich in seinem Bett einige Male herum, ehe ihm klar wurde, dass der Lärm nicht aus seinem Traum stammte. Er rappelte sich auf, ging an das offene Fenster seiner Dachkammer und blickte ungläubig hinaus. Da unten beim Bodenbauer herrschte so etwas wie ein verhaltener Tumult, und das mitten in der Nacht. Mehrere Fahrzeuge standen im Hof, teilweise verdeckt vom Stall, und einige hatten laufende Motoren und eingeschaltete Lichter. Zwar hatte Robert keine Uhr in seiner Schlafkammer, doch seine innere sagte ihm, dass es wohl Mitternacht war. Hastig zog er sich notdürftig an und rannte los, um zu sehen, was da los war.

Beim Bodenbauer angekommen, sah er, dass es sich bei den Fahrzeugen um drei Polizeiautos handelte, von denen eines gerade abfuhr, während ein anderes mit offenen Türen dastand, wobei an jeder Tür ein Uniformierter in den Innenraum blickte. Als er sich weiter umsah, erblickte Robert die gesamte Familie des Bodenbauerhofs vor dem Wirtschaftsgebäude, nur die Kleinsten fehlten, sie hatten wohl tief genug geschlafen. Er stellte sich zu ihnen und musterte sie mit einem fragenden Blick, den Reinhard sogleich beantwortete: »Sie haben Svoboda gefunden, und jetzt warten sie auf den Krankenwagen.«

»Was, Svoboda hat sich hier bei euch versteckt?«

»Nein, er hat sich mit der Eichenhof Maria in der Jagdhütte von der Bachmühlbäuerin vergnügt.«

»Und deshalb braucht er einen Krankenwagen? – Ach so, der Vater hat ihn erwischt.«

»Ja«, Reinhard lachte, »er steht unter Schock. Der Eichenhofbauer hat ihn in Ketten gelegt und ihn mit einem Gewehr bedroht.«

»Aber warum haben sie ihn hierher gebracht?«

»Ich weiß nicht.« Reinhard zuckte mit den Achseln.

In dem Moment wurde ein hochtouriges Motorengeräusch hörbar, und kurz darauf kam ein Krankenwagen dahergeschossen, der im Hof so abrupt bremste, dass Erde und kleine Steine zu beiden Seiten wegstoben. Die Sanitäter holten eine Trage aus dem Laderaum und klappten das Fahrgestell aus, hatten am unebenen Untergrund jedoch sichtlich Mühe, schnell zu dem Polizeiwagen mit den offenen Türen zu kommen, zu dem sie von einem der Beamten gelotst wurden. Dort angekommen zogen sie – nicht ohne Umstände und mit Hilfe mehrerer Polizisten – Marcel Svoboda aus dem Fond, der so schlaff und biegsam wirkte, als hätte er keine Knochen. Sie legten ihn auf die Trage, verfrachteten ihn in den Laderaum des Krankenwagens, schlossen alle Türen und brausten wieder los. Noch während all dies im Gange war, kam ein weiterer Polizei-Einsatzwagen am Hof an, dem nun Rudi entstieg. Er sah sich kurz um und gesellte sich dann zu den Bodenbauers und zu Robert.

»Tut mir leid, dass wir euch geweckt haben«, sagte er zum Bauern, »aber den Weg hierher habe ich dem Krankenwagenfahrer leichter beschreiben können als den zum Bachmühlbauer.«

Stumm beobachteten alle gemeinsam, wie ein Einsatzwagen nach dem anderen abfuhr und schließlich wieder Ruhe einkehrte. Robert fand, dass Rudi richtig müde aussah, abgekämpft. Auch Reinhard schien das zu bemerken, denn er musterte den Bezirksinspektor mit großen Augen und fragte zaghaft: »Was war denn heute noch alles los, Rudi?«

Der sah ihn kurz an, bevor er mit langsamem Augenaufschlag von einem Anwesenden zum nächsten blickte. Beim Bodenbauer angekommen, sagte er: »Ich brauche jetzt einen Schnaps, aber keinen kleinen. Dann erzähle ich euch alles.«

***

Es war acht Uhr dreißig, als Rudi am nächsten Morgen am Eichenhof einfuhr. Vergangene Nacht war er um kurz vor zwei in sein Bett und nahezu gleichzeitig in einen bleiernen und traumlosen Schlaf gefallen, aus dem ihn sein Wecker fünf Stunden später mit einer Brutalität gerissen hatte, die wohl ausgereicht hätte, um einen Toten wieder zum Leben zu erwecken. Doch eine Dusche, ein Frühstück mit einem starken Kaffee und die übrigen Routinetätigkeiten, die Rudi seit Jahren tagtäglich erledigte, hatten ihn rasch wieder auf Schiene gebracht, sodass er sich einigermaßen erholt fühlte, als er mit seinem Dienstwagen nach Boden fuhr.

Sein Katergefühl rührte nicht von den zwei oder drei Stamperln Schnaps her, die er letzte Nacht beim Bodenbauer getrunken hatte, sondern von den Erlebnissen des vergangenen Tages. Trotzdem fühlte er sich innerlich stabil und bereit, den Fall restlos aufzuklären.

Wie am Land üblich, war die Haustür zum Wirtschaftsgebäude des Eichenhofs unverschlossen, weshalb Rudi eintrat und sich mit einem lauten »Grüß Gott« bemerkbar machte.

Er hörte, wie in der Wohnküche Sessel verrückt wurden, und betrat diesen Raum. Der Eichenhofbauer war vom Tisch aufgestanden und sah ihm mit einem unsicheren Blick entgegen. Seine ganze Körperhaltung war die eines Hundes, der Angst vor bevorstehenden Prügeln hatte. Seine Frau kam Rudi mit einem freundlichen Lächeln entgegen.

»Servus, Rudi, komm herein.« Sie schüttelte ihm kraftvoll die Hand. »Magst einen Kaffee?«

»Ja bitte, gern.« Er ging auf den Eichenhofbauer zu, und auch dieser reichte ihm die Hand, nur dass die sich wie ein lauwarmes Schnitzel anfühlte.

»Nimm Platz«, meinte der Bauer mit dünner Stimme und machte eine Geste, die ebenso fahrig war wie sein Lächeln.

Rudi warf sich auf die Sitzbank, lehnte sich mit verschränkten Unterarmen auf die Tischplatte und sah den Eichenhofbauer erwartungsvoll an. Der Bauer versuchte einige Sekunden lang, irgendeine Ordnung in die Stellung seiner Finger zu bekommen, dann begann er zögerlich zu sprechen.

»Ich … es tut mir leid, ich … ich weiß selbst nicht, was

wieder in mich gefahren ist.« Seine Frau kam, stellte eine Kaffeetasse vor Rudi ab und setzte sich zu den beiden. »Es ist … ich weiß auch nicht, warum, aber die Maria … das Luder geht so lose mit ihrer Jugend um, da muss ich als Vater sie ja vor sich selbst beschützen, oder?«

Rudi nahm einen geräuschvollen Schluck aus der Tasse, dem er ein lang gezogenes »Aah« folgen ließ. »Eichenhofbauer«, begann er dann, »ich weiß, dass du nur das Beste willst, aber so geht das nicht. Wenn jeder seine Tochter einsperren würde, dann würden wir bald aussterben. Hättest halt einen Sohn kriegen müssen.«

Der Eichenhofbauer antwortete, indem er seiner Frau einen giftigen Blick zuwarf: »Sag ihr das.«

Sie senkte den Kopf und zog beschämt die Mundwinkel nach unten.

Rudi seufzte. »Erzähl mir einmal ganz genau, was da gestern passiert ist, dann werde ich schauen, was ich für dich tun kann.«

Während der Eichenhofbauer sprach, blickte er unentwegt auf seine Hände, die ununterbrochen in Bewegung waren. Es war, als untersuchte er jeden Quadratzentimeter Haut nach irgendwelchen Auffälligkeiten.

»Ich war schon die ganzen Tage misstrauisch gegenüber Maria. Ich habe ja gesehen, wie sie diesen Wiener bei der Sonnwendfeier angeglüht hat, und dann … dann hat sie angefangen, früh ins Bett zu gehen. Sonst höre ich am Abend immer Musik, wenn sie in ihrem Zimmer ist, oder sie telefoniert mit wem oder hat den Fernseher eingeschaltet. Oder wenn sie im Internet unterwegs ist, sehe ich das Licht von ihrem Bildschirm, wenn ich draußen zu ihrem Fenster hinaufschaue. Aber jetzt, die Tage: nichts. Keine Musik oder Telefon oder Fernsehen, und ihre Fenster waren dunkel. Als ob sie schlafen gegangen wäre, aber das habe ich nicht glauben können. Um die Jahreszeit ist sie normalerweise irgendwo mit ihren Freundinnen unterwegs, und ich hole sie um zehn Uhr am Abend irgendwo ab, in Althofen meistens oder manchmal auch in Sankt Veit. Deshalb habe ich mich gestern Nacht auf die Lauer gelegt.«

»Du spionierst deiner eigenen Tochter hinterher?«

»Na, Gott sei Dank habe ich das getan«, fuhr der Eichenhofbauer auf, »weil nur so habe ich sehen können, dass sich das Luder heimlich aus dem Haus schleicht. Aus dem Fenster ist sie geklettert, kaum dass es dunkel war, und dann am Sims entlang und um die Ecke. Dort ist sie auf den Apfelbaum hinübergehupft wie ein Affe und von dort auf den Boden gekraxelt. Ich hätte das nicht für möglich gehalten, wenn ich es nicht mit eigenen Augen gesehen hätte. Noch dazu mit einem Rucksack auf dem Buckel.«

»Du bist ihr nachgegangen.«

»Na, freilich bin ich ihr nach. Den halben Berg hinauf. Und als ich gesehen habe, dass in der Jagdhütte von der Bachmühlbäuerin Licht brennt, habe ich eh schon gewusst, was gespielt wird.«

»Hast du den Svoboda erkannt?«

»Ach, i wo, ich habe ja nicht einmal gesehen, wer da in der Hütte auf sie wartet. Das war mir auch wurscht, weil dass es nicht die Rattenberger Silvia ist, das war mir klar.«

»Wer?«

»Marias beste Freundin«, schaltete sich die Eichenhofbäuerin erklärend ein, ehe ihr Mann wieder übernahm.

»Ich bin durch den Wald wieder zurück. Kannst dir vorstellen, mit was für einer Wut im Bauch! Ich habe mein Gewehr geholt und die Halterketten; die haben sich schon beim Maxl bewährt gehabt.«

»Verstehe ich dich richtig«, fragte Rudi dazwischen, »während dem ganzen Fußmarsch von der Jagdhütte herunter und wieder zurück hinauf hast du dich nicht so weit beruhigt, dass du klar denken hast können?«

»Ja, was heißt da klar denken?«, schrie der Eichenhofbauer und schlug mit der Faust auf den Tisch. Sein Gesicht war mit einem Mal kardinalrot. »Ich wollte mir den Burschen so zur Brust nehmen, dass er sich nie wieder in die Gegend traut.«

»Beruhige dich, Eichenhofbauer«, sagte Rudi bestimmt, »was war dann?«

»Dann … dann bin ich in die Hütte hinein, mit dem Gewehr im Anschlag. Maria ist bei dem Wiener im Bett gehockt und hat ihm den Kopf gekrault. Er hat so ausgeschaut, als ob er gerade geplärrt hätte, aber wie er mich gesehen hat, hat sich das schlagartig geändert. Maria wollte mich zurückhalten, aber ich habe ihr gesagt, dass sie sich das sparen kann und dass ab jetzt ein anderer Wind wehen wird und dass sie mir zur Hand gehen soll, wenn sie nicht will, dass ich ihr Bürscherl da auf der Stelle abknalle.«

Rudi musterte den Bauern eingehend und schüttelte den Kopf, ehe er meinte: »Du hast ein echtes Problem. Aber okay, weiter.«

»Ich hab drauf geschaut, dass Maria ihn wohl ordentlich verschnürt. Das Bürscherl hat die ganze Zeit über gewimmert wie ein Hunderle. Ich habe sie gefragt, wie lange das schon so geht, und sie hat gesagt, dass sie sich schon die zweite Nacht mit ihm da in der Jagdhütte trifft. Dann sind wir abmarschiert. Maria habe ich mit der Taschenlampe vorausgeschickt, damit sie uns den Weg leuchtet. Und dann hast du uns eh aufgegabelt.« Seine Hände waren nun zur Ruhe gekommen, doch des Eichenhofbauers Blick haftete noch immer auf ihnen. »Was wird jetzt mit mir?«

Rudi atmete einmal tief ein und wieder aus, ehe er antwortete: »Das wird von Herrn Svoboda abhängen. Wenn er dich anzeigt, kann er dir ganz schöne Schwierigkeiten machen.«

Nun hob der Eichenhofbauer den Blick, der etwas dackelhaft Unterwürfiges an sich hatte, und bat: »Kannst du ihm nicht sagen, dass es mir leidtut?«

»Ich soll ihn anlügen, für dich?«

Der Eichenhofbauer lächelte säuerlich und peinlich berührt. Rudi war klar, dass der Bauer das nicht wirklich von ihm erwartete, dass er es aber hatte versuchen müssen. Der Eichenhofbauer wähnte sich im Recht, weshalb er seine Tat auch nicht bereute und Svoboda auch in hundert Jahren nicht persönlich um Entschuldigung bitten würde.

»Wie geht es Maria?«, fragte Rudi.

»Der geht es gut«, erwiderte der Vater.

»Sie hat Hausarrest«, verdeutlichte die Mutter, indem sie ihrem Gemahl nun ihrerseits einen giftigen Blick zuwarf.

Rudi ließ ein paar Sekunden verstreichen, dann sagte er mit einer Stimme, die dem Eichenhofbauer offensichtliche Aufmerksamkeit abrang: »Wenn dich dieser Svoboda anzeigt, dann ist Feuer am Dach, und wenn deine Tochter gegen dich aussagt, hast du ein echtes Problem. Dann kommt nämlich heraus, dass es nicht das erste Mal war, dass du einen ihrer Freunde gefesselt und bedroht hast. Die Maria ist kein Kind mehr, das habe ich dir letzte Woche schon gesagt, und wenn du ihr und dir selbst etwas Gutes tun willst, hörst du auf der Stelle auf, sie zu behandeln, als wäre sie noch eins.« Der Eichenhofbauer nickte, doch Rudi sah, dass er das nur tat, um ihn zu beschwichtigen. Deshalb lehnte er sich über den Tisch zu ihm hinüber und raunte ihm mit einem drohenden Unterton zu: »Was ich dir jetzt sage, meine ich ernst. Wenn ich noch ein Mal, noch ein einziges Mal zu dir kommen muss, weil du wieder auf einen Freund von Maria losgehst, und sei es auch nur, dass du ihm irgendwie drohst, dann gehe ich strikt nach den Buchstaben des Gesetzes vor, hast du mich verstanden?«

Der Eichenhofbauer blickte Rudi an, und als der das Flackern in den Augen des Bauern sah und wie schwer er schluckte, da wusste er, dass der Eichenhofbauer es mit jeder Faser seines Körpers so meinte, als er sagte: »Ja, Rudi, ich habe verstanden.«

***

Um kurz nach elf verließ der Oberarzt Marcel Svobodas Zimmer im Krankenhaus Friesach. Rudi und Chefinspektor Obersteiner, die vor der Tür warteten, sahen ihn erwartungsvoll an. Der Oberarzt, der mit den beiden schon vor seiner Visite gesprochen hatte, nickte ihnen zu, das Zeichen für die Polizisten, dass sie Svoboda – schonend – befragen durften.

Sie betraten das Zimmer und fanden den Patienten recht mitgenommen vor. Er war blass, aber immerhin reagierten seine Augen lebendig auf die Eintretenden. Sie stellten sich vor, und Svoboda erklärte, der Oberarzt habe ihm ihr Kommen schon angekündigt, er sei bereit, in jeder Hinsicht zu kooperieren.

»Das ist gut«, meinte Rudi, »wir haben nämlich jede Menge Fragen an Sie.«

»Das glaube ich nicht.« Svoboda lächelte schwach. »Wenn Sie mich einfach erzählen lassen, werden am Ende kaum noch Fragen übrig bleiben.«

Rudi sah den Chefinspektor an und erkannte in dessen Gesicht dieselbe gespannte Erwartung, die Svobodas Worte auch in ihm ausgelöst hatten. Sie zogen zwei Sessel an das Krankenbett, setzten sich und warteten.

Svoboda nahm einen Schluck Tee, räusperte sich und meinte: »Wo soll ich anfangen?«

»Wir wissen inzwischen alles über das Projekt, das Sie in Boden aufziehen sollen«, erklärte Rudi, »und bezüglich der Ereignisse in der Jagdhütte wissen wir, was Marias Vater weiß. Ansonsten sind wir relativ nackt, vor allem was die Ereignisse in Boden und Umgebung seit der Sonnwendfeier betrifft.«

Einmal mehr lächelte Svoboda schwach. »Na gut, aber das wird … ich hoffe, Sie haben Zeit?«

»Wir haben heute nichts anderes mehr vor«, meinte Chefinspektor Obersteiner.

»Ich bin nach Kärnten gekommen, um das Angebot zu checken, das Hiasi Wildhaber meiner Firma unterbreitet hat«, begann Marcel Svoboda. »Der Hof seiner Mutter mit viel Grund, vor allem Wald und so weiter. Vom Gelände und von der Bodenbeschaffenheit her war auf den ersten Blick alles ideal, was ich vom angehenden Besitzer aber leider immer weniger habe sagen können. Kaum waren wir in Kärnten, hat sich Herr Wildhaber andauernd Scherereien eingehandelt, und jedes Mal, wenn ich auf einen Vertrag gepocht habe, hat er fadenscheinige Ausreden gehabt. Am Sonntag hat mich dann eine Dame von Greenpeace Wien ziemlich uncharmant angerufen und mir mitgeteilt, dass sie Herrn Wildhaber verdächtigt, etwas mit dem Verschwinden von dieser Frau Egger zu tun zu haben. Da habe ich gewusst, dass ich handeln muss, wenn ich nicht will, dass meine Firma in die Sache mit hineingezogen wird. Ich habe ihn zur Rede gestellt, habe ihn mit den Vorwürfen konfrontiert und geglaubt, jetzt wird er klein beigeben. Aber was soll ich sagen? Das Gegenteil war der Fall. Er hat mir brühwarm erzählt, wie er Frau Egger umgebracht hat und dass ich und InterGen voll in der Sache mit drinhängen.«

»Einen Moment«, unterbrach Rudi, »was genau hat er Ihnen über den Mord an Johanna Egger erzählt?«

Svoboda stockte und sah ihn überrascht an. »Mord? Was denn für ein Mord? Kann es sein, dass Sie echt gar nichts wissen?«

»Erzählen Sie es uns einfach in allen Details«, erwiderte Obersteiner ruhig, aber bestimmt.

»So, wie Herr Wildhaber es mir erzählt hat, ist er am Samstag so um ein Uhr früh vom Puff heimgefahren. Er war angesoffen und gut drauf, weil er vorher stundenlang gevögelt hat. Wie er auf der Steigung zu dem Bildstock hinauf war, wollte er probieren, was der alte Jeep von seiner Mutter noch hergibt, und hat alles aus ihm herausgeholt. Er hat gesagt, er war so schnell unterwegs, dass er auf der Hügelkuppe kurz die Bodenhaftung verloren hat, aber ich glaube, das hat er sich nur eingebildet. Jedenfalls, als die Reifen wieder gegriffen haben, war er mit dem Auto ziemlich weit rechts an dem Hang, da, wo es schon wieder nach Boden hinuntergeht. Ich habe mir das später vor Ort angeschaut, und das wird wohl so stimmen, wie es Hiasi erzählt hat. Er hat gesagt, er hat gegengelenkt und ist aus dem kleinen Wald richtig hinausgeschossen – und hat plötzlich Frau Egger im

Scheinwerferkegel gehabt, die mitten auf der Straße gestanden ist. Er hat gesagt, das ist alles so schnell gegangen, dass er nicht einmal zum Bremsen gekommen ist. Er hat sie voll mitgenommen.«

Rudi erkannte, dass der zeitliche Ablauf mit Roberts Überlegungen übereinstimmte. Offenbar hatte hier tatsächlich der Zufall Regie geführt, sodass beide, Johanna und Hiasi, akkurat zum selben Zeitpunkt am selben Ort gewesen waren. Dass Johanna auf der Straße unter der Hügelkuppe gewesen war, erschien Rudi nachvollziehbar, sicher hatte sie nicht gewollt, dass etwaige nächtliche Heimkehrer sahen, wie sie von Pepi nach Hause ging, deshalb den Weg gemieden und war stattdessen etwas unterhalb in der Wiese gegangen. Sie hatte wohl ausgerechnet in dem Augenblick die Straße überquert, als Hiasi dahergeschossen kam. Möglicherweise hatte sie sogar den Motor seines Wagens gehört und geglaubt, sie würde es spielend vorher über die Straße schaffen – weil sie nicht mit seiner Geschwindigkeit gerechnet hatte.

»Herr Wildhaber hat erzählt, dass er sich an einen urgrauslichen Knall erinnern kann und dass er sofort voll auf die Bremse gestiegen ist«, erzählte Svoboda indessen weiter. »Er hat gesagt, er kann sich nicht erinnern, wie lange er danach im Auto gesessen ist, weil er so geschockt war. Aber irgendwann hat er mitgekriegt, dass seine Windschutzscheibe kaputt war und dass er die Frau Egger nirgendwo gesehen hat. Er ist mit dem Auto ein bissel weitergerollt und hat mit den Scheinwerfern in die Wiese geleuchtet, wo er sie dann liegen gesehen hat. Natürlich ist er ausgestiegen und hat nachgeschaut, aber er hat gesagt, er hat gleich gesehen, dass die Frau Egger tot war, weil sie so verrenkt dagelegen ist. Er hat gesagt, er hat ihren Puls gefühlt, und da war nichts mehr – und dass da so viel Blut war, wo sie gelegen ist. Wie er gecheckt hat, dass sie tot ist, war er schlagartig stocknüchtern. Ihm ist sofort klar geworden, dass ihm niemand glauben würde, dass das nur ein Unfall war – nicht, wenn herauskommt, dass Frau Egger über seine Pläne Bescheid gewusst hat.«

»Sie meinen, dass er den Hof seiner Mutter an InterGen verkaufen wollte?«, präzisierte Chefinspektor Obersteiner.

»Ja, weil offenbar war Frau Egger sehr grün eingestellt und hat mit Herrn Wildhaber wenige Stunden vorher bei der Sonnwendfeier lautstark deswegen gestritten, sodass es alle mitgekriegt haben. Deshalb hat er ihre Leiche verschwinden lassen, so nach dem Motto: keine Leiche – kein Verbrechen. Er hat Frau Egger auf die Ladefläche von dem Jeep verfrachtet. Er hat gesagt, auf der Rückbank war eine alte Decke, die die Sitze schonen sollte, und in die hat er sie eingewickelt. Dann hat er noch die gröbsten Trümmer eingesammelt, die beim Crash vom Auto weggebrochen sind, und sie auch mitgenommen, damit man am nächsten Tag nicht gleich sieht, dass da was passiert ist. Er hat sogar die Glassplitter zusammengekehrt und mitgenommen, seine Mutter hat anscheinend auch einen Besen im Auto gehabt, damit sie die Ladefläche auskehren kann, wenn sie etwas transportiert. – Sehr umsichtig, die alte Frau, hat alles im Auto, damit der Burli einen Unfall vertuschen kann.« Marcel Svoboda nahm einen Schluck Tee. Er lachte nicht. »Na, und dann ist der Herr Wildhaber wieder hinaufgefahren auf die Hügelkuppe und hat den Jeep auf der freien Fläche gegenüber von dem Bildstock geparkt.«

»Was für eine freie Fläche?«, fragte der Chefinspektor dazwischen.

»Ein Holzlagerplatz«, erklärte Rudi. »Der Waldabschnitt gehört dem Wiesenwirt, der hat heuer im Winter einiges an Bäumen geschlägert und dort zwischengelagert, bis die von der Säge sie abgeholt haben.«

»Herr Wildhaber hat gesagt, er hat den Jeep ganz hinten auf dem Platz abgestellt, damit man ihn im Vorbeifahren nicht sieht«, fuhr Svoboda fort. »Er hat Frau Egger in den Wald getragen, wo er sie irgendwo abgelegt hat, in einer alten Wegfurche oder so, und hat sie mit halb verrottetem Rodungsabfall zugedeckt, der dort gelegen ist.«

Svoboda legte wieder eine Pause ein, in der er abermals einen Schluck Tee trank. »Dann ist er zurück zum Auto gegangen und hat sich dabei die Seele aus dem Leib gekotzt. Er hat erzählt, dass er vollkommen klar im Hirn war, dass er gewusst hat, was er machen muss. Er ist nach Hause gefahren und hat das Blut aus dem Auto gewaschen. Von der Ladefläche und aus dem Innenraum, weil er ja mit blutigen Händen das Auto gelenkt und mit blutigen Stiefeln die Pedale getreten hat. Na, und dann … dann ist er dorthin gefahren, wo er seinen ›offiziellen‹ Unfall gehabt hat, nur dass er bei dem Crash nicht im Auto gesessen ist. Er hat die Splitter und die Karosserieteile, die er mitgenommen hat, so verstreut, dass es plausibel ausschaut. Schließlich ist er zu Fuß nach Hause gegangen, und dabei hat es zu regnen angefangen. Herr Wildhaber hat gesagt, dass das ein unglaubliches Massel für ihn war, weil wenn der Regen nicht das Blut von Frau Egger von der Wiese gewaschen hätte, wäre das am Tag sicher jemandem aufgefallen, der dort vorbeifährt.«

»Hat er erzählt, ob ihm jemand begegnet ist?«, fragte Rudi.

»Er hat erzählt, dass ihn offenbar ein Nachbarbub gesehen hat, dass er sich daran aber nicht erinnern kann. Vielleicht hat sein Hirn nach dem ganzen Stress nachgelassen, was weiß ich. Zumindest hat er aber gleich, als er in der Früh aufgewacht ist, gewusst, dass er Frau Egger nicht einfach so im Wald liegen lassen kann. Der Verwesungsgeruch oder wenn jemand den Wald sauber macht oder wenn sie ein Fuchs ausgräbt … Er hat gesagt, dass ihm das zu unsicher war. Immerhin hat er sie ja in die Decke von seiner Mutter gewickelt, und er hat nicht gewusst, welche Methoden die Polizei hat, um die Spur zu ihm zurückzuverfolgen. Deshalb hat er sich das Auto von einem Bauern ausgeliehen und ist nach Einbruch der Dunkelheit wieder hinauf zu diesem … Holzlagerplatz gefahren und hat sich auf die Suche nach der Leiche gemacht. Er hat erzählt, er hat dabei fast die Panik gekriegt, weil er sie lange nicht gefunden hat. Er hat gemeint, dass sie viel weiter weg gelegen ist, als er es in Erinnerung gehabt hat. Na ja, kein Wunder, der Rausch, der Schock, die Dunkelheit … jedenfalls hat er sie gefunden und wieder zurückgetragen und sie mit dem Auto in den Steinbruch geführt. Er hat aber erst über eine Wiese und durch ein kurzes Waldstück fahren müssen, um auf das Steinbruchgelände zu gelangen, hat er gesagt. Jedenfalls hat er noch ein paar dicke Steinbrocken zur toten Frau Egger in die Decke gelegt und die dann auf beiden Seiten gut zugeschnürt, damit sie im Wasser absinkt und unten bleibt. Er ist sogar ein paar Schritte mit ihr hineingewatet, damit die Leiche nicht am Rand zum Liegen kommt und vielleicht am Tag vom Ufer aus zu sehen ist. Herr Wildhaber hat gemeint, bis irgendwer die Leiche in dem Baggersee findet, werden die Spuren nicht mehr auswertbar sein.«

»Und dabei hat er die Karosserie von Walters Auto verbeult, genau so, wie Robert es gesagt hat«, murmelte Rudi mehr zu sich selbst als zu sonst jemandem.

»Genau«, bestätigte Marcel Svoboda, »Herr Wildhaber wollte natürlich nicht, dass der Bauer, dem das Auto gehört, etwas von seinen Aktivitäten mitkriegt, deshalb wollte er den Schaden reparieren lassen. Herr Wildhaber war sich sicher, dass dieser Robert nichts von dem Schaden erzählen wird, er hat gemeint, der ist nicht schlau genug, um sich über irgendwas zu wundern.«

Rudi schnaubte und meinte: »Wenn der gewusst hätte …«

»Was haben Sie getan, nachdem Herr Wildhaber Ihnen diese Geschichte erzählt hat?«, fragte Chefinspektor Obersteiner.

Marcel Svoboda nahm noch einen Schluck Tee, für Rudi eindeutig eine Verlegenheitshandlung. Tatsächlich erwiderte Svoboda kleinlaut: »Ich fürchte, nicht das, was ich hätte tun sollen. Ich hätte das wohl der Polizei melden müssen. Aber Herr Wildhaber hat mich unter Druck gesetzt. Er hat gesagt, jetzt hängen wir alle mit drin, und wenn er hopsgenommen wird, zieht er mich und InterGen mit rein. Selbstverständlich wollte er im gleichen Aufwasch auch eine Menge Geld mehr für das Grundstück von seiner Mutter.«

»Was haben Sie ihm geantwortet?«, fragte Rudi.

»Ich bin zum Schein auf seine Forderung eingegangen,

habe aber auf Zeit gespielt. Ich habe gesagt, ich muss das mit meinen Vorgesetzten abklären. Dann bin ich ins Hotel gefahren und habe nachgedacht. Zuerst wollte ich die Sache über den Kappeler Bürgermeister regeln, aber das habe ich anscheinend nicht richtig durchdacht, denn der hat mich abblitzen lassen. Dann habe ich mir überlegt, dass es ja nicht sein kann, dass Herr Wildhaber mich mit einem Verbrechen erpresst, das er begangen hat. Ich habe gedacht, dass er … dass er …« Svoboda stockte unvermittelt und begann, auf seiner Unterlippe zu kauen.

Die beiden Polizisten warteten lange Sekunden, ehe Rudi, begleitet von einer fordernden Handbewegung, fragte: »Dass er was?«

»Na, ich habe mir überlegt, dass Herr Wildhaber vielleicht zur Vernunft kommt, wenn er schnell viel Geld braucht, und dass er schnell Geld brauchen würde, wenn er einen Anwalt nehmen muss, weil ihn …« Svoboda stockte erneut, weshalb Rudi einmal mehr nachhelfen musste.

»Ja?«

»… na, weil ihn jemand wegen seines Verbrechens anzeigt, jemand, der Gerechtigkeit will.«

Svoboda sah seine beiden Zuhörer an, als hoffte er, sie würden seinen nächsten Gedankenschritt erraten, sodass er ihn nicht erklären musste.

Rudi und Obersteiner wechselten einen verständnislosen Blick, dann fragte Rudi: »Wer sollte denn …«, und als ihm die Erkenntnis kam, weiteten sich seine Augen. »Ach du Scheiße!«

»Was … was ist denn?«, fragte der Chefinspektor hastig, als hätte er Angst, etwas zu verpassen.

»Er hat Matthias davon erzählt«, erläuterte Rudi. »Johannas Mann.«

»Das ist nicht Ihr Ernst!«, fuhr Obersteiner Svoboda an. »Haben Sie sich nicht an einem Finger ausrechnen können, was passieren würde, wenn Sie das tun?«

»Ich … ich bin davon ausgegangen, Herr Egger würde die Polizei einschalten.« Die Stimme des Wieners klang schrill.

Obersteiner wollte Klarheit. »Sie meinen, Sie haben geglaubt, Herr Egger würde Herrn Wildhaber anzeigen und Wildhaber würde einen Anwalt brauchen, was ihn in finanzielle Bedrängnis bringen und seine Ansprüche Ihnen gegenüber verhandelbarer machen würde … Warum?«

»Na, weil es dann an mir gewesen wäre, einem schnellen Vertragsabschluss zuzustimmen oder nicht.«

Obersteiner schüttelte den Kopf mit einem Gesichtsausdruck, in dem Rudi das Unverständnis darüber las, wie man überhaupt auf eine solche Idee kommen konnte.

»Wann haben Sie Matthias Egger davon erzählt?«, fragte Rudi.

»Am Sonntagnachmittag, so gegen halb sechs. Er war gerade im Stall beim Melken, und wie Sie sich vorstellen können, hat er sich nicht gerade gefreut, dass er mich sieht.«

»Wieso? Haben Sie vorher schon einmal etwas mit ihm zu tun gehabt?«

»Nein, aber anscheinend hat seine Frau mich aus Wien gekannt.«

»Was meinen Sie mit ›anscheinend‹?«

»Dass ich mich nicht an sie erinnern kann. Soweit ich weiß, war sie während ihres Studiums bei Greenpeace aktiv und wohl auch das eine oder andere Mal bei einer Demo gegen InterGen dabei, aber ich schaue mir die Demonstranten natürlich nicht einzeln an. Und was ihren Mann betrifft, ich nehme an, dass entweder sie ihn gegen mich aufgebracht hat oder die Gerüchte, die in Boden über mich kolportiert worden sind. Jedenfalls habe ich ihm gegenüber so getan, als hätte Herr Wildhaber mir die Geschichte gerade erst erzählt.«

»… und ihm weisgemacht, dass Sie als anständiger Mensch sich dazu verpflichtet fühlen würden, dem trauernden Witwer die Wahrheit zu erzählen«, ergänzte Chefinspektor Obersteiner sarkastisch. »Was war dann?«

»Dann bin ich wieder gegangen. Herr Egger ist über seiner Melkmaschine zusammengesunken, er hat wohl sehr unter der Wahrheit gelitten. Ich habe mir gedacht: Gut, er wird das Richtige tun. Dann habe ich mich mit Maria in der Jagdhütte getroffen. Wir waren aber nicht lange gemeinsam dort, weil sie noch einmal nach Hause gehen hat müssen, zum Abendessen, und den Anschein erwecken, dass sie danach ins Bett gehen würde. Sie wollte sich später aus dem Haus schleichen und wieder zu mir kommen. Unglaublich, was die Kleine auf sich genommen hat, wenn ich daran denke, dass es von ihrem Bauernhof bis zur Hütte mindestens eine halbe Stunde Fußweg ist. Jedenfalls, wie sie weg war, habe ich mich bald fadisiert. Ich meine, was hätte ich tun sollen? Es gibt ja nicht einmal einen Fernseher da oben. Irgendwann habe ich mir gedacht, dass ich die Zeit nützen und bei Herrn Wildhaber vorbeischauen könnte. Vielleicht würde Herr Egger ja schon reagiert haben und Herr Wildhaber inzwischen nach jedem Strohhalm greifen, den ich ihm hinhalte? Deshalb bin ich zu ihm gefahren, aber es war keiner da. Durch die Fenster habe ich auch nichts gesehen, aber weil ich gewusst habe, dass Herr Wildhaber vorwiegend in der Küche sitzt, bin ich auf der Rückseite von dem Haus über den Rosenstock hinaufgeklettert, der dort wächst. Das war gar nicht so einfach bei all den Dornen.«

»Warum haben Sie das getan?«, erkundigte sich Obersteiner. »Haben Sie einen Verdacht gehabt, dass Herr Wildhaber sich nur stumm stellt?«

»Ich weiß nicht … zugetraut hätte ich es ihm. Aber ich glaube, mir war einfach nur fad. Jedenfalls, als ich oben war und beim Küchenfenster reingeschaut habe, da habe ich Herrn Wildhaber liegen gesehen. Mitten am Boden, auf dem Rücken, in seinem eigenen Blut, die Brust eine einzige Fleischwunde und die Augen erschrocken und offen, als ob er am Plafond über sich irgendwas Urgrausliches sehen würde. Das Bild werde ich mein ganzes Leben lang nicht mehr aus dem Kopf kriegen, wurscht, wie alt ich werde.«

»Wie spät war es da?«, fragte Rudi. Er selbst war ja am darauffolgenden Morgen vor derselben Situation gestanden, nur war er zu bequem zum Klettern gewesen. Dass diese Bequemlichkeit dazu geführt hatte, dass sie Hiasis Leiche erst mehr als zwölf Stunden später gefunden hatten, und das auch nur, weil Viktor Schafflechner zuvor zufällig den toten Matthias entdeckt hatte, fühlte sich nicht gut an.

»Acht Uhr abends, vielleicht halb neun«, antwortete Svoboda, »ich weiß es nicht so genau, weil ich, wie ich das gesehen habe, davongelaufen bin, als wäre der Teufel hinter mir her. Weil ich nicht gewusst habe, was tun, bin ich zurück zur Hütte und habe auf Maria gewartet, aber auch die hat mich nicht beruhigen können.«

»Einen Moment bitte, damit wir mit der Zeit nicht durcheinanderkommen«, warf nun Chefinspektor Obersteiner ein. »Das war Sonntagabend, nicht wahr?«

Marcel Svoboda nickte.

»Wo waren Sie dann den ganzen Montag über?«

»In der Hütte. Ich sage Ihnen, ich habe solche Angst gehabt, dass ich mich nicht einmal vor die Tür getraut habe. Ich habe mir gedacht, was, wenn der Mörder mich als Nächsten erwischt?«

»Ist Ihnen nicht klar gewesen, dass Herr Egger Herrn Wildhaber umgebracht hat?«

»Ich habe das überhaupt nicht hinterfragt, ich war zu keinem klaren Gedanken fähig. Ich hab einfach nur Angst gehabt.«

»War Maria die ganze Zeit über bei Ihnen?«, wollte Rudi wissen.

»Nicht die ganze Zeit. Vor Sonnenaufgang ist sie nach Hause gegangen und dann noch einmal am Abend, damit ihr Vater daheim keinen Verdacht schöpft. Aber ansonsten, ja, ansonsten hat sie mich gepflegt, wie eine Mama.«

»Mir scheint, das Dirndl wird unterschätzt«, murmelte Rudi.

»Bis dann gestern Nacht ihr Vater aufgetaucht ist und sich aufgeführt hat wie eine wilde Sau«, erzählte Marcel Svoboda weiter. »Ehrlich, ich habe geglaubt, jetzt ist's aus mit mir, weil er mich umbringen wird.« Er legte eine Pause ein, während der er vor sich hin starrte, dann ergänzte er: »Ich habe erst heute begriffen, dass ich schuld daran bin, dass Herr Egger zuerst Herrn Wildhaber umgebracht hat und nachher sich selbst. Und das nur, weil mir der Herr Wildhaber auf die Nerven gegangen ist.«

»Das heißt, mit Ihrem Geständnis reden Sie sich jetzt eigentlich nur die Schuld von der Seele«, stellte Chefinspektor Obersteiner fest.

»Nein, das geht ja gar nicht. Aber ich will nicht mehr so tun, als ob mich das alles nichts angeht. Ich bin verantwortlich für das, was ich anrichte. Oder meine Firma.«

»Oder Ihre Firma?«

»Ja, ich … ich glaube, ich werde dort kündigen.«

Rudi wartete ein paar Sekunden, ehe er die nächste Frage stellte: »Was werden Sie wegen dem Eichenhofbauer unternehmen, Marias Vater?«

Ein kurzer Anflug von Angst flackerte in den Augen des Wieners auf, dann wurde sein Blick nachdenklich. »Das weiß ich noch nicht. Darüber habe ich mir noch keine Gedanken gemacht.«

Rudi wollte vorbauen, um die Angelegenheit nach Möglichkeit unter seine Kontrolle zu bringen: »Wenn Sie rechtliche Schritte gegen ihn einleiten wollen, wenden Sie sich einfach an mich.«

Wenn Svoboda den Eichenhofbauer anzeigte, würde Rudi vielleicht mildernd auf ihn einwirken oder die Angelegenheit sonst wie abschwächen können.

Chefinspektor Obersteiner warf Rudi einen Blick zu, der diesem sagte, dass er seine Absicht genau verstanden hatte. Dann meinte er zu Svoboda: »Wenn Sie aus dem Krankenhaus entlassen werden, kommen Sie bitte zum Polizeiposten Althofen, um Ihre Aussage zu Protokoll zu geben.«

Marcel Svoboda versprach es ihm, und die beiden Polizisten verabschiedeten sich.

Als Rudi mit dem Chefinspektor das Krankenhaus verließ, schaltete er den Klingelton seines Mobiltelefons wieder ein. Dabei sah er, dass vor zehn Minuten ein Anruf bei ihm eingegangen war; er rief die Telefon-App auf und blieb mit einem Ruck stehen. Obersteiner, der das im Augenwinkel wahrgenommen hatte, fuhr herum und musterte Rudi.

»Was ist los?«

Rudi sah ihn an, doch eigentlich schaute er durch ihn hindurch. Er hob das Telefon ans Ohr, wisperte: »Walter hat zurückgerufen, Sie wissen schon, der Kreuzerbauer«, und lauschte, während Obersteiners Blick gierig wurde, dem Freizeichen, das schon bei seinem zweiten Ertönen unterbrochen wurde, weil Walter abhob.

»Rudi, Servus, ich habe gehört, du suchst uns dringend. Ist etwas passiert?« Seine Stimme klang gehetzt, alarmiert.

Rudi brauchte nicht lange zu überlegen, wie er das Gespräch beginnen sollte, Angriff war noch immer die beste Strategie, um jemanden zu einem Geständnis zu bringen.

»Ich habe auf deinem Hof die Handtasche von Johanna gefunden. Woher hast du die?«

Die Attacke wirkte. Walter war kurz sprachlos, dann gab er sich überrascht, dann ahnungslos und schließlich, als er erfuhr, dass Johannas Leiche gefunden worden war, schockiert. Erst jetzt erkannte er die Dimension des Fundes auf seinem Hof und das Gewicht der an ihn gerichteten Frage.

»Ich habe keine Ahnung, woher die Tasche kommt«, beteuerte er, »aber warte eine Minute, ich frage meine Frau, vielleicht weiß die was. Bis gleich.« Damit legte er auf.

Beim Wagen angekommen, bat Rudi den Chefinspektor, das Steuer zu übernehmen, damit er telefonieren konnte, wenn Walter zurückrief. Das geschah unmittelbar, nachdem die beiden Friesach verlassen hatten und auf der Schnellstraße Richtung Althofen fuhren.

»Also, was kannst du mir erzählen?«, begrüßte Rudi Walter. Der räusperte sich ausgiebig, ehe er zu sprechen begann; sein Stottern legte sich erst nach mehreren Sätzen.

»Wie es scheint, haben meine Kinder die Tasche gefunden. Sie sagen, sie haben Detektive gespielt, nachdem sie von Johannas Verschwinden gehört haben, und die Umgebung vom Waldbauerhof abgesucht. Sie sagen, sie haben die Handtasche auf der Wiese gefunden, links der Straße, die vom Marterl nach Boden hinunterführt.«

Walters Söhne waren zehn und zwölf Jahre alt, das ideale Alter für Detektivspiele. Da bis vor Kurzem niemand gewusst hatte, was dort am Marterl mit Johanna geschehen war, hatte auch niemand die Wiese abgesucht. Insofern fand Rudi Walters Geschichte schlüssig, wenn auch nicht ganz: »Warum hast du mir die Handtasche nicht ausgehändigt, bevor du Hals über Kopf abgehaut bist?«

Walter lachte peinlich berührt. »Ich bin nicht Hals über Kopf abgehaut. Außerdem habe ich nicht gewusst, dass die beiden die Tasche gefunden haben. Es war nämlich so, dass die Kinder am Samstagnachmittag die Zeit übersehen haben. Meine Frau hat mit ihnen geschimpft, immerhin haben wir ja das Flugzeug erwischen müssen, und da ist dann einiges drunter und drüber gegangen.«

»Klartext, bitte!«

»Die Buben haben die Tasche in irgendein Versteck gestopft und sind ins Haus gelaufen, wo meine Frau ihnen die Hölle heißgemacht hat, weil sie so spät gekommen sind. Sie hat sie angetrieben, damit sie fertig werden, und dann sind wir losgefahren. Bei der ganzen Aufregung am Flugplatz … und im Flugzeug … und nach der Landung … und seither überhaupt … Die beiden haben die Tasche einfach vergessen. Sie ist ihnen erst jetzt wieder eingefallen, wie ich sie danach gefragt habe.«

Rudi sagte nichts. Er wägte noch ab, was er glauben durfte und was nicht, denn irgendwie kam ihm diese Geschichte höchst seltsam vor.

Nach einer Weile meldete sich, durch das Schweigen nervös geworden, Walter wieder.

»Hallo, bist du noch da?«

»Ja. Ich bin mir nicht sicher, ob du mich für einen Volltrottel haltest.«

»Was? Wieso?«

»Ist schon ein bisschen seltsam, deine Geschichte. Sogar deine Buben müssen gewusst haben, was sie da gefunden haben. Und das sollen sie einfach so vergessen haben, tagelang?«

»Rudi, ich lüge dich doch nicht an! Für Buben in dem Alter sind andere Sachen wichtig als für uns Erwachsene.«

»So Sachen wie dein supergeheimer Urlaub, meinst du?«

»Ja, auf jeden Fall.«

»Wo bist du überhaupt?«

»In Köln.«

»In Köln? Was tust du in Köln?«

Als Walter schwieg, schrie Rudi ins Telefon: »Was tust du in Köln?«

»Ich … verdammt, Rudi, das soll eine Überraschung werden.«

»Eine Überraschung?« Rudi schrie noch immer, weshalb Chefinspektor Obersteiner ihn kurz von der Fahrerseite her musterte. »Johanna wird ermordet, ihre Handtasche wird auf deinem Hof gefunden, und du verratest nix, weil du einen Überraschungsurlaub machst? Sag, was du weißt, oder ich lass dich von Interpol verhaften. In Köln.«

»Ja, ja, schon gut!« Rudi hörte Walters Atem zittern. »Ich bin … wir sind … ich … ich bin als Teilnehmer für die Millionenshow ausgewählt worden.«

»Die Millionenshow?«

Obersteiner musterte Rudi erneut.

»Ja. Ich habe mich im Internet beworben, habe die Vorrunde am Telefon geschafft und bin ausgewählt worden. Deshalb die Geheimnistuerei. Ich wollte alle daheim überraschen, ihnen sagen, dass sie am Soundsovielten um zwanzig Uhr fünfzehn den Fernseher einschalten sollen. Verstehst du mich jetzt?«

»Ist mir wurscht. Was machst du in Köln?«

»Hier ist das Studio, in dem sie die Sendung aufzeichnen. Die Millionenshow wird ja nicht live gesendet.«

Rudi wusste nichts über die Hintergründe dieser Fernsehshow, sie interessierten ihn auch gar nicht. »Ich werde das nachprüfen«, sagte er.

»Ja, tu das«, meinte Walter und fragte nach einer kurzen Pause: »Warum gibst du einem immer das Gefühl, dass man etwas ausgefressen hat?«

»Weil das meistens so ist. Im konkreten Fall kann ich nur schwer nachvollziehen, warum du ausgerechnet Hiasi erzählt hast, dass du auf Urlaub fahrst, und sonst niemandem. Und ihm auch noch dein Auto leihst.«

»Das ist mir rausgerutscht, wie ich mit ihm geplaudert habe. Außerdem, warum soll ich es Hiasi nicht sagen?«

Nun erzählte Rudi, dass Hiasi seinen Unfall nur vorgetäuscht hatte, um den eigentlichen Unfall, bei dem Johanna ums Leben gekommen war, zu kaschieren. Als er erwähnte, dass Hiasi Johannas Leiche mit Walters Wagen weggebracht hatte, schien dieser am anderen Ende der Leitung in Ohnmacht zu fallen, dem röchelnden Klang seines Atems nach zu urteilen.

»Das … das habe ich ja alles nicht gewusst«, klagte er schließlich.

»Wie denn auch, wenn du weder dein Telefon abhebst noch zurückrufst?«, fuhr Rudi ihn an.

»Weißt du, wie aufregend das alles hier ist?«, rechtfertigte sich Walter, doch es klang nicht mehr so begeistert wie noch vor einer Minute. »Ich habe keine Sekunde an mein Handy gedacht und meine Frau auch nicht. Sie hat es vorhin zum ersten Mal wieder eingeschaltet, seit wir in Köln sind, weil sie ihre Freundin fragen wollte, ob daheim alles in Ordnung ist.«

»Habt ihr schon mit ihr geredet?«

»Nein, ich habe zuerst dich zurückgerufen, das erschien mir dringender nach deiner Nachricht.«

Rudi seufzte. »Okay, dann mach dich auf etwas gefasst.«

»Was meinst du?«

»Nachdem wir Johannas Handtasche bei dir gefunden und weder dich noch deine Frau erreicht haben, haben wir den Kreuzerhof auseinandergenommen.«

Walter röchelte wieder.

»Walter, hör zu: Alles halb so wild. Ich überprüfe jetzt deine Angaben, und dann werden wir weitersehen. Aber du bleibst ab jetzt erreichbar, hast du mich verstanden?« Rudi wartete Walters dünnes, geisterhaftes »Ja« ab, dann beendete er das Gespräch mit den Worten: »Schönen Aufenthalt noch.«

Rudi versank in Gedanken, bis Chefinspektor Obersteiner ihn aus ebendiesen riss, indem er nach dem Ergebnis des Gesprächs fragte. Rudi setzte ihn in kurzen Worten in Kenntnis, woraufhin Obersteiner fragte: »Und, glauben Sie ihm?«

»Ich denke schon«, gestand Rudi, »seine Geschichte klingt plausibel. Ich kann mir gut vorstellen, wie aufregend so ein Fernsehauftritt ist, noch dazu in einer Großstadt mit Anreise per Flugzeug, Hotel und allem Pipapo. Das ist einmal was ganz anderes, als am Sonntag beim Guste damit anzugeben, dass die heurige Erbsenernte die Schweindln so fett machen wird, dass sich nach Ende der Saison ein neuer Massey-Ferguson-Traktor ausgehen wird. Und dass die Kinder bei so einem Erlebnis sogar ihren eigenen Geburtstag vergessen würden, kann ich mir auch gut vorstellen.«

»Ihren Geburtstag vielleicht nicht gerade.«

Rudi bemerkte, dass Obersteiner zum ersten Mal, seit er ihn kennengelernt hatte, grinste. »Da haben Sie recht. Aber eine Handtasche schon. Vielleicht … wahrscheinlich war es wirklich nur eine blöde Verkettung von Umständen und Zufällen.«

»Aber haben Sie diesen Kreuzerbauer nicht bisher entweder als Opfer oder als Täter gesehen?«

Rudi sah den Chefinspektor offen an und gestand: »Möglicherweise habe ich hier einen Fehler begangen, der Ermittlern gern unterläuft.«

»Sie meinen, Sie haben sich so sehr an Ihre eigene Theorie

gewöhnt, dass es Ihnen schwerfällt, die Wahrheit als Wahrheit anzunehmen?« Obersteiner schenkte Rudi einen Blick, der verriet, dass das sogar den Besten bisweilen passierte.

»Seien wir einmal ehrlich«, begann Rudi, »Walters Aussage passt wie das letzte fehlende Puzzlestück ins Gesamtbild. Einmal abgesehen davon, wie fadenscheinig seine Erklärung klingen mag und wie seltsam all die Verstrickungen erscheinen …«

»… wäre jede andere Erklärung im Grunde wahnwitzig«, vollendete Obersteiner den Satz. Daraufhin blickten beide durch die Windschutzscheibe auf die Straße und nickten.

VIERZEHN

Robert konnte gar nicht damit aufhören, seinen Kopf zu schütteln. Vor nicht einmal einer Stunde, um kurz nach dreizehn Uhr, war Rudi zu ihm gekommen und hatte erzählt, was er von Svoboda und Walter erfahren hatte. Zusammen mit dem, was gestern alles passiert war, ergab sich ein stimmiges Bild der Ereignisse der vergangenen Tage.

»Ich kann mich nicht erinnern, dass so etwas in Boden schon jemals passiert wäre«, sagte Robert, »oder dass mir Papa je erzählt hätte, dass es so etwas schon einmal gegeben hat.«

»Das geht uns allen so«, erwiderte Rudi und nahm einen Schluck von dem Hollersaft, den Robert ausgeschenkt hatte. Sie saßen auf der Bank vor Roberts Hütte und blickten über den Bodenbauer hinweg durch das V des Tals hinaus, wo ganz in der Ferne blass die Burg Hochosterwitz zu sehen war.

»Wie in der Großstadt«, murmelte Robert, »hoffentlich passiert so etwas nie wieder.«

»Robert.« Die Art, wie Rudi seinen Namen aussprach, ließ ihn aufhorchen. »Es gibt da noch ein paar kleine Ungenauigkeiten, die ich gern mit dir besprochen hätte.«

»Mit mir?«

»Ich bin echt beeindruckt, wie du die einzelnen Puzzleteile zusammengefügt hast. Ohne dich hätte ich den Fall wahrscheinlich gar nicht aufklären können.«

Robert lächelte, war sich aber sicher, dass Rudi das nicht so meinte. Außerdem war es ihm peinlich, wenn man ihn lobte.

»Danke, Rudi, aber du musst mir keinen Honig um den Bart schmieren.«

»Das ist mein Ernst. Überleg einmal: Der Einzige, der alle Informationen gehabt hat, war dieser Svoboda. Wären die Dinge anders gekommen, hätte der Eichenhofbauer ihn in seiner Melkkammer angekettet, und wenn er ihn wieder freigelassen hätte, wäre er Hals über Kopf nach Wien geflüchtet.«

»Aber er hätte doch den Eichenhofbauer angezeigt, und dann wäre alles aufgekommen, oder?«

»So eingeschüchtert, wie ich ihn erlebt habe, bin ich mir nicht sicher, ob er nicht den Mund gehalten hätte vor lauter Angst, dass ihn irgend so ein verrückter Bodener Bauer in Wien besuchen kommt. Außerdem wäre es ja gar nicht in seinem Sinn gewesen, wenn die Sache aufkommt, immerhin hat er ja Matthias' Amoklauf ausgelöst.«

»Aber der Schafflechner Vike hätte Matthias so oder so gefunden, und danach wäre er so oder so in die Jagdhütte gegangen …«

Mit einer Handbewegung schnitt Rudi Robert das Wort ab und meinte: »Wie auch immer. Auf alle Fälle hat es mich beeindruckt, wie du die einzelnen Indizien miteinander verknüpft hast. Deshalb möchte ich die paar Ungenauigkeiten mit dir besprechen.«

Robert freute sich und sagte: »Schieß los.«

»Allem voran gibt's beim Verhalten von Matthias einige Dinge, die ich nicht ganz verstehe«, begann Rudi. »Erstens, warum sperrt er beim Bachmühlbauer die Tür zu und nimmt den Schlüssel mit, nachdem er Hiasi erschossen hat? Wenn er eh vorhat, sich umzubringen, kann es ihm doch egal sein, wie lange es dauert, bis Hiasis Leiche gefunden wird, oder? Zweitens, warum steigt er mühsam den ganzen Weg bis zum alten Hochstand hinauf, um sich zu erschießen? Das hätte er doch gleich beim Bachmühlbauer machen können, nachdem er sich an Hiasi für den Tod von Johanna gerächt hat.«

Robert wurde erst bewusst, dass er Rudi mit offenem Mund anstarrte, als dieser fragte: »Was schaust denn so blöd?«

»Du … du denkst ja in die vollkommen falsche Richtung«, erklärte Robert. »Wenn Svoboda Matthias erzählt, dass Hiasi Johanna zusammengeführt hat, seine Johanna, in die er so verliebt war, dann ist ja klar, dass er ausrastet, oder?«

»Ja, freilich, aber …«

»Der schnappt sich sein Gewehr und fahrt zum Hiasi. Wann, hast du gesagt, war Svoboda bei Matthias, um halb sechs? Um die Zeit herum war Hiasi gerade bei mir. Da ist es möglich, dass er und Matthias gleichzeitig beim Bachmühlbauer angekommen sind. Hiasi sperrt gerade die Haustür auf, Matthias springt mit der Flinte aus dem Auto, Hiasi will ihn beruhigen und bittet ihn hinein.«

»Oder er flüchtet hinein.«

»Jedenfalls lasst er den Schlüssel an der Haustür stecken. In der Küche kommt er Matthias nicht mehr aus, und der will wahrscheinlich wissen, ob das stimmt, was Svoboda ihm erzählt hat. Der Hiasi sagt irgend so was wie: ›Ja, schon, aber …‹, und Matthias knallt ihn ab.«

»Weil er eigentlich nur die Bestätigung haben wollte.«

»Genau. Und dann merkt er, dass nix mehr da ist. Keine Johanna, keine Hoffnung, kein Rachewunsch, nix.«

»Nichts mehr, wofür es sich zu leben lohnt.«

»Er will sich umbringen, geht aus dem Haus, macht die Tür hinter sich zu und sperrt ab. Ganz automatisch, so wie er es daheim immer macht. Wenn er hinausgeht und der Schlüssel steckt, sperrt er ab und steckt den Schlüssel ein.«

Rudi starrte nachdenklich vor sich hin und nickte. »So könnte es gewesen sein. Aber warum fahrt er in den Berg und marschiert zum Hochsitz?«

»Das hat Pepi mir erklärt«, antwortete Robert. »Der alte Hochsitz war Johannas Lieblingsplatz, seit sie ein Kind war. Damals war darunter noch Jungwald, man hat noch eine gute Aussicht über die Bäume hinweg gehabt. Und später, wie sie mit Matthias zusammengekommen ist, sind die beiden oft gemeinsam dort gewesen. Da hat es gar nicht mehr gestört, dass die Bäume schon so hoch waren, dass der Hochsitz mitten im Wald gestanden ist, im Gegenteil, so waren sie unter sich, und niemand hat sie beobachten können.«

»Ich verstehe«, sagte Rudi mit hellem Blick, »der Hochsitz war ihr Liebesnest. Matthias hat sich an die schönen Zeiten mit Johanna zurückerinnert und …«

»… und wie es gepasst hat, hat er sich …«

»… ist er zu Johanna heimgegangen. Kommt hin. Könnte so gewesen sein.«

Rudi sah Robert anerkennend an, und der bekam wieder dieses seltsam peinliche Gefühl, weshalb er schnell fragte: »Was willst denn noch wissen?«

»Was mir noch vollkommen unklar ist: warum das Gewand von Hansi am Samstag in der Früh blutig war. So wie ich das sehe, ist er in der Nacht davor heimgetorkelt, hat sich im Wald Zeit gelassen oder sich beim Pinkeln an einen Baum gelehnt und ist eingeschlafen und hat die Hügelkuppe erreicht, als Hiasi gerade Johannas Leiche in den Wald getragen hat.«

»Muss so gewesen sein.«

»Und dann?«

»Dann ist er weiter heimgegangen«, führte Robert aus. »Er ist am Marterl vorbeigekommen und die Straße nach Boden hinuntergegangen …«

»Warte!« Rudi griff Robert hart am Oberarm an, um ihn zum Schweigen zu bringen. Offenbar brauchte er Ruhe zum Nachdenken. »Er ist die Straße entlanggegangen, wo kurz davor Hiasi Johanna zusammengeführt hat …«

Robert sah ihm beim schweigenden Starren zu, bis ihm selbst eine Idee kam: »Er ist nicht auf der Straße gegangen, sondern neben ihr, in der Wiese.«

»Genau! Genau das ist es!«

»Er ist über die Stelle gegangen, an der Johanna gelegen ist. Wo noch ihr Blut war. Er ist auf ihrem Blut ausgerutscht.«

»Nein, er ist nicht gegangen, er ist gelaufen«, korrigierte Rudi. »Wenn Hansi einen Rausch hat, wird er noch kindischer, als er so schon ist. Er ist den Hang hinuntergelaufen, weil's ihm lustig war, und ist auf Johannas Blut ausgerutscht. Wahrscheinlich ist er überhaupt über seine eigenen Füße gestolpert. Jedenfalls hat es ihn aufgehaut, und er ist ein bisserle den Hang hinuntergerollt, weil er so einen Schwung draufgehabt hat.«

»Deshalb die Grasflecken und die losgerissenen Knöpfe und das Blut.«

»Und der Pumps.«

»Was für ein Pumps?«

»Der Pumps muss auch dort gelegen sein, und Hansi hat ihn eingesteckt und mitgenommen.«

»Was für ein Pumps?«, wiederholte Robert, erhielt aber keine Antwort.

»Meine Güte, dieser Kindskopf«, stöhnte Rudi, »wenn ich mir denke, was ich mir für Sorgen gemacht habe, dass er nicht doch irgendwie in den Fall verwickelt ist.«

»Aber warum hat Hiasi ihn nicht gesehen, wie er später weitergefahren ist? Der Weg zum Bachmühlbauer führt ja beim Teichbauerhof vorbei.«

»Weil Hansi schon zu Hause war, als Hiasi die Strecke gefahren ist. Hiasi ist erst am nächsten Tag draufgekommen, wie tief er Johanna in den Wald getragen hat, das heißt, er war einige Zeit unterwegs. Und wenn Hansi wirklich den Hang hinuntergelaufen ist …«

»… dann geht sich das aus, stimmt.«

»Genial, Robert, genial.«

»Du hast dir die Antwort eh selbst gegeben.«

»Aber ohne dich wäre ich kaum daraufgekommen, danke.«

Rudi trank den restlichen Hollersaft mit einem Schluck aus und stellte das Glas mit einer Bestimmtheit auf den Tisch, dass Robert klar war, dass sein Gast ihn nun verlassen würde. Tatsächlich stand Rudi auf und hielt ihm die Hand hin. Während Robert sie drückte, sagte Rudi: »Um eines muss ich dich noch bitten, Robert.«

»Ja?«

»Bitte erzähl niemandem, dass ich nicht gleich in der Schweinebucht angerufen habe, um Hiasis Aussage zu überprüfen.«

»Du meinst, um wie viel Uhr er die Schweinebucht verlassen hat?«

»Richtig. Wenn ich das getan hätte, hätte ich erfahren,

dass Hiasis Zeitangaben nicht stimmen, und dann hätte ich ihn anders befragt. Wenn einer bei so was wie einer Zeitangabe lügt, dann hat er immer etwas zu verbergen, weil sonst hätte er keinen Grund zu lügen. Wer weiß, wenn ich ihn mir ordentlich zur Brust genommen hätte, vielleicht hätte er mir gestanden, dass er Johanna zusammengeführt hat? Dann wäre womöglich alles anders gekommen, und er und Matthias würden noch leben.«

Robert erkannte fasziniert, dass er diesen Ausdruck von Reue noch nie in Rudis Gesicht gesehen hatte. Offenbar ging ihm dieser Gedanke sehr nahe.

»Das kannst du so nicht sagen, Rudi. Wer weiß, was dann passiert wäre?«

»Lieb, dass du das sagst.« Rudi zwang sich augenscheinlich zu einem Lächeln. »Aber dieses Packerl kannst du mir nicht von den Schultern nehmen, das werde ich tragen müssen.«

»Von mir erfahrt jedenfalls keiner was«, versprach Robert, woraufhin Rudi den Druck seiner Hand ein bisschen verstärkte und ihm dankbar zunickte.

***

Zwei Tage später, am frühen Donnerstagvormittag, schlapfte Bettina Welsbacher zu ihrer Wohnungstür und zurrte den Gürtel ihres Bademantels fest.

Die blassgrüne Schönheitsmaske, die sie aufgelegt hatte, ließ ihr Gesicht wie das einer angegammelten Mumie aussehen, doch damit konnte sie leben, solange sie nicht in einen Spiegel schauen musste. Sie sperrte die Tür auf und bückte sich, um die aktuellen Ausgaben aller Tageszeitungen Kärntens aufzuheben, die bei ihr allmorgendlich auf der Fußmatte lagen. Als die professionelle Journalistin, als die sie sich betrachtete, musste sie stets auch darüber im Bilde sein, was die Konkurrenz leistete.

Sie schloss die Tür wieder und sah sich nacheinander die Titelblätter an, während sie in die Küche ging, um sich eine

Tasse Kaffee einzugießen. Im Rahmen der Küchentür sprang ihr die Titelseite des »Kärntner Tagesblatts« ins Auge; sie blieb stehen und begann gleichermaßen ungehalten wie lang anhaltend zu schreien.

Der Grund dafür war, dass der minderbemittelte Knecht, dem sie in Boden begegnet war, breit vom Titelbild grinste, direkt unter der Schlagzeile mit dem Wortlaut: »Gen-Krimi im Krappfeld«, und dem dazugehörigen Übertitel: »Tagesblatt-Austräger berichtet aus erster Hand.«

Es dauerte einige Zeit, ehe Bettina sich so weit gefasst hatte, dass sie den Bericht im Blattinneren lesen konnte, einen doppelseitigen Bericht mit vier Fotos, der nichts, aber auch gar nichts ausließ. Bezirksinspektor Rudi Klinger plauderte alle Ermittlungsdetails aus, und dieser seltsame ungepflegte Einsiedler, der sie ohne ein Wort vor seiner Hütte stehen gelassen hatte, war wohl so etwas wie ein geheimes Ermittler-Genie, so jedenfalls stand es hier.

Alles, was Bettina gewollt und nicht bekommen hatte, war im »Kärntner Tagesblatt« in einer breiteren Form abgedruckt worden, als ihr Chefredakteur das je genehmigt hätte. Das mit Abstand Schlimmste aber war, dass dieser Bauernbub, den sie ausfratscheln wollte, ihr nur vorgespielt hatte, ein Trottel zu sein. In Wahrheit arbeitete er für die Konkurrenz.

Als Bettina den Artikel fertig gelesen hatte, legte sie die Zeitung weg und erinnerte sich an das vergangene Wochenende.

Nicht nur der Bauernbub hatte sie für dumm verkauft, auch der Dorfbulle, dieser Klinger. Der hatte so getan, als wären seine Ermittlungen Geheimsache, und das hatte er ohne Zweifel auch mit seinem Kollegen in Althofen so abgesprochen, diesem Gebeneter. Selbst der Einsiedler hatte sie an der Nase herumgeführt und sich benommen, als wäre er die Tumbheit in Person. Alle, all diese Kappeler Bauernschädeln hatten sie vorgeführt wie eine Kuh bei einer Versteigerung in der Zollfeldhalle.

Bettina bekam spontan einen Tobsuchtsanfall von solcher

Heftigkeit, dass ihr die mittlerweile angetrocknete Schönheitsmaske blättchenweise vom Gesicht sprang.

***

In seiner Funktion als Leiter der Raiffeisenfiliale Kappel am Krappfeld saß Feri am späten Vormittag desselben Tages in seinem Büro in der Bank und starrte zum Fenster hinaus. Vor ihm auf dem Tisch lag Roberts Akte, die nach einer Entscheidung rief, die Feri nicht treffen wollte. Er hatte zum weiß Gott wievielten Mal jedes Für und Wider gegeneinander abgewogen, hatte nach Alternativen gesucht – doch es war alles umsonst gewesen. Wenn Robert seinen Kredit nicht bezahlten konnte, wenn nicht einmal die Chance bestand, dass er seine Zinsraten würde begleichen können, dann hatte Feri keine andere Möglichkeit, als aktiv zu werden.

Freilich, das Ganze würde sich in die Länge ziehen. Zunächst musste Feri Robert in gebührendem zeitlichen Abstand drei Mahnungen zukommen lassen, die aber nichts bewirken konnten. Dann war er gezwungen, den Fall an den zuständigen Rechtsanwalt der Bank weiterzureichen, der seinerseits versuchen würde, Robert zum Bezahlen seiner Schulden zu bewegen, und am Ende schließlich würde sich das Gericht einschalten und den Exekutor schicken.

Feri seufzte. Es war traurig, aber es war auch sinnlos. Robert hatte das Geld nicht, er würde es nach Johannas Tod auch nicht bekommen, und dass er eine reguläre Arbeit annahm … bevor das geschah, würde wohl eher die Hölle zufrieren. Zumindest hatte Robert ja noch Pepi, der zwar auch nicht mit weltlichen Gütern gesegnet war, aber immerhin einen funktionierenden Hof hatte, bei dem er Roberts helfende Hände durchaus brauchen konnte. So musste Robert wenigstens nicht verhungern, selbst wenn es ihm das Herz brechen würde, seine Hube aufzugeben. Und auch ihm, Feri, würde es das Herz brechen.

Als sein Handy läutete, war Feri immer noch geistesabwesend. Automatisch hob er ab und meldete sich mit seinem Namen. Erst der eigenartige Klang der Stimme seines Amtsleiters am anderen Ende der Leitung lenkte seine Aufmerksamkeit auf das Telefonat.

»Feri, kannst du bitte schnell ins Gemeindeamt kommen? Da sind ein paar Herren, die dich gerne sprechen möchten.«

»Herren? Was für Herren?«

»Fünf Herren aus Wien – von InterGen.«

Feri runzelte die Stirn und rieb sich mit der freien Hand die Augen. Was wollten die jetzt noch?

»Ist in Ordnung, ich komme in fünf Minuten. Biete ihnen derweil einen Kaffee an.«

Er starrte für einige Sekunden an die Wand, dann nahm er die heutige Ausgabe des »Kärntner Tagesblatts«, die auf seinem Tisch lag, und sagte seiner Sekretärin, dass er in einer Stunde wieder zurück sein werde. Eilig verließ er die Bank und ging schnellen Schrittes die Schulstraße entlang, beim Guste vorbei, und bog dann nach rechts ab. Sofort fielen ihm die beiden dicken, langen und breiten Mercedes-Limousinen mit Wiener Kennzeichen auf, die vor dem Gemeindeamt schwarz in der Sonne glänzten. Er versuchte, mit diesem Anblick keine Gefühle zu verknüpfen.

Indem er das Gemeindeamt betrat, wechselte Feris Funktion von der des Bankdirektors zu der des Bürgermeisters von Kappel am Krappfeld. Auf dem Gang lief ihm der Amtsleiter über den Weg und deutete mit einem vielsagenden Blick zur Tür eines Besprechungszimmers. Feri hielt sich gar nicht lange mit Fragen auf, sondern ging ungebremst zur angewiesenen Tür, trat ein und schleuderte ein lautes, wohltönendes »Grüß Gott« in den Raum.

Die fünf anwesenden Herren waren mindestens ebenso erstaunt über diesen Auftritt des Bürgermeisters wie er über sie. Auch ohne dass Feri sonderlich modebewusst gewesen wäre, erkannte er auf den ersten Blick, dass keiner der Männer seinen Anzug, seine Schuhe, seine Uhr, ja, nicht einmal seinen

Kugelschreiber von irgendeiner Stange gekauft hatte. So viel bekleidungsgebundenes Kapital war noch nie in diesem Raum versammelt gewesen, nicht einmal im vergangenen Herbst, als ein Rudel Goldhaubenfrauen Feri die Aufwartung gemacht hatte, um Gemeindegelder zu schnorren.

Er stellte sich vor und gab seinen Besuchern nacheinander die Hand, wobei er jeweils eine nichtssagende Funktion, einen bis zwei nichtssagende Titel und zwei bis drei nichtssagende Namen genannt bekam, die er sich allesamt nicht merkte. Als er damit fertig war, setzte er sich an das Kopfende des Besprechungstisches, legte die mitgebrachte Zeitung auf die Platte und fragte, was ihm die Ehre dieses Besuches verschaffte.

Der Mann, der zu seiner Linken saß, ein großer, hagerer Typ Mitte fünfzig mit schütterem schwarzem Haar, lächelte jovial. Feri war gleich beim Betreten des Raumes aufgefallen, dass er offenbar der Chef der Bande war. Der Mann begann nun, mit einem Wiener Dialekt zu sprechen, den Wiener selbst gerne als »gepflegtes Österreichisch« bezeichnen: »Wir kommen aus dem InterGen Austria Headquarters Vienna und möchten gern unser ›Growing Project‹ Boden auf Schiene bringen.« Er faltete die Hände auf der Tischplatte und schlug darunter die Beine übereinander.

Feri sah ihn erwartungsvoll an und sagte nichts. Nach einigen Sekunden räusperte sich der Mann und sprach weiter.

»Mit unserer Wahl des Herrn Bachelor Svoboda als Manager haben wir offenbar einen Pallawatsch produziert.« Die anderen vier Anzugständer schmunzelten hörbar. »Wie es scheint, fehlt ihm das nötige Fingerspitzengefühl, um das Projekt angemessen durch die sensible Phase des Einstiegs zu manövrieren. Deshalb haben wir den Herrn Bachelor Svoboda auch von der operativen Ebene abgezogen und möchten gemeinsam mit Ihnen, Herr Bürgermeister, die ganze Sache neu starten.«

Feri blickte die Anwesenden der Reihe nach an und sah in allen Gesichtern dieselbe überhebliche, zuversichtliche Erwartung.

Dann erhob er das Wort: »Wenn Sie von ›die ganze Sache‹ sprechen, meinen Sie den Bau einer Pflanzenzuchtanstalt in Boden mit dem Ziel, Saatgut zu erzeugen, das in weiterer Folge gentechnisch verändert werden soll, um die Ernteerträge zu maximieren, ist das richtig?«

Die Augen des Rädelsführers zuckten einmal nach links und wieder nach rechts, ehe die Überraschung daraus verschwand und er antwortete: »Ja, nur dass die Optimierung der Pflanzen nicht hier in Österreich stattfinden wird.«

»Weil es verboten ist, schon klar. Nur damit wir vom Selben sprechen: Der Bau dieser Anlage bedeutet großflächige Waldrodungen und Betonierungsarbeiten und ihr Betrieb in weiterer Folge ein reges Verkehrsaufkommen, liege ich da ebenfalls richtig?«

Diesmal lächelte der Mann, um seine erneute Überraschung zu kaschieren, was ihn noch arroganter wirken ließ. Er erwiderte: »So, wie Sie das sagen, klingt es, als ob wir etwas Böses vorhätten, das ist nicht der Fall. Natürlich werden Adaptierungsmaßnahmen vorgenommen, und natürlich wird es Transportaktivität geben, aber das hält sich doch um Gottes willen in Grenzen. Auf der anderen Seite stehen Dutzende Arbeitsplätze, die die lokale Wirtschaft beleben, und nicht zu vergessen ein Umsatzvolumen, das Ihre Gemeindekasse eklatant beleben wird. Ganz zu schweigen von dem Renommee für die Region Kappel am Krappfeld, ein solcher Vorzeigebetrieb zieht immer ein gewisses öffentliches Interesse auf sich.«

»Das glaube ich«, platzte Feri heraus. Im Gesicht seines Gegenübers konnte er sehen, dass dieser nicht wusste, ob er sich bestätigt oder veralbert fühlen sollte. Doch der Eindruck währte nur kurz, denn Feri sprach gleich weiter: »Was mir nur nicht ganz klar ist: Warum Boden?«

Der Wiener blickte im Raum herum, als suchte er ein Argument dafür, warum Wasser nass war.

»Weil es hier bereits Vorgespräche gegeben hat«, sagte er schließlich. »Erste Bodenanalysen haben zu vielversprechenden Ergebnissen geführt – es gibt im Grunde kein Argument gegen den Standort Boden.«

Nun erlaubte Feri sich doch ein feines Lächeln.

»Ich fürchte, Sie gehen von einem falschen Kenntnisstand aus«, sagte er und lehnte sich in seinem Sessel zurück. »Herr Wildhaber, mit dem Ihr Herr Svoboda verhandelt hat, war nie im Besitz des fraglichen Grundstücks. Dieses Land gehört seiner Mutter, die nach einem Schlaganfall derzeit im Koma liegt. Herr Wildhaber ist, wie Sie wahrscheinlich wissen, mittlerweile verstorben, an den Eigentumsverhältnissen wird sich deshalb auch bis auf Weiteres nichts ändern. Ich kenne Frau Wildhaber, die Mutter, seit meiner Geburt und kann Ihnen deshalb versichern, dass sie weder ihren Hof noch ihren Grund jemals verkaufen wird.«

»Nun, das … das ist uns selbstverständlich bekannt, aber dass wir auf Vorgespräche aufbauen wollen, heißt ja nicht, dass wir auf den Grund der Frau Wildhaber angewiesen sind. Es gibt sicherlich noch andere Landwirte in der Region, denen wir diesbezüglich finanziell unter die Arme greifen können, um eine Win-win-Situation herbeizuführen.«

Feri schenkte dem Mann einen langen Blick, der gleichermaßen alles wie nichts sagte. Dann schleckte er seinen rechten Zeigefinger ab und begann, in der Zeitung vor sich zu blättern. Als er die Doppelseite mit dem Bericht über Reinhards Enthüllungen gefunden hatte, drehte er die Zeitung zu seinen Gästen hin und tippte auf die Schlagzeile, die über beide Seiten gedruckt war: »Gen-Mafia trieb Bauer zu Mord und Suizid.«

Feri konnte sehen, wie sich die Augen der fünf Männer beim Lesen des Titels synchron weiteten, etwa um zwei Millimeter pro Wort.

»Geh, scheiße«, entfuhr es einem von ihnen.

Der Rädelsführer schob seinen Kopf näher an die Zeitung heran und musterte die Kopfzeile, dann raunte er: »Heutige Ausgabe.«

Feri wunderte sich selbst über das Ausmaß, in dem er

diese Schrecksekunde seiner Besucher genoss. Er sagte: »Ich denke, wir sind uns darüber einig, dass damit Ihre Pläne der Vergangenheit angehören, meine Herren.«

Die Verabschiedung fiel relativ kurz aus. Man schüttelte einander die Hände, bedankte sich für das offene und freundliche Gesprächsklima und wünschte alles Gute für die jeweilige Zukunft.

Die Männer, die danach in ihre Wiener Autos stiegen, wirkten wie fünf geprügelte, aber immerhin teuer gekleidete Hunde. Als sie abfuhren, gab es nichts für sie mitzunehmen, bis auf die Zeitung, die Feri ihnen als Abschiedsgeschenk überreicht hatte; sogar der Schein der Krappfelder Sonne prallte von ihren Wagen ab.

Feri winkte ihnen hinterher, indem er mit den Fingern seiner gehobenen rechten Hand wackelte. Er sah den beiden Limousinen so lange nach, bis sie außer Sichtweite waren, und wippte dabei auf seinen Fußsohlen nach vorn und nach hinten.

Hatten die doch tatsächlich geglaubt, ihr starkes Auftreten, ihre dicken Autos und ihre teuren Anzüge würden einen kleinen Provinz-Bürgermeister so beeindrucken, dass er ihnen das Märchen vom unfähigen Projektleiter abkaufte! Dabei war Feri von Anfang an klar gewesen: InterGen wollte nicht, dass die wahren Fakten bekannt wurden, denn das hätte zu einer sofortigen Ablehnung des Projekts in der gesamten Krappfelder Bevölkerung geführt. Sein Telefonat mit Svoboda hatte diese Annahme bestätigt. Da die Sache mit Hiasi danach eskaliert war, probierten es die fünf Herren jetzt mit Kooperation, wobei sie auf die bewährten Todsünden Gier und Geltungsdrang setzten.

Doch abgesehen davon, dass Feri dafür schon zu lange im Geschäft war, waren sie zu spät gekommen. Der heutige Artikel im »Kärntner Tagesblatt« machte nicht nur all die Fakten publik, die InterGen gern geheim gehalten hätte, er offenbarte auch die Methoden, die zu ergreifen zumindest ein Mitarbeiter des Unternehmens bereit gewesen war. Das würde zweifellos eine Welle der Empörung durch ganz Kärnten schicken und wohl auch in der Berichterstattung der österreichweit erscheinenden Medien Niederschlag finden.

Ein fröhliches Lied summend, spazierte Feri in seine Raiffeisenfiliale zurück, erfüllt von dem schönen Gefühl, seine Gemeinde heute vor einer hässlichen Zukunft bewahrt zu haben.

FÜNFZEHN

Einige Wochen später, an einem Sonntagabend, zog ein Gewitter über Boden hinweg. Der Wind bog die Bäume und trug den Regen in Schauern über das Land. Die Bauern atmeten auf, denn seit jener Nacht, in der Johanna ums Leben gekommen war, hatte es nicht mehr geregnet. Die Gewitterwolken verdunkelten den Himmel, und in den Wirtschaftsgebäuden der Höfe gingen die Lichter an.

Als einzige Menschenseele im ganzen Tal hatte Robert das schützende Dach seiner Behausung verlassen und trotzte mit seiner Puch DS 50 meckernden Motors dem Unwetter. Wie ein wallender Vorhang zog der Regen vor der Funzel seines Mopeds vorbei, nur dann und wann erlaubte ein Blitz einen kurzen Überblick über das Gelände.

Wenn er bei Pepi ankam, würde er völlig durchnässt sein, doch das war es wert. Zum einen, weil heute die Millionenshow ausgestrahlt wurde, die sich wohl der gesamte Bezirk Sankt Veit ansehen würde, und Pepi im Gegensatz zu Robert einen Fernseher besaß, und zum anderen, weil Robert eine Neuigkeit hatte, die er seinem Bruder erzählen musste; er hatte das Gefühl, platzen zu müssen, wenn er es nicht tat.

Robert stellte das Moped in Pepis Traktor-Unterstand und ließ sich von seinem Bruder trockenes Gewand geben. Pepi hatte eine Jause vorbereitet, die sie während des Fernsehens im Wohnzimmer essen konnten. Da noch ein paar Minuten Zeit war, bis die Show anfing, drängte Pepi: »Jetzt erzähl endlich, was es für Neuigkeiten gibt«, und lachte.

Es war noch gar nicht so lange her, dass er überhaupt wieder regelmäßig lachte, wenn er etwas gesagt hatte.

»Na gut, hör zu«, begann Robert und rückte aufgeregt in dem alten, durchgesessenen Sofasessel hin und her. »Heute sind die Wildhabers aus Treibach zu mir gekommen, die Eltern von Johanna.«

»Echt? Was wollten sie?«

»Sich bei mir bedanken. Sie haben gesagt, Rudi hätte ihnen erzählt, dass er ohne mich den Fall nicht hätte lösen können.«

»Und weiter?«

»Sie haben ihn gefragt, wie sie mir danken können, und da hat Rudi ihnen die Sache mit meinen Schulden erzählt und dass Johanna mir eigentlich helfen wollte. Und jetzt stell dir vor: Die beiden sind zu Feri gefahren und haben ihn gefragt, wie das genau gewesen ist mit Johanna und mir, und er hat ihnen alles ganz genau erzählt. Und dann … dann sind sie zu mir gekommen und haben gefragt, ob es mir recht ist, wenn sie meine Schulden begleichen.«

Von der Erzählung gefesselt, gruben sich Pepis Finger in die gepolsterten Armlehnen seines Sofasessels, die Muskeln seiner Arme und seines Oberkörpers waren gespannt.

»Und? Und?«, fragte er.

»Und was?«

»Was hast du gesagt?«

»Ja, Nein werd ich gesagt haben, du Depp! Natürlich habe ich Ja gesagt.«

»Sie bezahlen dir die ganzen sechzigtausend Euro?« Pepis Augen schienen auf Mandarinengröße anzuwachsen und der Mund darunter auf Bananenlänge.

»Dreiundsechzigtausendvierhundert«, korrigierte Robert, »und ein bisschen was kommt noch dazu an Bearbeitungsgebühren, hat Feri ihnen gesagt, aber das übernehmen sie auch.«

Pepi sprang auf und hüpfte wie eine gestochene Sau im Wohnzimmer herum. Er zog Robert aus dem Sessel und umarmte ihn, wobei er noch immer nicht zu hüpfen aufhörte. Als der Anfall vorbei war, wischte er sich die Tränen aus den Augen und sagte: »Ich habe uns zwei schon als alte, bärtige Käuze gesehen, die den Hof gemeinsam bewirtschaften, aber nix miteinander reden, weil eh schon zu viel gesagt worden ist.«

Robert lachte so befreit, wie er zum letzten Mal wohl gelacht hatte, als er noch nicht verheiratet gewesen war.

»Der Kelch ist an uns vorübergegangen«, sagte er, »ich darf den Keuschenbauer behalten.«

»Wie können die sich das leisten? Er ist pensionierter Schlosser, und sie war immer Hausfrau.«

»Nachdem Johanna und Matthias beide tot sind, erben die nächsten Angehörigen den Waldbauerhof, und das sind der Bruder von Matthias und die Eltern von Johanna. Ihr Vater hat gesagt, es ist nur fair und auch in Johannas Sinn, wenn ich einen Teil davon bekomme.«

Um den Anlass zu feiern, köpfte Pepi zwei Bierflaschen und schenkte zwei uralte Biergläser voll, aus denen wohl schon ihr Großvater getrunken hatte, als ihr Vater noch die Windeln nass gemacht hatte. Dann stießen sie an und tranken, wobei sie ziemlich sabberten, weil beide unfähig waren, mit dem Grinsen aufzuhören.

Als die Millionenshow begann, hatten sie sich so weit beruhigt, dass sie ihre Aufmerksamkeit dem Fernseher zuwenden konnten.

Der erste Kandidat war ein Niederösterreicher, der anscheinend viel wusste. Walter kam nur ab und zu ins Bild, wenn die Kamera an ihm vorbeischwenkte oder eine Totale des Aufnahmestudios zeigte.

»Weißt du, was Walter mit der Überraschung gemeint hat?«, fragte Robert, als ihm langweilig wurde.

»Keine Ahnung«, erwiderte Pepi mit ebenso gelangweilter Stimme. »Vielleicht, dass er im Fernsehen ist? Bis jetzt sitzt er nur daneben.«

»Seit Walter aus Köln zurück ist, hat er nichts mehr davon erzählt«, meinte Robert. »Ich habe beim Wiesenwirt gefragt, aber da haben sie auch nichts gewusst. Die Wirtin hat gemeint, wie sie ihn deswegen gefragt hat, hat er nur gesagt: ›Schaut es euch selbst an.‹«

»Vielleicht wollte er nicht erzählen, wie viel er gewonnen hat, damit alle neugierig werden und sich die Show auch wirklich ansehen?«

Robert spürte, wie sich sein Gesicht aufhellte. »Das wird es sein«, sagte er.

Nachdem der Niederösterreicher die Fünfzehntausend-Euro-Schwelle erreicht und die darauffolgende Frage nicht gewusst hatte, zog er sich aus dem Spiel zurück. Beim Auswahlspiel für die nächste Runde war Walter der Schnellste. Während er seinen Sitzplatz am Rand der Manege verließ und zum Stuhl in der Mitte ging, hielten Robert und Pepi inne, beide mit einem Stück Speck beziehungsweise Brot unmittelbar vor ihren Mündern in der Hand. Walter lachte breit und winkte ins Publikum.

»Mit so einem Gesicht habe ich ihn noch nie erlebt«, meinte Pepi.

»Er ist nervös«, erklärte Robert.

Bei der einleitenden Plauderei zeigte Walter sich von seiner lustigen Seite, viel lustiger, als man ihn zu Hause kannte, jedoch zu lustig, um lustig zu sein. Dann ging es los, die Startmelodie erklang, die Scheinwerfer senkten sich, die erste Frage erschien am unteren Rand des Fernsehapparats. Der Moderator las sie vor: »Frage eins, einhundert Euro: Welche dieser Nüsse kann man nicht essen? A, die Haselnuss, B, die Walnuss, C, die Kopfnuss oder D, die Erdnuss?«

Walter blickte konzentriert auf den Bildschirm vor sich und kaute auf seiner Unterlippe herum. Dann sah er auf und krähte: »D, die Erdnuss!«

Sein schrilles Lachen wurde von einem irritierten Murmeln des Publikums untermalt. Der Moderator schenkte seinem Kandidaten ein mildes Lächeln.

»Sind wir zu Scherzen aufgelegt, Walter?«, fragte er.

»Ja«, erwiderte Walter mit einem heftigen Kopfnicken und lachte wieder laut und unangebracht.

»Soll ich das eingeben, oder überlegen Sie es sich noch einmal?«, fragte der Moderator.

»Nein, war nur Spaß«, lenkte Walter ein. »Die richtige Antwort ist natürlich C, die Kopfnuss.«

Die entsprechende Antwortmöglichkeit am unteren Bildschirmrand veränderte ihre Farbe und erstrahlte gleich darauf grün, als Zeichen dafür, dass sie richtig war. Der Applaus des Publikums war gemäßigt.

»Frage zwei«, fuhr der Moderator fort, »jetzt geht es um zweihundert Euro. Wie nennt man eine sprunghafte Veränderung des Erbgutes? A, Mediation, B, Modifikation, C, Mutation oder D, Masturbation?«

Walter sah über seinen Bildschirm hinweg den Moderator an und rief: »Monatslohn, hahaha!«

Robert und Pepi tauschten einen fragenden Blick.

»Er ist ein Scherzkeks, der Herr Walter«, mutmaßte der Moderator. »Das kann sich in die Länge ziehen.«

Walter hob abwehrend die Hände und meinte: »Nur Spaß, nur Spaß«, dann konzentrierte er sich auf den Bildschirm, und seine Lippen formten stumm die Worte, die er las. »Modifi…«, sagte er, brach aber wieder ab, um es gleich darauf mit »Mutation« zu versuchen, doch am Klang seiner Stimme war zu hören, dass das noch nicht sein endgültiges Urteil war. »Masturbation ist es nicht«, murmelte er. »Mediation?«

Robert und Pepi sahen einander wieder an, und Pepi fragte unsicher: »Mutation, oder?«

»Ich glaube schon«, erwiderte Robert, »aber sicher bin ich mir nicht. Walter macht mich ganz irr mit seinem Getue.«

»Mich auch.«

Auf dem Fernsehschirm hatte Walter damit begonnen, an seiner Unterlippe zu kauen. Der Moderator wurde ungeduldig.

»Eine sprunghafte Veränderung des Erbgutes, Walter. Das wird ja nicht so schwierig sein.«

»Ich schwanke zwischen Mediation und Modifikation«, erklärte Walter, »die anderen beiden schließe ich aus.«

»Sind Sie sicher? Mutation kommt auch nicht in Frage?«

»Nein.«

»Brauchen wir einen Joker?«

Walter blickte empört auf. »Für die Zweihundert-Euro-Frage? Nie im Leben. Die Antwort lautet A, Mediation.«

»Nein!«, schrien Robert und Pepi und wohl auch das gesamte Krappfeld wie aus einem Mund.

»Ist das jetzt wieder einer Ihrer Scherze?«, fragte der Moderator.

Walters Blick verhärtete sich. »Ganz sicher nicht. Eine Modifikation ist schließlich eine Verbesserung nach einer Weiterentwicklung.«

»Könnte als Antwort auf die Frage zutreffen, oder?«

Walter wandte sich wieder dem Bildschirm zu, der Schweiß auf seiner Stirn glitzerte in den Scheinwerfern, und er wiederholte murmelnd: »Wie nennt man eine sprunghafte Veränderung des Erbgutes? Hm. Modifikation …«

Schließlich richtete er sich in seinem Sessel kerzengerade auf, sah dem Moderator in die Augen und sagte: »Sie wollen mich nur verunsichern. Ich nehme Antwort A, Mediation – und jetzt keine Diskussion mehr.«

Im Krappfeld, ja, eigentlich in ganz Kärnten, Österreich und überall im deutschsprachigen Raum, wo diese Szene gesehen worden war, wusste man es auf Anhieb, auch wenn es von den Medien erst am nächsten Tag bestätigt wurde: Walters Ausscheiden bei der zweiten Frage war das schlechteste Ergebnis in der Geschichte der Millionenshow, und niemand zweifelte daran, dass er diesen Rekord halten würde, egal, wie lange es die Show noch gab.